クリスティー文庫
41

パディントン発4時50分

アガサ・クリスティー

松下祥子訳

4.50 FROM PADDINGTON

by

Agatha Christie

Translated by
Sachiko Matsushita
Published 2021 in Japan by
HAYAKAWA PUBLISHING, INC.
This book is published in Japan by
arrangement with
AGATHA CHRISTIE LIMITED
through TIMO ASSOCIATES, INC.

パディントン発4時50分

登場人物

ルーサー・クラッケンソープ……クラッケンソープ家の当主
エドマンド……………………………クラッケンソープ家の長男
マルティーヌ…………………………エドマンドの妻
セドリック……………………………クラッケンソープ家の次男
ハロルド………………………………同三男
アルフレッド…………………………同四男
エマ……………………………………同長女
イーディス……………………………同次女
ブライアン・イーストリー………イーディスの夫
アレグザンダー………………………ブライアン夫妻の子供
ジェイムズ・
　ストッダート－ウェスト……アレグザンダーの友人
クインパー……………………………クラッケンソープ家の主治医
ウィンボーン…………………………クラッケンソープ家の弁護士
クラドック……………………………ロンドン警視庁の警部
ウェザロル……………………………同部長刑事
ベーコン………………………………地方警察署の警部
ジェーン・マープル…………………探偵好きの老婦人
エルスペス・マギリカディ………ジェーンの友人
ルーシー・アイルズバロウ………家政婦

第一章

ミセス・マギリカディはスーツケースを運んでくれている赤帽のあとを追って、あえぎあえぎプラットホームを進んでいった。ミセス・マギリカディは小柄で太め、赤帽は背が高くて大股にすいすい歩いている。おまけに、ミセス・マギリカディはあれこれの包みを山ほど抱えていた。クリスマスの買い物に一日費やした成果だ。だから、ハンディがありすぎて競争にならない。赤帽がプラットホームのはずれまで行って曲がったとき、ミセス・マギリカディはまだ直線コースにいた。

一番ホームは、汽車が一台出ていったばかりだったので、そのときさほど混んでいなかったが、その先のコンコースでは人波が同時にいくつもの方向へ流れていた。地下鉄、手荷物預かり所、喫茶店、案内所、出発時刻表示板、〈到着〉と〈出発〉出入口——行く人、来る人、みんなが外の世界へ向かっていた。

ミセス・マギリカディと買い物の包みはもみくちゃにされながらも、ようやく三番ホームの改札口に着いた。彼女は包みの一つを足元におろし、バッグの中をかきまわして、ゲートのところに立っているこわい顔の制服の駅員に通してもらうための切符をさがした。

そのとき、やかましい、だがきれいな発音の〈声〉が、ふいに頭上でしゃべりはじめた。

「三番線に停車中の汽車は」と〈声〉は彼女に教えた。「四時五十分発車です。ブラックハンプトン、ミルチェスター、ウェイヴァートン、カーヴィル・ジャンクション、ロクセター、そのあとチャドマスまでは各駅に停車します。ブラックハンプトンとミルチェスターへおいでのお客様は後部車輌にご乗車ください。ヴェインキーへおいでのお客様はロクセターでお乗り換えです」〈声〉はカチッといっていったん切れたが、すぐにまた話を再開し、九番線にバーミンガムとウォルヴァーハンプトン発の四時三十五分の汽車が到着したと告げた。

ミセス・マギリカディは切符を見つけ、差し出した。男は鋏《はさみ》を入れ、ぼそっと言った。

「右です——後ろの車輌」

ミセス・マギリカディがプラットホームを重い足どりで歩いていくと、赤帽は三等車のドアの外に立ち、うんざり顔で宙をみつめていた。

「ここですよ、お客さん」

「わたしは一等車です」ミセス・マギリカディは言った。

「そう言ってくれればいいのに」赤帽はぶつくさ言い、見くびったように彼女の着ている男っぽい白黒霜降りツイードのコートに目を走らせた。

ミセス・マギリカディは確かにそう言ってあったのだが、議論はしなかった。残念ながら、息が切れていたのだ。

赤帽はスーツケースをまた手にすると、隣の車輛へずんずん歩いていった。ミセス・マギリカディは豪勢にも一人で車輛を占領して落ち着いた。四時五十分発に乗客は少ない。一等車に乗る客はもっと速い午前中の特急か、食堂車つきの六時四十分発を利用することが多いからだ。ミセス・マギリカディは赤帽にチップを渡した。彼は失望の色もあらわに受け取り、これでは一等というより三等乗客が出す金額だと考えているのは明らかだった。ミセス・マギリカディは夜行で北部から来て、一日買い物に駆けずりまわったあとだったから、心地よい旅をするために金をつかうのはやぶさかでなかったが、チップを派手にはずむ習慣はもとよりなかった。

彼女はプラシ天張りのふかふかした座席にゆったり背をもたせ、ほっと一息ついて雑誌を開いた。五分後、ホイッスルが鳴り、汽車は動きだした。雑誌は手からすべり落ち、頭は横にかしいで、三分もするとミセス・マギリカディは寝入っていた。彼女は三十五分眠り、さわやかな気分で目を覚ました。ずれてしまった帽子をかぶりなおし、背筋を伸ばすと、窓の外を飛び過ぎていく田舎《いなか》の景色を眺めた。もう暗くて、たいしてなにも見えない。陰気にかすんだ十二月のある日——クリスマスまであとわずか五日だった。ロンドンは暗くてやりきれなかったが、田舎も同じようなものだ。ただ、汽車が町や駅をさっと走り過ぎるたび、光のかたまりが現われては消え、生彩を添えてくれた。

「お茶はこれで最後になります」ふいに廊下側のドアをあけて妖精のようにひょいと顔をのぞかせた乗務員が言った。ミセス・マギリカディはすでにデパートでお茶をすませていて、今のところ腹ごしらえは充分だった。乗務員は一本調子に同じ台詞《せりふ》を繰り返しながら、廊下を先へ進んでいった。ミセス・マギリカディはいろいろな包みを置いた棚に目を上げ、うれしそうな顔になった。フェース・タオルはとてもお買い得だったし、マーガレットがちょうどほしがっているものだ。ロビーにあげる宇宙銃《スペース・ガン》とジーンにあげるウサギも申し分ない。イブニング用のショート・コートは自分にぴったり、暖かくて、しかもドレッシーだ。ヘクターにあげるプルオーバーも……どれもこれもいい買い物だったと、彼女はひとしきり考えた。

満足げな目がまた窓のほうに向いた。反対方向の汽車がゴーッと音を立ててすれ違い、窓がびりびり震えたので、彼女はびくっとした。こちらの汽車はがちゃんがちゃんとポイントを越え、駅を通過した。

すると、汽車は信号に従ったらしく、急に徐行を始めた。数分間のろのろと動いていたが、やがて止まり、すこしして前進を再開した。また上り列車がすれ違っていったが、さっきほどの勢いはなかった。汽車はふたたびスピードを上げていった。そのとき、別の下り列車がぐいとこちらに曲がり込むように迫ってきて、一瞬どきっとさせられた。しばらくのあいだ、二台は並んで、後になり先になりしながら走っていった。ミセス・マギリカディは窓から並行する汽車の窓を見た。たいていはブラインドがおりていたが、たまに乗客の姿が見えることもあった。むこうの汽車はすいていて、空《から》の車輛がたくさんあった。

錯覚で二台の汽車が止まっているかのように感じられたそのとき、ある車輛のブラインドがぱちんとはじけ上がった。ミセス・マギリカディはほんの数フィートしか離れていない、明かりのついた一等車の中に目をやった。

はっと息をのみ、思わず腰を浮かせた。

窓際に、こちらに背を向けて、男が立っていた。その両手は向き合った女の喉にかかり、男はゆっくり、容赦《ようしゃ》なく、彼女の首を絞めていた。女の目は眼窩《がんか》から飛び出しそうになり、顔は紫色に鬱血《うっけつ》している。ミセス・マギリカディが呆然として見つめるうち、終わりがおとずれた。女の体は力を失い、ぐったりと男の手の中にくずおれた。

その同じ瞬間に、ミセス・マギリカディの汽車はまた速度をゆるめた。むこうの汽車は速度を増しはじめ、こちらを追い抜いて、あっというまに視界から消えてしまった。

ほとんど自動的に、ミセス・マギリカディの手は非常通報用の紐のところまで上がったが、そこでためらって止まった。そもそも、彼女が乗っている汽車の紐を引いて警報を鳴らしたところで、何になる？　こうも近々と目撃してしまった光景の恐ろしさと常軌を逸した状況に、彼女は動こうにも動けない気分だった。すぐになんらかの手を打つ必要がある――だが、何をすればいい？

客室のドアがあいて、車掌が言った。「乗車券を拝見します」

ミセス・マギリカディはここぞとばかりに彼のほうを向いた。

「女の人が絞め殺されました」彼女は言った。「さっき追い抜いていった汽車の中で。わたし、見たんです」

車掌は疑わしげに彼女を見た。

「なんとおっしゃいました、お客さん？」

「男が女を絞め殺したのよ！　汽車の中で。見えたんです――そこから」彼女は窓を指さした。

車掌はひどく疑わしげな顔になった。

「絞め殺した？」いかにも信じられないというように彼は言った。

「そうよ、絞め殺したの！　見たんです、ほんとに。さっさとどうにかしてちょうだい！」

車掌は詫びるように咳払いした。

「ひょっとして、その、ちょっとうとうとされて――ええ――」気をきかせて言葉を濁した。

「一眠りはしましたわ。でも、夢を見ていたというなら、まるで考え違いです。わたし、目撃したんです、ほんとうに」

車掌は座席の上に開いたままのっている雑誌に目を落とした。そのページには、女が男に首を絞められ、別の男があいたドアから二人にリヴォルヴァーを向けている絵が描かれていた。

彼は説いて聞かせるように言った。「いや、お客さん、さっきまでどきどきする話を読んでいて、うとうとして目を覚ますと、ちょっと頭がごっちゃになって――」

ミセス・マギリカディはさえぎった。

「見たんです」彼女は言った。「すっかり目は覚めていました、今のあなたと変わらずにね。そして、そこの窓から横に並んだ汽車の窓の中を見たら、男が女の首を絞めていたんです。それじゃ、どうなさるおつもり？」

「はあ――お客さん――」

「なにかしてくださるんでしょうね？」

車掌はうんざりした様子でため息をつき、時計を見た。

「あときっかり七分でブラックハンプトンに着きますから、うかがったことは報告しておきます。その汽車というのは、どっち方向に走っていましたか？」

「こっち方向に決まっています。反対方向にさっとすれ違う汽車だったら、そんなものが目にとまったはずはないでしょう？」

車掌はその顔つきからすると、ミセス・マギリカディは空想のおもむくまま、どこで何を見ることだってできると思っていたようだが、無作法な態度はとらなかった。

「ご心配なく、お客さん」彼は言った。「お話はちゃんと報告しておきます。では、お名前とご住所をうかがえれば――念のため……」

ミセス・マギリカディは今後数日の滞在先と、スコットランドの自宅の住所を教え、車掌はそれを書きとめた。それから、彼はいかにも義務を果たし、厄介《やっかい》な乗客をうまくあしらったという気分を漂わせて出ていった。

ミセス・マギリカディはまだ眉根を寄せ、漠然と不満を感じていた。車掌は彼女の話を報告するだろうか？　それとも、その場しのぎにご機嫌とりをしていただけ？　そりゃ、年配の女性乗客で、共産主義者の陰謀を暴いたとか、誰かに殺されそうだとか、空飛ぶ円盤や秘密の宇宙船を見たとか思い込んでいる人、ありもしない殺人事件を知らせてくる人はいくらもいるだろう、と彼女はなんとなく思った。あの車掌がわたしをそういう手合いの一人だと決めつけたとしたら……

汽車はスピードを落とし、ポイントを越して、大きな町の明るい光のあいだを抜けていった。

ミセス・マギリカディはハンドバッグをあけ、ほかになにもなかったから領収書を一枚取り出すと、その裏にボールペンで走り書きをして、運よくそこにあった封筒に入れ、封をして宛名を書いた。

汽車は混雑したプラットホームにゆっくりすべり込んだ。どこでも同じ例の〈声〉が単調に唱えていた——

「一番線に到着の汽車は五時三十八分発、ミルチェスター、ウェイヴァートン、ロクセター、そのあとチャドマスまでは各駅に停車します。マーケット・ベイジングへおいでのお客様は三番線に停車中の汽車にお乗り換えです。側線一番口はカーベリー行き各駅停車です」

ミセス・マギリカディは気づかわしげにホームを見渡した。乗客ばかり多くて赤帽は少ない。ああ、あそこに一人いた！　彼女は権威たっぷりに呼びつけた。

「赤帽さん！　これをすぐ駅長室に届けてちょうだい」

彼女は赤帽に封筒を渡し、一シリング添えてやった。

それから、ため息とともに席に落ち着いた。さて、できるだけのことはした。一シリングは多かったと、ふと後悔した……六ペンスで充分だったのに……

さっき目撃した光景がまた頭によみがえった。恐ろしい、じつに恐ろしい……彼女は神経の太い女だが、それでも震えがきた。なんておかしな――なんて突拍子もないことが起きたんだろう、よりによってこのエルスペス・マギリカディに！　あの車輛のブラインドがたまたま跳ね上がらなかったら……だがもちろん、それは神の御心だった。

神の御心が彼女、エルスペス・マギリカディに、あの犯罪を目撃せしめたのだ。彼女は厳しい表情で口元を引き締めた。

大声が行き交い、ホイッスルが鳴り、ドアがばたんばたんと閉まった。五時三十八分発はゆっくりブラックハンプトンの駅を出ていった。一時間五分後、それはミルチェスターに止まった。

ミセス・マギリカディは包みとスーツケースを取りまとめ、下車した。ホームを端から端まで見渡した。頭の中で、さっきの判断を繰り返した――赤帽不足。ホームにいる赤帽たちはみな郵便袋や手荷物貨車にかかりきりのようだった。このごろの乗客は荷物を自分で運ぶものとされているらしい。しかし、スーツケースと傘と買い物の包みぜんぶをひとりで運ぶのは無理だった。待つしかない。しばらくして、なんとか赤帽がつかまった。

「タクシーですか?」

「迎えの車が来ていると思います」

ミルチェスター駅の外で、出口を見張っていたタクシー運転手が進み出た。彼はやわらかい地元訛《なま》りで言った。

「ミセス・マギリカディですか? セント・メアリ・ミードにおいでの?」

ミセス・マギリカディはそのとおりだと答えた。赤帽は、たっぷりとはいえないまでも充分なチップをもらった。車はミセス・マギリカディ、彼女のスーツケースと包みを乗せて、夜の道へ出ていった。九マイルの道のりだった。ミセス・マギリカディは気を抜くことができず、背筋をまっすぐにしてすわっていた。感情が表現を欲していた。ようやくタクシーは見慣れた村の道に入り、とうとう目的地に着いた。ミセス・マギリカディは車を降り、レンガ道を通って玄関まで歩いた。年取ったメイドがドアをあけると、運転手は荷物を中に置いた。ミセス・マギリカディはまっすぐホールを抜け、居間のあいたドアのところで待ち構えている女主人のもとへ行った。かよわげな老婦人だった。

「エルスペス！」

「ジェーン！」

キスを交わすと、前口上も遠回しの表現もなしに、ミセス・マギリカディは口を切った。

「ああ、ジェーン！」彼女は悲痛な声を上げた。「わたし、たった今、人、人殺しを見たの！」

第二章

1

母と祖母から教え込まれた教訓――すなわち、真の淑女たるものは衝撃を受けたり驚いたりしない――のかいあって、ミス・マープルはただ眉を上げ、首を振っただけで言った。

「さぞかしいやな気持ちだったでしょう、エルスペス、それにとってもめずらしいことだわ。今すぐ話してちょうだいな」

それこそミセス・マギリカディの望むところだった。女主人にすすめられるまま暖炉のそばに寄ると、腰をおろし、手袋をはずして、彼女はすぐに生々しい話に入った。

ミス・マープルはじっと注意して耳を傾けた。ミセス・マギリカディがようやく一息ついて言葉を切ると、ミス・マープルはきっぱり決断して言った。

「こうするのがいちばんだと思うわ。まずあなた、二階へ上がって帽子を取って、手をお洗いなさい。それから夕ごはんね――食事中はいっさいこの話はしません。食事がすんだら、あらためてよく考えて、あらゆる角度から検討してみましょう」

ミセス・マギリカディはこの提案に同意した。二人は夕食にし、食べながら、セント・メアリ・ミード村の暮らしのあれこれを話題にした。ミス・マープルは新顔のオルガニストに対するみんなの不信感について見解を述べ、薬剤師の妻をめぐる最近のスキャンダルを話し、学校の女教師と村民会のあいだの敵意に触れた。それから二人はミス・マープルの庭とミセス・マギリカディの庭を俎上《そじょう》に載せた。

「シャクヤクというのは」ミス・マープルは席を立ちながら言った。「まったくわけがわからないわね。うまくいくか、いかないか――二つに一つ。うまく根づいてくれれば、いわば一生ものよ。このごろはほんとにきれいな種類がいろいろあるしね」

二人はまた暖炉のそばに落ち着き、ミス・マープルは隅の戸棚から古いウォーターフォード・グラスを二個、別の戸棚からボトルを取り出した。

「今夜はコーヒーはなしよ、エルスペス」彼女は言った。「ただでさえ興奮しすぎているから（ふしぎはないけれどね！）きっと眠れないわ。わたしの作ったカウスリップ・ワイン（キバナノクリンザクラの花からつくる酒）を一杯お飲みなさい。それにあとでカモマイル・ティー（寝しなに飲むハーブ・ティーの一種）もね」

ミセス・マギリカディがこの処方に応じると、ミス・マープルはワインを注いだ。

「ジェーン」ミセス・マギリカディはありがたそうに一口飲んで言った。「まさかあなたは、あれがわたしの夢とか空想だったなんて思わないでしょう？」

「もちろんよ」ミス・マープルは優しく言った。

ミセス・マギリカディはほっとして大きなため息をついた。

「あの車掌」彼女は言った。「あの人はそう思ったわ。礼儀正しかったけれど、それでもね――」

「まあね、エルスペス、ああいう状況ではそれが当然じゃないかしら。だって、いかにもありそうにない話のように聞こえたのだし、実際、そうだったでしょう。しかも、車掌にしてみればあなたは見ず知らずの他人ですもの。ええ、あなたがあの話のとおりの光景を見たという点、わたしはこれっぽっちも疑っていません。ほんとに途方もないことよ――でも、決してありえないことではないわ。わたしもね、自分が乗った汽車と並行に別の汽車が走ってきたとき、興味をそそられたものよ、むこうの車輛の中で起きていることがなんてくっきりと、手に取るように見えるんだろうと思ってね。そうそう、あるときは幼い女の子が縫いぐるみのクマと遊んでいたんだけれど、ふいにそのクマを隅の席で眠っていた太った男の人めがけて投げつけたの。男はがばと飛び起きて、そりゃもうぷりぷりした顔を見せたわ。ほかの乗客たちは、おかしくてたまらないって様子でね。それが鮮明に見えたのよ。その人たちがどんな顔かたちで、どんな服装だったか、あとになっても間違いなく説明できたわね」

ミセス・マギリカディは感謝をこめてうなずいた。

「そのとおりだったのよ」

「男はあなたのほうに背を向けていた、というんだったわね。じゃ、顔は見えなかったの？」

「ええ」

「それで、女のほうだけど、どんな人だった？　若い、年取っていた？」

「若いほうね。三十から三十五のあいだくらい。それよりはっきりとは言えないわ」

「美人？」

「それも、なんとも言えないわ。だって、顔はすっかりゆがんで――」

ミス・マープルは急いで言った。

「ええ、ええ、よくわかります。服装はどんなだった？」

「なにかの毛皮のコートを着ていた。わりと淡い色の毛皮。帽子はかぶっていなかったわ。髪は金髪」

「それで、男のほうは？　とくに記憶に残っている特徴はない？」

ミセス・マギリカディはすこし時間をとってよく考えてから答えた。

「わりと背が高くて――髪は黒っぽかった、と思うわ。厚地のコートを着ていたから、体つきはよくわからなかった」彼女は沈んだ様子で言い加えた。「これじゃあんまり役に立たないわね」

「とっかかりにはなるわ」ミス・マープルは言い、間を置いて続けた。「あなたの考えでは、その若い女の人はたしかに――死んだのね？」

「死んだわ、絶対よ。舌が飛び出して――その話はしたくない……」

「もちろんよ、もちろんよ」ミス・マープルはすかさず言った。「きっと、朝になればもっとわかるでしょう」

「朝になれば？」

「朝刊に載るでしょう。その男が女を襲って殺したのなら、死体を抱えることになる。じゃ、どうするか？　おそらく、男は次の停車駅でそそくさと降りる――そうそう、むこうは通廊車輌（並んだ仕切客室の外側に廊下が通っている長い客車）だったかどうか、おぼえている？」

「そうじゃなかったわ」

「それなら、長距離の汽車ではなさそうね。きっとブラックハンプトンに止まったでしょう。男はブラックハンプトンで降りる、死体は隅の席にすわらせ、毛皮の襟で顔を隠しておけば、すぐにはそれとわからない。そう——男はそうしたんだろうと思うわ。でも、遠からず死体は発見される——汽車の中で女が殺されていたとなれば、朝刊のニュースにならないはずがないでしょう——すぐにわかるわ」

2

だが、それは朝刊に載っていなかった。

その点を確かめると、ミス・マープルとミセス・マギリカディは黙って朝食を終えた。二人とも考えにふけっていた。

朝食後、二人は庭をひとまわりした。いつもならこれでひとしきり話に花が咲くのに、今日はどうも気が乗らなかった。ミス・マープルは新しくロック・ガーデンに植えためずらしい植物のいくつかを披露したものの、心ここにあらずといった様子だった。ミセス・マギリカディのほうも、ふだんと違って、自分が最近手に入れた植物をずらずら並べて応酬することはなかった。

「庭がこれじゃあ、ほんとに気に食わないのよ」ミス・マープルは言ったが、まだうわのそらだった。「ドクター・ヘイドックは、絶対にかがんだり膝をついたりしちゃいけないっておっしゃるの――でも、かがんだり膝をついたりしないでできることなんて、何がある？ そりゃ、エドワーズ老人ならいるわ――でも、何にでも一家言あってうるさくて。それに、このごろはみんな雇われ仕事ばかりしているから、悪い癖がついてて ね、お茶を飲んではぶらぶら歩きまわるばかりで――仕事らしい仕事はなにもしない」

「ええ、そのとおりよ」ミセス・マギリカディは言った。「もちろん、わたしはかがんじゃいけないなんてことはないけれど、でもね、食後なんかだと――なにしろ太ってしまったし」――でっぷりした体に目を落とし――「かがむと胸焼けするわね」

沈黙があった。それからミセス・マギリカディは足をぴたりと止めて立ち、友人のほうを向いた。

「それで？」彼女は言った。

些細《ささい》な一言とはいえ、ミセス・マギリカディの口調がそこに深長な意味を与えていたし、ミス・マープルはその意味を完全に理解した。

「わかっています」彼女は言った。

女二人は目を見交わした。

「そうね」ミス・マープルは言った。「警察署まで歩いていって、コーニッシュ巡査部長に話をしてはどうかしら。利口で辛抱強い人よ、わたしはよく知っているし、あちらもわたしを知っています。あの人なら話を聞いてくれると思うの――そして、しかるべき場所へ伝えてくれるでしょう」

というわけで、四十五分ほどあと、ミス・マープルとミセス・マギリカディは顔色のいい、まじめそうな三十代の男に話をし、彼は二人の言うことにじっと耳を傾けることになった。

フランク・コーニッシュは暖かく、そのうえうやうやしく、ミス・マープルを迎えた。女性二人のために椅子を出して言った。「さて、どんなご用件でしょうか、ミス・マープル？」

ミス・マープルは言った。「お願いがありますの、わたしのお友達、ミセス・マギリカディの話を聞いてあげてくださいな」

それでコーニッシュ巡査部長は聞いた。話がすんでも、しばらくは黙ったままだった。

それから彼は言った。

「たいへん驚くべきお話です」話のあいだ、彼の目はミセス・マギリカディをそれとなく値踏みしていた。

だいたいにおいて、印象はよかった。分別のある女性だ、明晰《めいせき》に話ができる。見たかぎりでは、想像力が勝ちすぎるとか、感情に走るような女性ではない。そのうえ、ミス・マープルはこの友達の話がちゃんとしたものだと信じているらしい。彼はミス・マープルのことをよく知っていた。セント・メアリ・ミードではみんながミス・マープルを知っている。外見はかよわく頼りなげなのだが、内面は鋭く洞察力がある。

彼は咳払いして口を切った。

「もちろん」彼は言った。「見間違えたということもあります——間違いだったと申しているのではないんですが——そうかもしれない。悪ふざけをする連中はおおぜいいますからな——深刻な怪我とか、死んだというのではなかったかもしれません」

「あのとき見えたのが何だったかは、はっきりしています」ミセス・マギリカディはにこりともせずに言った。

「で、そこから一歩も譲るつもりはないと」フランク・コーニッシュは考えた。「ありそうもない話だが、きっとあんたの言うとおりなんだ」

彼は声に出して言った。「すでに鉄道員に話を伝え、今度はわたしに報告された。それは適切な処置です。あとはわたしにおまかせください。捜査が行なわれるよう、とりはからいます」

彼は言葉を切った。ミス・マープルは満足した様子で、そっとうなずいた。ミセス・マギリカディはそれほど満足していなかったが、なにも言わなかった。コーニッシュ巡査部長はミス・マープルに声をかけた。彼女の考えを参考にしたいというより、何を言ってくれるか、聞いてみたいと思ったからだ。

「事実が報告のとおりだとすると」彼は言った。「死体はどうなったと思われますか？」

「可能性は二つしかなさそうですわ」ミス・マープルはためらわずに言った。「いちばん、ありそうなのは、もちろん、死体は車内に残された、というほうですけれど、どうやらそうではないらしい。だって、それならゆうべのうちに、ほかの乗客か、終点で見まわりにきた鉄道員が見つけたはずでしょう」

フランク・コーニッシュはうなずいた。

「そうすると、犯人に残された唯一の方法は、汽車が走っているうちに死体を外へ投げ出すこと。たぶん、発見されないまま、まだどこかの線路際《ぎわ》にあるのではないかしら――もっとも、それはかなり不自然に思えますけれどね。でも、考えられるかぎりで、ほかに方法はないでしょう」

「死体をトランク（旅行用の大箱）に入れるという話は聞きますけど」ミセス・マギリカディは言った。「いまどき誰も旅行にトランクなんか持っていきませんわ、スーツケースだけで。死体をスーツケースに詰めるのは無理でしょう」

「ええ」コーニッシュは言った。「お二人のおっしゃるとおりです。死体は、もしあるとすればですが、もう発見されたか、あるいはじきに発見されるはずだ。なにか進展があればお知らせします――きっと新聞で読まれることになるでしょうがね。もちろん、その女性はひどい暴行を受けたが、死なずにすんだ、という可能性はあります。自力で汽車を降りたのかもしれない」

「助けがなければむずかしいでしょう」ミス・マープルは言った。「それに、そうだとすれば目につきます。男がこの人は具合が悪いといって女を支えている」

「ええ、目につきますね」コーニッシュは言った。「それに、女が気を失って、あるいは具合を悪くして車内で発見され、病院へ運ばれたのなら、それも記録されているはずだ。まあ、近いうちにすっかりわかると思いますから、どうぞご安心ください」

しかし、その日はなにもなく過ぎた。翌日の夕方になって、ミス・マープルはコーニッシュ巡査部長から短い手紙を受け取った。

ご相談の件につき、全面的な捜査が行なわれましたが、なにも出てきませんでした。女性の死体は発見されていません。お話の風体にあてはまる女性に治療を施した病院はなく、ショック状態か病気の女性、あるいは男に支えられて駅を出たという女性は見られていません。できるだけの捜査は遂行されたとお考えください。お友達がお話のような光景を目撃されたにせよ、思ったほど深刻なことではなかったのではないかと考えます。

第三章

1

「深刻なことではなかった、ですって？　ばかばかしい！」ミセス・マギリカディは言った。「人殺しだったのよ！」

彼女が挑戦するようにミス・マープルを見ると、ミス・マープルも見返した。

「いいのよ、ジェーン」ミセス・マギリカディは言った。「すべて間違いだったと言ってちょうだい！　みんなわたしの空想だったんだって！　今はそう思っているんでしょう、そうじゃなくて？」

「誰にも間違いはありうるわ」ミス・マープルはやさしく指摘した。「誰にもね、エルスペス――あなたにだってよ。それは心にとめておかなきゃいけないわ。でもね、おそらく間違いではなかったと、わたしは今でも思っているの……あなたは読書に眼鏡を使うけれど、遠目はよくきく――それに、あのとき見た光景はとてもしっかり心に焼きついていた。ここにいらしたとき、あなたはたしかにショック状態だったもの」

「とうてい忘れられるものじゃないわ」ミセス・マギリカディは言い、ぞくっと体を震わせた。「困るのは、だからどうしたらいいのかわからないってこと！」

「そうね」ミス・マープルはよく考えて言った。「あなたにできることはもうないでしょう」(もしミセス・マギリカディが友人の口調に注意していれば、〝あなた〟がほんのわずか強調されていたのに気づいたかもしれない)「目撃したことは報告した――鉄道の人たちと警察とにね。ええ、できることはこれ以上ありません」

「そう言われると、すこしはほっとするわ」ミセス・マギリカディは言った。「だって、ご存じのとおり、クリスマスのあとすぐ、セイロンへ行くのよ――ロデリックのところにね。延期にしたくはないわ――とっても楽しみにしてきたんですもの。そりゃ、そうするのが義務だと思えば、延期しますけどね」彼女は良心的につけ加えた。

「ええ、そうでしょうとも、エルスペス。でも、さっき言ったとおり、あなたはできるだけのことをしてしまったと思うのよ」

「あとは警察にかかっているわね」ミセス・マギリカディは言った。「警察が無能に手をこまねいているつもりなら――」

ミス・マープルはきっぱりと首を振った。

「あら、いいえ」彼女は言った。「警察は無能じゃありませんよ。だからおもしろい話なのよ、そうじゃない？」

ミセス・マギリカディはぽかんとして彼女を見たので、ミス・マープルはこの友人が非常に高潔だが想像力は皆無の女性だという判断はやはり正しかったと思った。

「ともかく」ミス・マープルは言った。「実際に何があったのかを知りたいわね」

「女の人が殺されたのよ」

「ええ、でも、だれが殺したのか、なぜ殺したのか、それに、死体はどうなったのか？今どこにあるのか？」

「それを調べるのは警察の仕事よ」

「そのとおり――ところが、警察にはまだわかっていない。つまり、男は利口だった――とても利口だったってことじゃない？　想像もつかないわ」ミス・マープルは眉をひそめて言った。「どうやって始末したのか……激情に駆られて女を殺す――計画的な犯行ではなかったはずよ、大きな駅に着くほんの数分前をわざわざ選んで人を殺すなんてことはないもの。ええ、きっと口げんかでもして――嫉妬《しっと》か――そんなようなこと。男は女の首を絞める――すると、男は死体を抱えてしまう、もう駅に着くっていうときにね。そうなったら、何ができる？　最初に言ったように、死体を隅に立てかけ、顔を隠して眠っているように見せかけて、自分はなるべく早く降りてしまう、そのくらいでしょう。ほかの可能性は思いつかないわ――でも、なにかあったはず……」

ミス・マープルは考え込んだ。

ミセス・マギリカディが二度声をかけると、ようやくミス・マープルは答えた。

「耳が遠くなってきたわね、ジェーン」

「ほんのちょっとね。このごろの人は昔と違って、言葉をはっきり発音しないみたいで。でも、あなたの声が聞こえなかったわけじゃないのよ。注意していなかっただけ」

「明日のロンドン行きの汽車のことをうかがったの。午後でもいいかしら？　マーガレットのところへ行くんだけれど、お茶の時間かそれよりあとという約束なのよ」

「ねえ、エルスペス、十二時十五分のでもかまわない？　早めにお昼を食べればいいわ」

「ええ、もちろんだけど――」ミス・マープルは友人の言葉をさえぎって続けた。

「それに、マーガレットはあなたがお茶に間に合わなくても――七時ごろ着くってことでも――気にしないかしら？」

ミセス・マギリカディはふしぎそうに友人を見た。

「何を考えているの、ジェーン？」

「あのね、エルスペス、わたしもあなたといっしょにロンドンへ行こうと思うの。そして、二人してこのあいだあなたが乗った汽車でブラックハンプトンまで戻ってくるの。あなたはブラックハンプトンからロンドンへとんぼ返り、わたしはあなたがしたように、ここまで帰ってきます。もちろん、汽車賃はわたしもちよ」ミス・マープルはこの点をしっかり強調した。

ミセス・マギリカディは金銭面の申し出はしりぞけた。

「いったい何を期待しているの、ジェーン？」彼女は訊いた。「また殺人？」

「まさか」ミス・マープルはぎょっとして言った。「でも白状するわ、この目で見たいの、あなたの案内でね、その――ええ――正しい表現を見つけるのはほんとにむずかしいわ――犯罪があったところの〝地勢〟をね」

というわけで、翌日、ミス・マープルとミセス・マギリカディはパディントン発四時五十分の汽車に乗り、一等車の向き合った隅の席に腰をおろしてロンドンをあとにすることになった。パディントン駅はその前の金曜日よりさらに混雑していた――クリスマスまであと二日に迫っていたからだ。だが、四時五十分の汽車は――すくなくとも後部車輌は――比較的静かだった。

今回、近づいてきて並んだ汽車はなかったし、こちらがほかの汽車に近づくこともなかった。断続的に、ロンドン行きの汽車がさっとすれ違っていった。下り方向の汽車が高速で追い抜いていったことも二度あった。断続的に、ミセス・マギリカディは疑わしげな顔で時計を見た。

「正確にいつだったのか、よくわからないわ——どこかの駅は通過したけれど……」だが、汽車は次々と駅を通過していた。

「あと五分でブラックハンプトンよ」ミス・マープルは言った。

ドアのところに車掌が現われた。ミス・マープルは尋ねるように目を上げた。ミセス・マギリカディは首を振った。あのときの車掌ではなかった。彼は二人の切符に鋏《はさみ》を入れ、次の客室へ移っていった。汽車が長いカーブにさしかかって横揺れしたので、車掌の足元はややおぼつかなくなった。汽車は速度をゆるめた。

「ブラックハンプトンに近づいてきたみたいね」ミセス・マギリカディは言った。

「郊外に入ったんだと思うわ」ミス・マープルは言った。

外を明かりが飛び去り、建物や、ときに道路や路面電車も見えた。汽車はさらにスピードを落とした。ポイントを越しはじめた。

「もうすぐね」ミセス・マギリカディは言った。「わざわざこんなことをしたかいがあったとは思えないわ。なにかぴんときたことがある、ジェーン?」

「残念ながら、ないわ」ミス・マープルは自信のなさそうな声で言った。

「お金の無駄づかいだったわね」ミセス・マギリカディは言ったが、自腹を切ったわけではないから、さほど非難がましくは聞こえなかった。ミス・マープルは汽車賃は自分が払うと頑固に言い張ったのだった。

「それでもね」ミス・マープルは言った。「事が起きた場所はこの目で確かめたいものよ。この汽車は数分遅れている。あなたが金曜日に乗ったときは、定刻どおりだった?」

「と思うわ。気にとめなかったけど」

汽車はゆっくりブラックハンプトン駅の長いホームにすべり込んだ。ラウドスピーカーがしゃがれ声でアナウンスし、ドアが開閉し、乗客が出入りして、ホームのあちこちに人がたむろした。せわしない雑踏風景だった。

簡単だ、とミス・マープルは思った。殺人犯があの人ごみにまぎれるのは。押すな押すなの人波に乗って駅を出る、あるいは別の客車に乗り移って、どこであろうと終点まで乗っていく。おおぜいいる男の乗客の一人というだけだ。だが、死体を煙のように消してしまうのはそう簡単ではない。あの死体はどこかにあるはずだ。

ミセス・マギリカディは下車した。今、ホームに立って、あいた窓から話していた。「じゃ、気をつけてね、ジェーン」彼女は言った。「風邪をひかないように。油断できない、いやな季節よ、昔ほど若くはないんだし」

「わかっているわ」ミス・マープルは言った。

「それに、このことでこれ以上頭をわずらわせるのはやめにしましょうよ。できることはしたんですもの」

ミス・マープルはうなずいて言った。

「吹きさらしに立ちんぼうはだめよ、エルスペス。あなたのほうこそ風邪をひいてしまう。駅の食堂で熱いお茶をお飲みなさい。時間はあるわ、ロンドン行きの汽車が出るまであと十二分だもの」

「そうね、そうするわ。さよなら、ジェーン」

「さよなら、エルスペス。よいクリスマスを。マーガレットも元気だといいわね。セイロンを楽しんでいらっしゃい。ロデリックによろしく――わたしのことをおぼえていてくれればだけれど、たぶんおぼえていないわね」

「あら、もちろんおぼえているわ――とてもよくね。子供のころ、あなたが助けてくださったでしょう――学校のロッカーからお金が消えるとかいう事件があって――あの子、今でも忘れていないのよ」

「ああ、あれ！」ミス・マープルは言った。

ミセス・マギリカディがその場を離れると、ホイッスルが鳴り、汽車は動きだした。ミス・マープルは友人のがっちりと太めの体が遠くへ消えていくのを見守った。エルスペスは良心の呵責《かしゃく》なくセイロンへ行ける――義務は果たし、それ以上の拘束からは解放されたのだ。

汽車は速度を上げていったが、ミス・マープルはくつろがなかった。背筋をぴんと伸ばしたまま、一心に考えた。しゃべり方こそ曖昧《あいまい》で散漫《さんまん》だが、ミス・マープルの頭は明《めい》晰《せき》で鋭敏《えいびん》だった。解くべき問題があった。自分が今後どう行動するかの問題だ。そして、おかしなことかもしれないが、それは彼女にとってはミセス・マギリカディの場合と同じように、義務の問題だった。

ミセス・マギリカディは、わたしたちはできるだけのことをした、と言った。ミセス・マギリカディにしてみればそのとおりだが、ミス・マープルのほうはそこまで確信が持てなかった。

自分の特別な才能を発揮するべきときもある……いや、それは思い上がりかもしれない……だいいち、自分に何ができる？　友人の一言がよみがえった。「昔ほど若くはないんだし……」

　感情を排して、あたかも作戦を練る将軍か企業の会計監査をする会計士のように、ミス・マープルは今後の活動について、その内容と難点とを頭の中で比較考量し、並べていった。帳簿の貸方には次の項目が並んだ。

一　わたしが長い人生で人間性について経験を積んでいること。
二　サー・ヘンリー・クリザリングとその名づけ子（今はロンドン警視庁《スコットランド・ヤード》にいるはず）。彼はリトル・パドックス事件のとき、とてもよくしてくれた。
三　甥レイモンドの次男デイヴィッド。彼はたしか英国鉄道につとめている。
四　グリゼルダの息子レナード。彼は地図にとても詳しい。

　ミス・マープルはこれらの資産を見直し、是認した。どれもなくてはならないものだ、借方の弱点――ことに、彼女自身の肉体の弱さ――を補うために。

「なにしろ」ミス・マープルは考えた。「わたしが自分の足であちこちへ出かけて、いろいろ調べたり見つけ出したりできるわけじゃないもの」

　そう、おもな難点はそれ、彼女自身の年齢と体力の衰えだった。年のわりには健康だが、老齢であることは確かだった。それに、ドクター・ヘイドックから庭いじりすら厳しく禁じられているとすれば、殺人犯をさがしだす仕事などゆるされるはずはない。彼女がやろうと計画しているのは、要するにそれなのだ——そして、逃げ道もそこにあった。これまでは、殺人事件はいわば彼女にふりかかってきたものばかりだったが、今度は彼女みずからがわざわざ殺人事件を掘り出そうとしているのだ。本気でそんなことをしたいのか、確信がなかった……もう年だ——年を取って疲れている。一日動きまわってくたびれてしまった今、新たな計画に乗り出す気はとてもしなかった。やる気のあることといえば、まっすぐ家に帰り、暖炉のそばにすわって、盆にのせた夕食をとり、床に入り、明日は庭に出て、ちょっと剪定《せんてい》したり、軽くそこいらをかたづけたり、もちろんかがんだり、無理はしないで……

「この年じゃ、もう冒険はできない」ミス・マープルはひとりごちて、ぼんやり窓から外に目をやり、線路の土手が描く曲線を見つめた……

曲線……

ごくかすかに、頭の中でなにかがうごめいた……車掌が二人の切符に鋏《はさみ》を入れたすぐあと……

ふとあることを思いついた。たんなる考えにすぎない。前とはまるで違う考え……

ミス・マープルの頬に赤味がさした。もう疲れなど吹き飛んでいた！

「明日の朝、デイヴィッドに手紙を書こう」彼女はつぶやいた。

同時に、もう一つ貴重な資産が頭をよぎった。

「そうだわ。わたしの忠実なフロレンス！」

2

ミス・マープルは作戦を着々と実行に移し、クリスマスの時期だからかならずよけいに時間がかかることも考慮に入れた。

甥の息子デイヴィッド・ウェストに手紙を書き、クリスマスの挨拶を述べるとともに、折り返し情報をよこしてほしいと頼んだ。

運よく、彼女はそれまでの数年と同様、クリスマスのディナーには牧師館によばれていたから、そこでクリスマス帰省していたレナード青年をつかまえ、地図について尋ねることができた。

レナードはあらゆる種類の地図に情熱を持っていた。老婦人にある地域の大縮尺地図のことを訊かれても、その理由には興味を示さなかった。彼は地図全般に関してとうとうと論じ、彼女の目的にぴったりの地図はどれか、紙に書いてくれた。そればかりか、自分のコレクションにちょうどそういう地図があるのを見つけ、貸してくれたから、ミス・マープルはよく注意して扱うし、いずれちゃんとお返しすると約束した。

3

「地図」母親のグリゼルダは言った。成人した息子がいるというのに、彼女はみすぼらしい古い牧師館に住むには似つかわしくないほど、若々しくはつらつとしていた。「地図が必要ですって？　でも、なんのために？」

「さあね」レナード青年は言った。「はっきりとは言わなかったみたい」

「どうもなんだか……」グリゼルダは言った。「あやしげねえ……あの年じゃ、ああいうことはもうよせばいいのに」

ああいうことってどういうこと、とレナードは訊いたが、グリゼルダはごまかした。

「ええ、まあ、あちこちに首をつっこむってこと。でも、地図ですって、どうしてかしらね？」

しばらくして、ミス・マープルは甥の息子デイヴィッド・ウェストから手紙を受け取った。愛情のこもった文面だった。

親愛なるジェーンおばさん、――今度はいったいなんですか？ お望みの情報は手に入りました。あてはまる可能性がある汽車は二本しかありません――四時三十三分発と五時発です。前者は鈍行で、ヘイリング・ブロードウェイ、バーウェル・ヒース、ブラックハンプトン、そのあとはマーケット・ベイジングまで各駅に止まります。五時のほうはウェールズ方面行きの急行で、カーディフ、ニューポート、スワンジーに止まります。前者はどこかで四時五十分発に抜かれるかもしれませんが、定刻どおりなら、ブラックハンプトンに五分早く着きますし、後者はブラックハンプトンの直前で四時五十分発を追い越します。

これって、ひょっとして村のはなばなしいスキャンダルがからんでいるのかな？ おばさんがロンドンでの買い物帰り、四時五十分発で戻ってくる途中、通り過ぎる汽車の中で村長夫人が公衆衛生検査官に抱かれているのを目にした、とか？ でも、それがどの汽車だったかがどうして大事なんですか？ ポースコール（ウェールズの海辺の町）に週末旅行かも？ プルオーバーをどうもありがとう。ちょうどほしいと思っていたものです。庭はどうですか？ 今の季節じゃ、あまり変化はないでしょうね。

お元気で。

デイヴィッド

ミス・マープルはにっこりして、ここに示された情報を考えてみた。ミセス・マギリカディは、通廊車輛ではなかったとはっきり言っていた。ゆえに――スワンジー行きの急行ではない。では四時三十三分発か。

どうしてもまた汽車に乗ってみないとだめらしい。ミス・マープルはため息をつきながらも、計画を立てた。

彼女は以前と同じように十二時十五分発でロンドンへ行ったが、今回は四時五十分ではなく、四時三十三分の汽車でブラックハンプトンまで戻った。何事も起きなかったが、彼女は細かいことをあれこれ心にとめた。汽車は混んでいなかった――四時三十三分は夕方のラッシュアワーより前だ。一等車輛のうち、乗客がいるのは一台だけ――《ニュー・ステイツマン》を読んでいる、とても年取った紳士が一人だ。ミス・マープルは空《から》の客車に乗り、停車した二駅、ヘイリング・ブロードウェイとバーウェル・ヒースでは、窓から身を乗り出して客の乗り降りする様子を観察した。ヘイリング・ブロードウェイでは三等車にぱらぱらと数人が乗り込んだ。バーウェル・ヒースでは三等客が何人か降りた。《ニュー・ステイツマン》を手にした老紳士が降りたほかは、一等車に乗り降りする客は一人もいなかった。

汽車がブラックハンプトンに近づき、線路のカーブに入ったとき、ミス・マープルは腰を上げ、ためしにブラインドを下ろした窓に背を向けて立ってみた。

やっぱりね、と彼女は思った。ふいに線路がカーブして汽車がスピードをゆるめるので、そのひょうしに足元が揺らぎ、窓に背中をぶつけてしまうから、その結果ブラインドが跳ね上がってもふしぎはない。彼女は夕闇に目を凝《こ》らした。ミセス・マギリカディがこの線を走ったときよりは明るかった——日が暮れて間もないが、それでも見えるものはあまりなかった。あたりを観察するには、昼間乗ってみなければならない。

翌日、彼女は早朝の汽車でロンドンへ行き、調査のついでに家庭の必需品をそろえようとリネンの枕カバーを四枚買って(値段の張るのには舌打ち!)、パディントンを十二時十五分に出る汽車で帰ってきた。また一等車にはほかに人がいなかった。「税金のせいね」ミス・マープルは考えた。「そうよ。もう誰も一等車に乗るような余裕がない。ラッシュアワーの会社員のほかにはね。ああいう人たちはきっと交通費を経費として落とせるんでしょう」

汽車がブラックハンプトンに着く十五分ほど前に、ミス・マープルはレナードが貸してくれた地図を取り出し、田園風景を眺めた。地図は前もってじっくり見ておいたから、通過した駅名を目にとめると、汽車がカーブに入ってスピードをゆるめはじめたとき、それがどの地点かすぐにわかった。実に大きなカーブだった。ミス・マープルは窓に鼻先を押しつけ、下の地面を（汽車はかなり高い土手の上を走っていた）じっと見た。外の田園と手元の地図を見くらべているうち、汽車はとうとうブラックハンプトンの駅に入った。

その晩、彼女は手紙を書いて投函した。宛先はブラックハンプトン市マディソン・ロード四番地、ミス・フロレンス・ヒル……翌朝、州立図書館へ行くと、彼女はブラックハンプトン案内公報と州の歴史紹介の冊子を調べた。

そこまでやってみて、彼女の頭に浮かんだごく漠然とした大ざっぱな考えと矛盾する材料はなにも出てこなかった。彼女が想像したことは可能だった。それ以上はなんとも言えない。

だが、次の段階には行動が――かなりの行動が――必要だった。肉体的に、彼女自身には無理だ。彼女の仮説が正しいか、正しくないか、確実に立証するためには、ここでどうしても誰かに助けてもらわなければならなかった。問題は——誰に？　ミス・マープルはさまざまな名前と可能性を考え、どれもだめだと首を振った。その知性に頼れるような知的な人たちはみな忙しすぎた。それぞれに重要な仕事に就いているだけでなく、休暇の予定もずっと前から決まっているのがふつうだ。暇はあるが知性の足りない人たちでは役に立たない、とミス・マープルは思った。

いくら考えても妙案は浮かばず、苛立ちがつのった。

そのときふいに頭の霧が晴れ、思わず一人の名前を声に出した。

「そうだわ！」ミス・マープルは言った。「ルーシー・アイルズバロウがいるじゃないの！」

第四章

1

ルーシー・アイルズバロウの名前は一部ではすでによく知られていた。

ルーシー・アイルズバロウは三十二歳。オックスフォード大学の数学科を一級で出て（卒業試験の成績により学位は一級から三級に分けられる）、すばらしい頭脳の持ち主と認められ、将来はかならず立派な学者になるものと嘱望《しょくぼう》されていた。

ところが、ルーシー・アイルズバロウは学問に秀でているのみならず、芯にしっかりした常識を持ち合わせていた。立派な学者の生活はことのほか報いがすくないという点を彼女は見逃さなかった。教職はまったく望むところではなかったし、彼女は自分よりずっと頭の切れない人たちと接するのが楽しかった。要するに、あらゆる種類の人間に興味があり――しかも、ずっと同じ人たちに関わっているのは嫌いだった。それに、ありていにいって、金《かね》が好きだった。金を得るには不足に目をつけなければならない。ルーシー・アイルズバロウは即座に非常に深刻な不足をさがしあてた——熟練した家事労働の不足だ。友人や大学同級生の驚愕をしりめに、ルーシー・アイルズバロウは家事労働の世界に入った。

彼女はすぐさま成功を遂げ、地位を確立した。数年たった今では、彼女はイギリスじゅう津々浦々に知れ渡っていた。妻が夫に向かって、「大丈夫、わたしもアメリカへついて行けるわ。ルーシー・アイルズバロウが来てくれるから！」とうれしげに言うのはよくあることだった。なにしろ、いったんルーシー・アイルズバロウが家に入ってくれば、心配事も重労働もすっかり出ていってしまうのだ。ルーシー・アイルズバロウはすべてをやり、すべてに目を届かせ、すべてを取り仕切った。考えつくかぎりすべての分野で彼女は信じられないほど能力があった。年老いた親の面倒をみ、幼い子供の世話を引き受け、病人を看護し、見事な料理をこしらえ、家にいる（たいていはいないが）頑固な召使たちとも仲よくつきあい、手に負えない人間もそつなく相手にし、酒飲みもおとなしくさせ、犬の扱いがまたすばらしかった。なによりありがたいのは、どんな仕事でもいやがらないことだった。彼女は台所の床をごしごし洗い、庭に穴を掘り、犬の糞《ふん》を始末し、石炭を運んでくれる！

彼女の決まりの一つは、長期にわたる仕事を決して引き受けないことだった。二週間がふつうだった――例外的な場合でも、一ヵ月がいいところだ。その二週間に、雇い主は大金を払わなければならない！　しかし、その二週間のあいだは天国だった。完全にくつろいで、外国へ行くなり、家にいるなり、好きなようにでき、家事ならルーシー・アイルズバロウが采配《さいはい》を振るってすべてうまくいっていると、安心していられるのだ。

当然、彼女は引っ張りだこだった。本人がその気になれば、三年くらい先までびっしり予約を入れることもできたろう。終身雇用させてくれと、巨額の金を示されたこともあった。だが、ルーシーは終身雇用されるつもりは毛頭なく、六ヵ月以上先まで予約を入れるつもりもなかった。そして、彼女を求めて騒ぐ顧客たちは知るよしもなかったが、仕事と仕事の合間に彼女はかならず拘束のない期間を入れ、短く豪勢な休暇をとったり（ほかに贅沢はせず、仕事中は住み込みでたっぷり報酬をもらっていたから）、あるいは、おもしろそうだとか、〝いい人たちだから〟といった理由で、ふと気の向いた仕事を急に引き受けたりできるようにしていた。今では彼女を雇いたいと声を大にする人々の中から好きに選べる立場にあったので、彼女はたいてい個人的な好みで相手を決めていた。たんに金があるだけではルーシー・アイルズバロウは雇えない。好きに選べるのだから、彼女は好きに選んだ。そんな生活を彼女は満喫し、いつも愉快だと感じていた。

ルーシー・アイルズバロウはミス・マープルからの手紙を何度も読み返した。彼女がミス・マープルと知り合ったのは二年前、小説家のレイモンド・ウェストから、肺炎を患《わずら》って療養中の年取った伯母の面倒をみてくれと頼まれたときだった。ルーシーはその仕事を引き受け、セント・メアリ・ミードへおもむいたのだった。彼女はミス・マープルを大好きになった。ミス・マープルのほうは、寝室の窓からちらちらと外を見ると、ルーシー・アイルズバロウがスイートピーを植える溝を手抜きせずにきちんと掘っていたので、安堵の吐息をついて枕にもたれ、ルーシー・アイルズバロウが運んできてくれる食欲をそそられる軽食を食べ、怒りっぽい年老いたメイドが「あたし、ミス・アイルズバロウに鉤針《かぎばり》編みのパターンを一つ教えてあげたんですけどね、そんなパターン、聞いたこともない、ですって！　そりゃもう感謝してくれましたよ、あの人」などと話すのを、気持ちよく驚きながら聞いた。そして、医者が目を見張るほどぐんぐん病気から回復したのだった。

ミス・マープルは手紙に書いた。ミス・アイルズバロウに一役買っていただけないだろうか——かなり変わった仕事なのだが。この件を話し合いたく、お目にかかりたいので、時間と場所はミス・アイルズバロウに決めていただければと思う。

ルーシー・アイルズバロウは眉根を寄せ、しばし考えた。実のところ、予約はいっぱいだった。だが、〝変わった仕事〟という表現を目にし、ミス・マープルの人柄を思い出すと、心は決まった。彼女はすぐミス・マープルに電話して、今は仕事中なのでセント・メアリ・ミードまでは行かれないが、翌日二時から四時までは時間があるから、ロンドンのどこででもミス・マープルに会えると説明した。場所は自分のクラブではどうか。ぱっとしない建物だが、暗くて狭い書き物部屋がいくつもあり、たいてい空いている。

ミス・マープルは承諾し、翌日、二人は会った。

挨拶をすませると、ルーシー・アイルズバロウはゲストをいちばん薄暗い書き物部屋へ連れていき、言った。「今のところ、残念ながら仕事がかなり詰まっておりますけど、わたしに何をしてほしいのか、教えていただけますかしら？」

「とても単純なことなんですよ、ほんとに」ミス・マープルは言った。「変わっているけれど、単純。あなたに死体を見つけてもらいたいの」

一瞬、ミス・マープルは頭がおかしくなったのかという疑念がよぎったが、ルーシーはその考えを否定した。ミス・マープルはまったく正気だ。言ったとおりのことを意図している。

「どういう死体ですの？」ルーシー・アイルズバロウはあっぱれな落ち着きを見せて訊

いた。

「女の死体です」ミス・マープルは言った。「汽車の中で殺された――首を絞められた――女の人の死体です」

ルーシーの眉がこころもち上がった。

「まあ、確かに変わっていますね。詳しく聞かせてください」

ミス・マープルは話した。ルーシー・アイルズバロウは熱心に、口をはさまずに耳を傾けた。話がすむと、彼女は言った。

「決め手はそのお友達が見たこと――あるいは、見たと思った――？」

彼女は疑問を含ませて言葉を濁した。

「エルスペス・マギリカディは物事を空想する人ではありません」ミス・マープルは言った。「だからわたしは彼女が言ったことを信頼しているんです。これがもしドロシー・カートライトだったら、そりゃ――ぜんぜん違ってくるわ。ドロシーはいつもおもしろい話をするし、自分でも信じ込んでいることが多いの。たいてい、土台にはいくらか真実があるんだけれど、あとはまるで作り話。でもエルスペスは、途方もないこととか、常軌を逸したことが起きうるなんて、信じようたって信じられないような人。暗示にかかりようがないのよ、まるで御影石《みかげいし》みたいに」

「なるほど」ルーシーは考え深く言った。「じゃ、すっかり事実として受け入れるとしましょう。わたしはどこにからんできますの？」

「以前、あなたにはとても感心しました」ミス・マープルは言った。「それに、このごろではわたし、出かけていってなにかするような体力がないでしょう」

「わたしに聞き込みをやらせたい？　そんなようなことですか？　でも、今ごろはもう警察がすっかりやってしまったのではないかしら？　それとも、警察はたるんでいるとお考え？」

「あら、とんでもない」ミス・マープルは言った。「警察はたるんでなんかいませんよ。ただ、その女の人の死体について、わたしは仮説を立てたの。どこかにあるはずでしょう。汽車の中から見つからなかったとすれば、汽車から外へ押し出されたか投げ出されたかしたに違いないわ――それなのに、線路上のどこからも見つかっていない。だから、わたしはその線を走ってみて、死体が汽車から投げ出されても、線路上では見つからないような場所があるかどうか調べたら――あったのよ。線路はブラックハンプトンに入る手前で大きくカーブするんだけれど、そこは高い土手の上を走るようになっていてね。あそこで死体を投げ出せば、汽車が傾いているときだから、まっさかさまに土手の下へ落ちてしまう、と思うのよ」

「それでも、見つかるはずでしょう——いくらそんなところにあっても？」

「ええ、そう。運び去らなければならないわ……でも、その話はあとでね。ここなのよ——この地図の上では」

ルーシーは背を丸めて、ミス・マープルの指がさし示す場所をよく見た。

「今はブラックハンプトンの郊外よ」ミス・マープルは言った。「でも、もとは広大な私園《パーク》と敷地のある田舎の大邸宅《カントリー・ハウス》。それは今も手つかずに残っています——まわりじゅう、造成地やちまちました郊外住宅に囲まれてね。ラザフォード・ホールというの。クラッケンソープという名前の、とても裕福な製造業者が一八八四年に建てたのよ。初代クラッケンソープの息子が、もう老人だけれど、まだそこに住んでいます。娘といっしょのようね。線路は敷地をゆうに半周している」

「それで、わたしに——何をしてほしいと？」

ミス・マープルはすぐに答えた。

「あなたには、このお屋敷に雇われてほしいの。みんなが有能な家事手伝いを求めているときですもの——むずかしくはないでしょう」

「ええ、むずかしいとは思いません」

「ミスター・クラッケンソープは地元ではけちんぼうとして知られているようです。もしお給料が安いなら、わたしが上乗せしましょう。報酬は現行の相場よりかなり多くなければいけないと思いますからね」

「困難な仕事だからですか？」

「困難というより、危険ですから。だって、あぶない目にあうかもしれませんよ。それは警告しておきます」

「どうかしら」ルーシーは考えながら言った。「危険がありそうだからといって、しりごみはしませんけど」

「そうだろうと思いましたよ」ミス・マープルは言った。「あなたはそういうタイプの人じゃありませんからね」

「むしろわたしがその気になると思われたんじゃないかしら。わたし、あぶない目にあったことなんて、ほとんどありません。でも、危険がありうると本気でお考えですの？」

「何者かが」ミス・マープルは指摘した。「実にうまく犯罪をやりおおせた。なんの騒ぎも起きていないし、怪しまれてもいない。おばあさんが二人、かなりありそうもない話をして、警察は捜査したけれど、なにも見つからなかった。だから、うまい具合に平穏無事。この人物が誰であるにせよ、事件をほじくり返されるのは喜ばないでしょう――

——ことにあなたが目的を達成すればね」

「何をさがせばいいんですか？」

「土手に沿って、手がかりになるものならなんでも。服の切れ端、折れた灌木《かんぼく》——そんなようなもの」

ルーシーはうなずいた。

「それから？」

「わたしはそばにいます」ミス・マープルは言った。「昔わたしのところにいたメイド、忠実なフロレンスがブラックハンプトンに住んでいるの。年取ったご両親を何年も世話してね。どちらも亡くなった今は下宿人を置いている——ちゃんとした人ばかりよ。わたしがしばらく下宿できるよう、とりはからってくれました。あの人なら心をこめてわたしの面倒をみてくれるし、わたしとしては現場近くにいたいのでね。あなたは年寄りの伯母がこのあたりに住んでいて、近くに仕事がほしかった、と言えばいいでしょう。それに、なるべく伯母を訪ねられるように、それなりの自由時間をいただきたい、ともね」

ふたたびルーシーはうなずいた。

「あさって、タオルミナ（シチリア島の海辺の町）へ行く予定だったんですけど」彼女は言った。「休暇はあとまわしにします。でも、三週間しかお約束できませんわ。そのあとは予約が詰まっていて」

「三週間あれば充分よ」ミス・マープルは言った。「三週間でなにも見つからなければ、大山鳴動して鼠一匹も出てこなかったと、あきらめましょう」

ミス・マープルは立ち去った。ルーシーはすこし考えてから、ブラックハンプトンの雇い人紹介所に電話をかけた。支配人は彼女がよく知っている女性だった。ルーシーは〝伯母〟のそばにいたいので、この地域で働き口がほしいのだと説明した。いかにも望ましい口がいくつか紹介されたのを、巧妙な言い訳を考え出してはなんとか断わっていくと、ようやくラザフォード・ホールが出てきた。

「そこならぴったりです」ルーシーはきっぱりと言った。

紹介所はミス・クラッケンソープに電話し、ミス・クラッケンソープはルーシーに電話してきた。

2

二日後、ルーシーはロンドンを発ち、ラザフォード・ホールへ向かった。

自分の小型車を運転して、ルーシー・アイルズバロウは堂々たる巨大な鉄門を抜けていった。門を入るとすぐ、もとは番小屋だった小さい建物があった。今ではすっかり荒れ果てているが、それが戦争の被害か、たんにほったらかしにしてきたせいかは判然としなかった。長いうねうねとした私道が大きく陰気なシャクナゲの繁みにはさまれ、屋敷まで続いていた。その屋敷が目に入ると、ルーシーは思わず軽く息をのんだ。ウィンザー城（バークシャー州にある王宮）のミニチュアみたいだ。玄関前の石段は手入れが行き届いておらず、砂利敷きの車寄せは雑草が青々とはびこっていた。

昔ふうな錬鉄《れんてつ》製の呼び鈴の引き手を引くと、家の中のどこか遠くで大きな音が響いた。だらしない様子の女がエプロンで手を拭きながら出てきてドアをあけ、うさんくさそうにルーシーを見た。

「来るといってた人ね？」女は言った。「ミス・なんとかバロウって聞いてるけど」

「そのとおりです」ルーシーは言った。

家の中はどうしようもなく寒かった。案内の女は先に立って暗い玄関ホールを歩いていき、右手のドアをあけた。驚いたことに、そこはなかなか感じのいい居間で、本棚やチンツの布張りの椅子があった。

「お嬢さんに知らせてきます」女は言い、ルーシーにいかにも嫌悪のこもった一瞥を投げると、ドアを閉めて出ていった。

数分して、またドアがあいた。その最初の瞬間に、ルーシーはエマ・クラッケンソープを気に入った。

彼女はこれという特徴のない中年女性だった。美人ではないが、不細工でもない。ツイードの服にプルオーバーという実用的な服装で、黒っぽい髪を額から後ろへ梳《と》かしている。落ち着いたハシバミ色の目と、とても耳に快い声の持ち主だった。

彼女は「ミス・アイルズバロウでいらっしゃいますね？」と言って、手をさしのべた。

それから、疑うような表情になった。

「あの」彼女は言った。「うちは本当にあなたがおさがしでいらしたような口なのでしょうか？　ハウスキーパー、その、家事を監督する人ならいりませんの。家事をしてくれる人がいいんですけど」

ルーシーはたいていの人が必要としているのはそれだと言った。

エマ・クラッケンソープはすまなそうに言った。

「軽く埃を払うくらいで義務は果たしたと思う人がとても多いでしょう——でも、軽く埃を払うくらいなら、わたし一人でできますもの」

「お気持ちはよくわかります」ルーシーは言った。「食事の支度、皿洗い、その他の家事、ボイラーに燃料をくべる、そんなことがお望みなんですね。けっこうですわ。それがわたしの仕事です。働くのは苦になりません」

「申し訳ないですが、ここは大きな屋敷で、不便ですの。そりゃ、住むのに使っているのはほんの一部ですけど――父とわたししかおりませんのでね。父は病人です。ごく静かな暮らしですわ。それに、アーガ・ストーブ（台所に置く大型の調理用兼暖房用コンロ。旧式のコンロと違って温度調節ができ、一九三〇年代ころから普及した）がありますす。兄弟は何人かおりますけど、ここにはあまりまいりません。手伝いの女の人が二人、ミセス・キダーは午前中、ミセス・ハートは週に三日、真鍮を磨いたりするのに来てくれます。あなたは車をお持ちですの？」

「はい。置き場所がなければ、外に出しておきます。よくそうしていますから」

「あら、昔の馬小屋がいくらでもありますわ。それならちっとも問題ありません」彼女はふと眉をひそめて言った。「アイルズバロウ――かわったお名前ね。友達がルーシー・アイルズバロウという人のことを話していましたけれど――ケネディ夫妻をご存じ？」

「はい。ミセス・ケネディがお産をなさったとき、北デヴォンのお宅にうかがいました」

エマ・クラッケンソープは微笑した。

「あのかたたち、あなたがすべて取り仕切ってくれたあのときほどいい思いをしたことはないとおっしゃっていたわ。でも、あなたはすごく高給を取るかただと思っていましたの。わたしが示した金額では――」

「いいんです」ルーシーは言った。「わたし、どうしてもブラックハンプトンのそばに来たかったものですから。年取った伯母が体調を崩していて、わたしとしては楽に様子を見にいける距離にいたいんです。ですから、お給料は二の次で。なにもせずにいるほど経済的余裕はありませんし。毎日、ある程度のお暇はいただけますか？」

「あら、もちろんです。毎日午後、六時まではいかが？」

「けっこうです」

ミス・クラッケンソープはややためらってから言った。「父は年取っていて、ちょっと――気むずかしいときがあります。倹約に口うるさいし、ときどきとげのあることを言ったりします。それで――」

ルーシーはすかさず口をはさんだ。

「お年寄りには慣れています、どんなタイプのかたでもね」彼女は言った。「いつもなんとか仲よくやっていきますわ」

エマ・クラッケンソープはほっとしたようだった。

「厄介な父親か！」ルーシーは判断を下した。「きっと手ごわいおじいちゃんね」

彼女は広い陰気な寝室をあてがわれた。小型の電気ストーブが懸命に熱を発していたが、とうてい暖まりそうになかった。それから家の中を案内された。巨大な、住み心地の悪い屋敷だった。ホールを歩いていくと、あるドアの内側から大声がした。

「エマか？　新しいむすめ《ガール》が来たのか？　連れてきなさい。顔を見たい」

エマはさっと頬を染め、詫びるようにルーシーに目をやった。

女二人は部屋に入った。濃い色のベルベットをたっぷり使って装飾され、細い窓からはわずかな光しか入らない。しかも重々しいヴィクトリア朝のマホガニーの家具だらけだった。

年取ったミスター・クラッケンソープは病人用の椅子に脚を伸ばしてすわり、そのわきには銀の握りのついたステッキが置いてあった。

彼は大柄でやせこけ、肉がゆるいひだになって垂れていた。顔はブルドッグのようで、けんか早そうな顎をしている。ふさふさした黒っぽい髪には白髪が混じり、小さい目は疑り深そうだった。

「顔を見せてもらおうかね、娘さん」

ルーシーは進み出た。落ち着いて微笑を浮かべていた。

「まずわかってもらいたいことが一つある。大きな家だからといって、われわれは金持ちだというわけじゃない。金などない。質素な暮らしをしておる――いいかね――質素なんだ！　ごたいそうな考えを振りまわしてもらってもしょうがない。いつだって魚ならタラで充分、カレイにすることはないからな、おぼえておきなさい。無駄はゆるさない。わたしがここに住んでいるのは、父がこの家を建て、わたしはこの家が好きだからだ。わたしが死んだあとは、みんなが売りたければ売ればいい――どうせ売りたいだろうさ。家族意識というものがないからな。この家はよくできている――しっかりしたつくりだし、まわりはうちの土地だ。人目を避けられる。建築用の土地として売ればかなりの金になるだろうが、わたしが生きているうちはそんなことはさせん。棺桶に入らないかぎり、わたしはここから出ていかん」

彼はルーシーをにらみつけた。

「我が家は我が城ですわ」ルーシーは言った。

「ばかにしているのか？」

「とんでもない。町にすっかり囲まれた本物のカントリー・ハウスをお持ちだというのは、とてもすてきだと思います」

「まったくな。ここからはほかの家は一軒も見えんだろう。牛のいる草原ばかりだ――ブラックハンプトンのまんまんなかでな。風向きによって、車の音はちょっと聞こえるが――それを除けば、ここはまだ田園だ」

彼は休みもせず、口調も変えずに娘に向かって言い加えた。

「あの馬鹿医者に電話してくれ。このまえの薬はちっとも効かんと言ってやれ」

ルーシーとエマは引き下がった。老人は追って声をかけた。

「それから、あの鼻水をたらした女にはこの部屋を掃除させるな。わたしの本をすっかりごちゃごちゃにしてしまった」

ルーシーは訊いた。

「ミスター・クラッケンソープは長らくご病気なんですか？」

エマは確答を避けるように言った。

「ええ、何年にもなりますけど……ここが台所です」

台所は広大だった。旧式な大型調理用レンジは使われずに冷えきっている。その横にアーガ・ストーブが遠慮がちに控えていた。

ルーシーは食事時刻を尋ね、食料貯蔵庫を調べた。それから明るくエマ・クラッケンソープに言った。

「これですべてわかりました。ご心配なく。すっかりおまかせください」

エマ・クラッケンソープは、その晩寝室へ上がりながら、ほっと大きくため息をついた。

「ケネディさんたちの言ったとおりだわ」彼女はひとりごちた。「すばらしい人」

ルーシーは翌朝六時に起きた。家の中を掃除し、野菜を準備し、朝食をこしらえて出した。ミセス・キダーといっしょにベッドを整え、十一時には二人で濃いお茶とビスケットを前に台所にすわった。ルーシーが〝ちっとも気取りがない〟とわかったのと、濃く甘いお茶のおかげで機嫌のよくなったミセス・キダーは、くつろいで噂話を始めた。

彼女は小柄でやせた女で、目つきが鋭く、口はいつもへの字に結んでいた。

「けちんぼなじいさんですよ、あの人は。お嬢さんはよく我慢してなさるわ！　でもね、いわゆる虐《しいた》げられて言うなりってのとは違うんですよ。いざってときは、ちゃんとご自分の立場を守りぬく。男のかたたちがみえるときは、まともな食べ物があるように、気を配られるんです」

「男のかたたち？」

「ええ。もとは大家族でね。いちばん上のミスター・エドマンドは戦死なさった。次のミスター・セドリックはどこだか外国暮らし。結婚はしてません。外国で絵を描いてるのよ。ミスター・ハロルドは金融街《シティ》でお仕事、ロンドンに住んでます――伯爵の令嬢と結婚されてね。それからミスター・アルフレッド、この人は人当たりがいいんだけど、もてあまし者で、一、二度厄介なことに巻き込まれたことがある――あと、ミス・イーディスのご主人、ミスター・ブライアンがいるわ。すごくいい人でね――奥さんは数年前に亡くなったんだけど、ご主人はずっと家族の一員のままなのよ。それに、ミス・イーディスの息子さんのアレグザンダーぼっちゃん。小学生で、いつも休みのあいだしばらくはここにいらっしゃる。ミス・エマはそりゃもうご執心なんですよ」

ルーシーは情報提供者にお茶のお代わりを出しながら、この情報を消化した。ようやくミセス・キダーはしぶしぶ腰を上げた。

「今朝はあたしたちの仕事、なんだかすごくはかどったみたいねえ」彼女はふしぎそうに言った。「ジャガイモの下ごしらえ、手伝ってあげましょうか？」

「もうすっかり準備できているわ」

「あらまあ、働き者だこと！　それじゃ、失礼しましょうかね、ほかにすることはなさそうだし」

ミセス・キダーは立ち去り、暇になったルーシーは台所のテーブルをごしごし洗った。ずっとやりたいと思っていたのだが、本来はミセス・キダーの仕事だから、嫌味に受け取られないよう、彼女が帰るまで待ったのだ。それから銀製品をぴかぴかに磨き上げた。昼食の支度をし、かたづけ、皿を洗い、二時半には探査に出る準備が整った。お茶のセットを盆に並べ、サンドイッチとバターつきパンには濡れぶきんを掛けて乾かないようにしておいた。

彼女は庭を散策した。ごくあたりまえの行動だ。菜園は申し訳程度に耕され、野菜が二、三植えてあった。温室は荒れ果てている。歩行路はどこも雑草だらけだった。家のそばに一列に花を植えてあるところだけは雑草もなくきれいで、きっとエマが丹精しているのだろうとルーシーは察した。庭師はたいそうな老人で、耳が遠く、働くふりをしているだけだった。ルーシーはこの男に愛想よく話しかけた。彼は馬小屋の外の馬場に接したコテッジに住んでいた。

馬場から続く裏手の私道は両側を柵にはさまれて私園を抜け、やがて鉄道線路の陸橋の下をくぐって、外の細い裏道につながっていた。

数分ごとに、陸橋の上の本線を汽車が轟音《ごうおん》を立てて通り過ぎた。ルーシーが見ていると、どの汽車もクラッケンソープ家の敷地を囲む急カーブに入るとスピードを落とした。彼女は陸橋の下を通って裏道に出た。ほとんど使われていない道のようだった。一方には線路の通っている土手があり、反対側は塀がそびえて、その奥にはなにかの工場の高い建物があった。道に沿って歩いていくと、やがて小さい家の並んだ通りに出た。近くに主要道路があるらしく、車の往来の音が耳に届いた。ルーシーは時計を見た。そばの家から女が一人出てきたので、ルーシーは呼び止めた。

「すみません、この近くに公衆電話はありますかしら？」

「そこの角の郵便局にありますよ」

ルーシーは礼を言い、歩いていくと郵便局が見つかった。よろず屋を兼ねた郵便局だった。片隅に電話があった。ルーシーはボックスに入り、電話をかけた。ミス・マープルをお願いしますと言った。女の声が鋭く怒鳴り返してきた。

「お休み中です。お起こしするつもりはありませんよ‼ 休養が必要なんです――お年を召していらっしゃいますからね。どなたからのお電話だと伝えましょうか？」

「ミス・アイルズバロウです。お騒がせにはおよびませんわ。わたしが到着した、すべてうまくいっている、なにかニュースがあればお知らせする、とお伝えください」

彼女は受話器を置き、ラザフォード・ホールに戻った。

第五章

1

「あの、私園《パーク》でちょっとアイアン・ショットの練習をしてもかまいませんか？」ルーシーは訊いた。

「あら、もちろんよ。ゴルフがお好きでいらっしゃるの？」

「うまくはないんですが、練習は欠かさないようにしていますの。ただ散歩するより楽しい運動になりますし」

「この土地の外には散歩する場所もない」ミスター・クラッケンソープは唸るように言った。「歩道に沿ってなさけないちびた家が並んでいるだけ。みんな、わたしの土地を手に入れて、ああいう家をもっと建てようともくろんでおるんだ。しかし、わたしが死ぬまではだめだ。それに、わたしは人に恩恵を施すために死にはせんからな。おぼえておきなさい！　人を喜ばせて死ぬなど、まっぴらだ！」

　エマ・クラッケンソープは穏やかに言った。

「まあまあ、おとうさま」

「あいつらの考えなら百も承知だ――何を待っているのかもな。一人残らずだ。セドリック、それにあのきざなずる狐のハロルド。アルフレッドはてっとりばやくわたしを消そうとしたかもしれん。クリスマスにな。いやに具合が悪くなって、妙だった。クインパーもふしぎがって、それとなくいろいろ質問していった」

「誰だってたまには消化不良を起こしますわ、おとうさま」

「わかった、わかった、食べすぎだったとはっきり言えばいいだろう！　どうせそう思っているんだからな。で、どうしてわたしは食べすぎた？　テーブルに料理がありすぎたからだ。無駄もいいところだ。贅沢《ぜいたく》だ。そうだ、そういえばな――娘さん。昼にジャガイモを五個出したろう――それもかなり大きいのをな。誰だってジャガイモは二個で充分だ。だから、今後は四個以上出さないように。今日の余分の一個は無駄になった」

「無駄ではありませんわ、ミスター・クラッケンソープ。今夜のスパニッシュ・オムレツに使うつもりですから」

「けっ！」コーヒーの盆を持って部屋から出るとき、ルーシーは彼が言うのを聞いた。

「如才ない女だ、何にでも答えを用意している。だが、料理はうまいな――それに、堂堂として器量も悪くない」

　ルーシー・アイルズバロウはあらかじめ考えて持ってきてあったゴルフクラブのセットから軽いアイアンを取り出し、外に出ると低い柵を乗り越えて私園に入った。

ショットの練習を始めた。五分ほどすると、スライスしたらしいボールが一個、線路の土手に落ちてしまった。ルーシーはそれを見つけようと、斜面をのぼった。後ろを振り返って屋敷のほうを見た。屋敷はずっと離れていて、彼女の行動に関心を持っている人は一人もいなかった。ボールさがしを続けた。ときには土手から下の草地に向かってボールを打ってみた。その日の午後、彼女は土手の三分の一ほどを調べた。なにもなかった。彼女はボールを屋敷のほうへ打ちながら戻っていった。

　だが次の日、見つかったものがあった。土手の斜面のなかほどにある低いイバラの木が折れて、ちぎれた枝がまわりに散らばっていた。ルーシーはその木をよく調べた。とげのある小枝に毛皮の切れ端が刺さっていた。枝とほとんど同じような薄茶色だった。ルーシーはしばらく見ていたが、やがてポケットから鋏を取り出し、その切れ端を慎重に半分に切った。切り取ったほうはポケットに用意してあった封筒に入れた。それから、ほかになにかないか目を配りながら、急な斜面をおりていった。伸び放題に草の生えた地面に目を凝らすと、誰かが高い草を踏み分けて進んでいった跡が残っているように思えた。だが、ごくかすかなものだった――彼女自身のつけたはっきりした跡とはくらべものにならない。人が通ったとすれば、かなり前に違いない。この程度では、それが自分の空想にすぎないかどうか、決められなかった。

ルーシーは土手のふもと、折れたイバラのすぐ下あたりを注意して見ていった。まもなく努力は報われた。白粉《おしろい》のコンパクトが見つかったのだ。小さいほうろう製の安物だ。彼女はそれをハンカチに包み、ポケットに入れた。さらにさがしてみたが、ほかにはなにも見つからなかった。

翌日の午後、彼女は車に乗り、病気の伯母を見舞いにいった。エマ・クラッケンソープは親切に言った。

「急がなくていいのよ。夕食どきまでは仕事はありませんから」

「ありがとうございます。でも、遅くとも六時までには戻ります」

マディソン・ロード四番地は小さなさえない通りにある小さなさえない家だった。とても清潔なノッティンガム・レースのカーテンが掛かり、玄関前の石段は真っ白くぴかぴか、真鍮のドアの取っ手も磨き込まれていた。ドアをあけたのは背の高い、こわい顔の女で、黒い服を着て、鉄灰色の髪を大きなまげに結っていた。

彼女はうさんくさそうにルーシーを値踏みしながら、ミス・マープルのところへ連れていった。

ミス・マープルは、よく手入れされた小さい正方形の庭が眺められる裏手の居間にいた。部屋はこれでもかというほど清潔で、マットやドイリーがあちこちに敷かれ、たくさんの陶器の飾り物、ジェイムズ朝ふうの大きなソファ、それにシダの鉢植えが二個置いてある。ミス・マープルは暖炉のそばの大きな椅子にすわり、せっせと鉤針編みに精を出していた。

ルーシーは部屋に入り、ドアを閉めると、ミス・マープルのむかい側の椅子にすわった。

「なんと！」彼女は言った。「お考えどおりだったようですわ」

彼女は見つけたものを取り出し、その発見の経緯を詳しく話した。

達成の喜びに、ミス・マープルの頬がかすかに紅潮した。

「こんなふうに感じちゃいけないのかもしれませんが」彼女は言った。「仮説を立てて、それが正しいと立証されるのは、やっぱりうれしいものね！」

彼女は毛皮の小さな切れ端をいじった。「女は淡い色の毛皮のコートを着ていたと、エルスペスは言っていました。きっとコンパクトはコートのポケットに入っていて、死体が斜面を転がり落ちたときに出てしまったのね。これという特徴はなにもないようだけれど、手がかりになるかもしれないわ。毛皮はぜんぶ取ってこなかったでしょうね?」

「ええ。半分はイバラの木に残してきました」

ミス・マープルは満足してうなずいた。

「それでなくちゃ。あなたはとても頭がいいわ。警察は現場の状況を正確に確認したいでしょうからね」

「警察に報告するおつもりですか——これを持って?」

「まあ——まだね……」ミス・マープルは考えた。「まずは死体を見つけたほうがいいと思うの。そうじゃなくて?」

「ええ。でも、むずかしいんじゃありません? だって、あなたの推理が正しいとしますよ。犯人は死体を汽車から押し出し、おそらくはそのあとブラックハンプトンで降りて、どこかの時点で——たぶんその夜でしょうが——あそこまで来て、死体を運び去った。でも、そのあとは? どこへ運んだっておかしくないでしょう」

「どこでも、というわけじゃありませんよ」ミス・マープルは言った。「論理的にこれしかないという結論が出るまで、考えぬいていませんね、ミス・アイルズバロウ」

「どうぞルーシーと呼んでください。どうして、どこでもとはいかないんですか?」

「だって、どこでもいいなら、女をどこか寂しい場所へ連れていって殺し、死体を車で運び去ればずっと簡単でしょう。あなたはまだよく――」

ルーシーは言葉をはさんだ。

「まさか――つまり――計画的犯行だった、とおっしゃるんですか？」

「最初はそう思わなかったのよ」ミス・マープルは言った。「それがふつうでしょう。けんかになって、男はついかっとなり女を絞め殺す、すると数分以内に解決しなければならない問題ができてしまった、そんなふうに思えましたもの。でも、偶然にしてはできすぎています。男が一時の感情で女を殺し、そのときふと窓の外を見ると、汽車はカーブにさしかかり、ここなら死体を投げ出し、しかも、道を知っているからあとで来てそれを運び去ることができる、まさにそういう地点だったなんてね！　もし男が死体をたまたまそこで投げ出したのなら、それ以上のことはしなかったでしょうし、死体はとっくに発見されていたはずよ」

彼女は言葉を切った。ルーシーはその顔をじっと見つめた。

「ねえ」ミス・マープルは考えながら言った。「犯行計画としては、ずいぶん巧妙ね――とても周到に計画したのだと思うわ。汽車って、なんとも無個性なものでしょう。もしふだん住んでいる場所か、滞在しているところで女が殺されたのなら、誰かが男の出入りに気づいたかもしれない。あるいは、もし男が車で女をどこか田舎へ連れ出したのなら、誰かが車に目をつけ、ナンバーと種類を記憶したかもしれない。ところが、汽車はおたがいに見ず知らずの人たちがおおぜい出たり入ったり。廊下のない車輌で女と二人きりなら、事は簡単――なにしろ、男は次にどうすべきか、正確に知っていたんですもの。男は知っていた――知っていたに違いないわ――ラザフォード・ホールのことを――その地理的な位置、というか、それが奇妙に孤立していること――鉄道線路に囲まれた陸の孤島だってこと」

「まさにそうなんです」ルーシーは言った。「過去の遺物。まわりじゅうが都市化しているのに、そんな賑わいはどこ吹く風。商人が午前中に品物を届けにくる、それしか外とのつながりはありません」

「それじゃ、あなたがおっしゃったように、犯人はあの晩、ラザフォード・ホールに来た、としましょう。死体が汽車から落ちたときにはもう暗かったから、翌日まではまず見つかりっこない」

「そうですね」

「犯人は――どうやって来たかしら？　車で？　どっちから？」

ルーシーは考えた。

「でこぼこ道があるんです、工場の塀に沿って。たぶんそっちから来て、線路下の陸橋をくぐり、屋敷の裏手の私道に入ったでしょう。そのあとは、柵を乗り越え、土手のふもとを歩いていって死体を見つけ、車まで持ってくる」

「それから」ミス・マープルは続けた。「どこか前もって選んでおいた場所まで死体を運ぶ。ここまでぜんぶ、考えぬいてあったのよ。それに、犯人が死体をラザフォード・ホールの外へ持っていくとは思えないの。もしそうしたとしても、あまり遠くへは運ばないわ。いちばん考えられるのは、どこかに埋めることかしら？」彼女は尋ねるようにルーシーを見た。

「そうですね」ルーシーは考えた。「でも、口で言うほどやさしいことではないでしょう」

ミス・マープルは同意した。

「私園《パーク》に埋めたはずはないわね。重労働だし、人目につきやすい。どこかすでに土が掘り返されている場所？」

「菜園かしら。でも、それは庭師のコテッジのすぐそばなんです。庭師は老人で耳が遠いけれど——それでも危険はある」

「犬はいる？」

す。朽ち果てた豚小屋、馬具室、誰も近寄りもしない作業場。あるいは、シャクナゲの繁みかどこかの繁みの下に死体をつっこんだとか」

「そのほうがてっとりばやいでしょうね……使われていない古い建物がたくさんありま

「じゃ、小屋とか、外の建物は？」

「いいえ」

ミス・マープルはうなずいた。

「ええ、そのほうがずっとありそうだと思いますね」

ドアにノックの音がして、こわい顔のフロレンスが盆を持って入ってきた。

「お客さまがあって、よろしゅうございますね」彼女はミス・マープルに言った。「昔お好きでいらした、わたしの特製スコーンを焼きましたよ」

「フロレンスはいつもそれはおいしいお茶菓子を作ってくれたものよ」ミス・マープルは言った。

喜んだフロレンスは、まったく意外にも顔をくしゃくしゃにほころばせ、部屋を出ていった。

「ね、あなた」ミス・マープルは言った。「お茶のあいだは殺人の話はよしましょう。なんともいやな話題ですもの！」

2

お茶をすませると、ルーシーは立ち上がった。

「それじゃ、失礼します」彼女は言った。「申し上げたように、わたしたちがさがしている人物にあてはまるような人は、ラザフォード・ホールには一人もいませんわ。老人一人と中年の女性一人、それに年取って耳の遠い庭師だけですから」

「男が実際にそこに住んでいるとは言いませんでしたよ」ミス・マープルは言った。

「わたしが言ったのはね、犯人はラザフォード・ホールをとてもよく知っている男だってこと。でも、その点はあなたが死体を見つけてから、よく考えましょう」

「わたしがかならず見つけると、ずいぶん自信をお持ちのようね」ルーシーは言った。

「わたしはそこまで楽観的な気分じゃありませんけど」

「あなたならきっとやってのけますよ、ルーシー。何につけても有能ですもの」

「事によりけりですけど、死体を見つけるなんて、経験のないことで」

「ちょっと常識があればいいだけよ」ミス・マープルは励ますように言った。

ルーシーはその顔を見て、それから笑った。ミス・マープルも微笑を返した。

翌日の午後、ルーシーは順序を決めて仕事にとりかかった。

外の建物を順々に調べてまわった。古い豚小屋を覆ったイバラの繁みをつついてみた。温室の下のボイラー室を覗《のぞ》いているとき、軽い咳が聞こえ、振り向くと庭師のヒルマンじいさんが非難がましい目つきでこちらを見ていた。

「気をつけないと、落っこって大怪我をするぞ」彼は警告した。「そこの階段はあぶないし、さっきは納屋の二階にいたろうが、あそこの床もあぶないからな」

ルーシーはまごついた様子を見せないようにした。

「とんでもないほじくり屋だと思ってらっしゃるでしょう」彼女は明るく言った。「実は、この場所をなにかに使えないかと考えていただけなの――マッシュルームを栽培して市場に出すとか、そんなようなこと。なにもかも、ほったらかしでぼろぼろになってしまったみたいね」

「そりゃ、旦那のせいさ。一銭だって出し惜しむ。この屋敷をちゃんと見るには、男二人と小僧一人は必要だね、おれはそう思う。だが、旦那は聞く耳持ちゃしない。モーター式の芝刈り機を買わせるだけでも一苦労だったさ。家の前のあれだけの芝を手で刈れってんだからな」

「でも、この場所を利用してお金が入るようになったら——いくらか修理すれば、できるんじゃない？」

「こんなところでなにかしようたって無理だ——もう手のつけようがない。それに、どっちみち旦那は金儲けなんか興味がない。好きなのは倹約だけさ。自分がいなくなったあとでどうなるか、よく知ってなさるんだ——息子さんがたがあっというまに売り払っちまう。あの人たちは親父さんが消えるのを待っているばかりさ。死ねばたいした金が転がり込むって話だ」

「ご主人はたいそうお金持ちなんでしょうね？」ルーシーは言った。

「クラッケンソープのお菓子の家ってところさ。先代、つまり今のミスター・クラッケンソープの親父さんが始まりだ。聞くところじゃ、たいしたやり手だったらしい。一財産を築いて、この屋敷を建てた。情け容赦ない男で、しかも傷つけられたら恨みは決して忘れなかったそうだ。だがそれでも、先代は気前がよかった。しみったれたところなんぞすこしもなかった。息子二人はどっちも思いどおりにならなかったそうだ。紳士に仕立て上げようと、いい教育を受けさせた——オックスフォードとかなんだとかな。ところが、紳士になりすぎちまって、二人とも商売の道に入るのをいやがった。下の息子は女優と結婚したあげく、酔っ払い運転で衝突事故を起こして死んだ。上の息子がここの旦那だが、親父さんには気に入られていなかった。外国にばかり行って、邪教の彫像を買っては家に送ってきた。若いころはそんなにけちでもなかったんだ——中年になってから金づかいにうるさくなってね。ああ、旦那と親父さんとはぜんぜんうまくいってなかった、そう聞いてる」

ルーシーは礼儀上しかたなく興味を示しているような態度をつくりつつ、聞かされた情報を消化した。老人はこの大河物語をさらに続けようと、壁にもたれた。仕事よりおしゃべりのほうがずっと好きなのだ。

「先代は戦争の前に亡くなった。たいへんな癇癪《かんしゃく》持ちでね。ちょっとでも気にさわることをしたら、ひどい目にあわされた」

「それで、先代が亡くなったあと、今のミスター・クラッケンソープがここに越していらしたの？」

「旦那とその家族がな、うん。そのころには子供たちはもう大きくなっていたが」

「でも、まさか……ああ、戦争って、一九一四年の戦争のことね」

「いいや。亡くなったのは一九二八年だ」

たしかに一九二八年も〝戦争前〟のうちに入るだろうけど、わたしならそんなふうには言わないわ、とルーシーは思った。

彼女は言った。「さてと、お仕事を続けたいでしょう。これ以上お邪魔はしません
わ」
「ああ」ヒルマンじいさんは気のなさそうな返事をした。「こんな時間じゃ、できるこ
とはろくにないがな。暗くてな」
ルーシーはその場を離れ、道々、それらしいカンバの林やツツジの繁みがあると足を
止めて調べながら、家に戻った。
家に入ると、エマ・クラッケンソープが玄関ホールに立ち、手紙を読んでいた。午後
便が届いたところだった。
「明日、甥が来るわ——学校のお友達といっしょに。アレグザンダーの部屋はポーチの
すぐ上。その隣の部屋をジェイムズ・ストッダート-ウェストにあてましょう。むかい
の浴室を二人で使えばいいわ」
「はい、ミス・クラッケンソープ。お部屋を整えておきます」
「二人は昼前に着くの」エマはためらった。「きっと、おなかをすかせているわね」
「ぜったいにね」ルーシーは言った。「ロースト・ビーフではいかがでしょう？　それ
に、糖蜜タルト？」
「アレグザンダーは糖蜜タルトが大好物なの」

翌朝、少年二人は到着した。二人とも髪をきれいに梳かし、下心を疑いたくなるほどあどけない顔をして、実に礼儀正しい。アレグザンダー・イーストリーは金髪に青い目、ストッダート‐ウェストは髪も目も黒っぽく、眼鏡をかけていた。

昼食のあいだ、二人はまじめな顔でスポーツ界の出来事を論じ、ときには最新の宇宙小説に触れた。その様子ときたら、老教授が旧石器時代の道具について話し合っているみたいで、それにくらべると、ルーシーは自分がずいぶん若いように感じられた。

サーロインのローストはまたたくまに消え、糖蜜タルトは一かけら残さずなくなった。ミスター・クラッケンソープはぶつくさ言った。「おまえたちに食わせていると、こっちは破産だ」

アレグザンダーは青い目でとがめるように見返した。

「肉を買うお金がないんなら、ぼくらはパンとチーズでいいですよ、おじいさま」

「金がない？　金くらいある。無駄がいやなんだ」

「なんにも無駄にしませんでしたよ」ストッダート‐ウェストは言い、その事実を明らかに示している自分の皿に目を落とした。

「おまえたちはわたしの倍は食べる」

「成長期ですから」アレグザンダーは説明した。「蛋白質《たんぱくしつ》をたっぷり摂る必要があるんです」

老人は鼻を鳴らした。

少年たちはテーブルを離れた。ルーシーはアレグザンダーが詫びるように友人に言うのを聞いた。

「おじいさんの言うことなんか、気にしないでくれよ。食餌療法かなにかやっていて、それで気むずかしくなってるんだ。すごくけちだしね。きっとなにかのコンプレックスなんだと思うな」

ストッダート-ウェストはいかにも理解したように言った。

「ぼくにも、いつも破産しそうだと思い込んでたおばさんがいたよ。ほんとはすごい大金持ちだったのにね。病的なものだって、お医者さんは言ってた。あのサッカーボール、持ってきたかい、アレックス?」

昼食のあとかたづけをすませると、ルーシーは外に出た。遠くの芝生で少年たちが呼び合う声が聞こえてきた。彼女は反対方向に、家の正面側の道を歩いていき、うっそうとしたシャクナゲの繁みに向かった。葉をかきわけて中を覗き、注意深く調べた。こちらの繁みからあちらの繁みへと順々に進み、ゴルフクラブをつっこんで中を探っているとき、アレグザンダー・イーストリーの礼儀正しい声がして、ぎょっとさせられた。

「なにかさがしているんですか、ミス・アイルズバロウ？」

「ゴルフボールよ」ルーシーは即座に答えた。「いくつもあるはずなの。このところ、午後はたいていゴルフのショットの練習をしてるんだけれど、それでずいぶんボールをなくしちゃったのよ。今日はなんとしてもすこしは見つけなくちゃと思って」

「お手伝いしますよ」アレグザンダーは親切に言った。

「どうもありがとう。あなたたち、サッカーをしていたんじゃなくて？」

「サッカーばっかりやっていられませんよ」ストッダート－ウェストは説明した。「汗をかいちゃいますから。よくゴルフをするんですか？」

「好きなスポーツよ。プレーの機会はあまりないけど」

「そうでしょうね。あなたはここで食事を作るんでしょう？」

「ええ」

「今日の昼ごはんも？」

「ええ。どうでした？」

「最高」アレグザンダーは言った。「学校の肉はひどいんだ、てんでぱさぱさしていて。中がピンクで汁気たっぷりな牛肉は大好き。あの糖蜜タルトもすごくおいしかった」

「何が好きか、教えて」

「いつかリンゴのメレンゲを作ってくれる？　ぼくの好物なんだ」

「もちろんよ」

アレグザンダーは幸福そうにため息をついた。

「階段下の戸棚にクロック・ゴルフ（一個のカップを中心にした円上に十二のティーを置きボールを打つ）のセットがある」彼は言った。「あれを芝生に広げてパッティングしよう。どうだい、ストッダーズ？」

「いいぞ《グッドウ》！」ストッダート‐ウェストは言った。

「こいつ、ほんとはオーストラリア人でなんかないんだけど」アレグザンダーは気をきかせて説明した。「ああいうしゃべり方を練習してるんだ。来年、家の人にテスト・マッチ（クリケット国際戦）を見に連れていってもらえるかもしれないから」

ルーシーからもすすめられて、二人はクロック・ゴルフのセットを取りにいった。しばらくして彼女が家に戻ると、少年たちはセットを芝生に広げ、ナンバーの位置をどうするか話し合っていた。

「時計みたいに丸く並べるのはよそう」ストッダート‐ウェストは言った。「それじゃ子供の遊びだもの。コースを作ろうよ、ロング・ホールやショート・ホールのある。ナンバーが錆《さ》びてて残念だな。ろくに字が読めない」

「白ペンキがいるわね」ルーシーは言った。「明日、ペンキを買ってきて塗ったらいいわ」

「それはいいな」アレグザンダーの顔が明るくなった。「そうだ、長納屋《ロング・バーン》にペンキの缶があるはずだ――このまえの休みのあいだに、ペンキ職人たちが置いていったんだ。見てこようか？」

「長納屋って、なあに？」ルーシーは訊いた。

アレグザンダーは家からすこし離れた、裏の私道のそばにある長い石造りの建物を指さした。

「すごく古いんだ」彼は言った。「おじいさんは雨漏り納屋《リーク・バーン》と呼んでる。エリザベス朝のものだっていうけど、そんなの見栄を張ってるだけさ。もともとここにあった農家のものでね、農家のほうはひいおじいさんが取り壊して、かわりにこのひどい家を建てたってわけ」

彼は言い加えた。「あの納屋にはおじいさんのコレクションがいっぱいしまってある。若いころ外国から送らせた。だいたいはへんな代物《しろもの》なんだ。長納屋はホイスト（トランプの一種）競技会とか、そういうのに使われることもある。農村婦人会の催しさ。それに、保守党婦人会の手作り品販売会とかね。そうだ、見においでよ」

ルーシーは喜んでついていった。

納屋には鋲《びょう》を打った大きなオーク材のドアがついていた。

アレグザンダーは手を伸ばし、ドアのてっぺんの右側、ツタの葉に隠れた釘に掛かった鍵を取った。彼が鍵を錠にさして回し、ドアを押しあけると、三人は中に入った。

一目見ると、ルーシーはひどく悪趣味な博物館にいるような気分になった。大理石製のローマ皇帝の頭像が二つ、飛び出た目玉で彼女をにらみつけた。頽廃的《たいはいてき》なギリシャの影響を受けたローマ時代の巨大な石棺がある。にたついた顔のヴィーナスがずり落ちそうな衣をつかんで台座に立っている。そんな古美術品のほかに、簡易テーブル二脚、積み重ねた椅子がいくつか、それに、錆びた手押し芝刈り機一台、バケツ二個、虫の食った車のシート二つ、脚が一本なくなった緑色の鉄製庭椅子一脚、といったがらくたがいろいろ置いてあった。

「ペンキはこのへんにあったと思うんだけどな」アレグザンダーは漠然と言い、納屋の隅へ行くと、覆いにしてあった古カーテンを引きはがした。

ペンキの容器二個と刷毛《はけ》が見つかった。刷毛は乾いてこちこちになっていた。

「テレビン油がないとだめね」ルーシーは言った。

だが、テレビン油は見つからなかった。少年たちは自転車でひとっ走り行って買ってこようか、と提案し、ルーシーはそれがいいとすすめた。クロック・ゴルフのナンバーにペンキを塗る仕事で、これからしばらくは遊んでいてくれるわね、とルーシーは思った。

少年たちは出ていき、彼女は納屋に残った。

「ここ、かたづけたらいいのに」さっき彼女はつぶやいたのだった。

「やめたほうがいいよ」アレグザンダーは言った。「なにか催しのあるときは掃除するけど、今の季節にはほとんど使われないから」

「帰るとき、鍵はまたドアの外に掛ければいい？　いつもあそこに置いておくの？」

「うん。この中に盗まれるようなものはなんにもないでしょう？　あんなひどい大理石のもの、誰もほしがりゃしないし、どっちみち、すごい重さだもの」

ルーシーも同感だった。ミスター・クラッケンソープの芸術趣味はおよそ感心できない。どの時代であれ、最悪の見本を間違いなく選ぶ目を持っているみたいだ。

少年たちがいなくなると、彼女はたたずんでまわりを眺めた。石棺に目が行き、そこで止まった。

あの石棺……

納屋の中の空気は、長いこと風を通していなかったかのように、かすかにかびくさかった。石棺のそばに近づいた。重い蓋がぴっちり閉まっていた。ルーシーはそれを見ながらじっと考えた。

それから納屋を出て台所に行き、がっしりしたバールを見つけると、戻ってきた。

簡単な仕事ではなかったが、ルーシーは根気よく努力を続けた。

バールにこじあけられ、ゆっくりと蓋が上がりはじめた。

中が覗ける程度まで上がった……

第六章

1

数分後、青ざめたルーシーは納屋を出ると、ドアに鍵をかけ、その鍵を釘に戻した。急いで馬小屋へ行き、車を出して、裏の私道を走っていった。曲がり角にある郵便局の前で車を止め、電話ボックスに入って硬貨を入れると、ダイアルした。

「ミス・マープルをお願いします」

「お休み中ですよ。ミス・アイルズバロウですね？」

「はい」

「お起こしするわけにはまいりません、どうあってもね。お年を召していて、お休みが必要ですから」

「どうしても起こしてください。緊急なんです」

「そう言われても――」

「今すぐ、言われたとおりにしてください」

その気になれば、ルーシーは鋼鉄のごとく鋭い声をつくることができた。フロレンスは権威を耳にすればすぐそれと理解した。

やがてミス・マープルの声がした。

「もしもし、ルーシー？」

ルーシーは深呼吸した。

「お考えのとおりでした」彼女は言った。「見つけました」

「女の死体？」

「ええ。毛皮のコートを着た女。家のそばにある納屋兼博物館みたいなところで、石棺の中に入っていました。どうしましょうか？　警察に知らせるべきだと思いますけど」

「ええ。警察に知らせなければ。すぐにね」

「でも、そのほかのことはどうします？　あなたのことは？　警察としてはまず、どういしてわたしが理由もないのに、あんなに重い蓋をこじあけたりしたのかを知りたがるでしょう。適当な理由をでっち上げましょうか？　そのくらいはできますけど」

「いいえ。わたしとしては」ミス・マープルは優しくまじめな声で言った。「真実を正確に話すのがいちばんだと思います」

「あなたのこともですか？」

「なにもかも」

ルーシーの青ざめた顔に、ふいに大きな微笑が浮かんだ。

「それなら簡単ですわ」彼女は言った。「でも、警察の人たちはそう簡単に信じてくれないでしょうけど！」

彼女は電話を切り、一呼吸置いてから、警察署にかけた。

「ラザフォード・ホールの長納屋にある石棺の中に、死体を発見しました」

「なんですって？」

ルーシーは繰り返し、次の質問を先取りして、自分の名前を告げた。

彼女は帰り、車をしまうと、家に入った。

玄関ホールでふと立ち止まり、考えた。

それからこくりとうなずき、図書室に入った。そこではミス・クラッケンソープがすわって、父親が《タイムズ》のクロスワードを解くのを手伝っていた。

「ちょっとお話があるんですが、ミス・クラッケンソープ？」

エマは目を上げた。その顔にはかすかな不安が見てとれた。あの不安は純粋に家庭内のことだ、とルーシーは思った。こういう言い回しは、役に立つ家事手伝いがすぐにつとめをやめさせてほしいと申し出るときの決まり文句だから。

「おい、遠慮はいらん、はっきり言いなさい」ミスター・クラッケンソープはいらいらと言った。

ルーシーはエマに言った。

「二人だけでお話ししたいんです、お願いします」

「ばかばかしい」ミスター・クラッケンソープは言った。「話があるなら、今ここではっきり言いなさい」

「ちょっと失礼します、おとうさま」エマは立ち上がり、ドアのほうへ向かった。

「まったくばかばかしい。あとでいいだろう」老人は怒っていた。

「申しわけありませんが、あとまわしにはできません」ルーシーは言った。

ミスター・クラッケンソープは言った。「生意気な！」

エマはホールに出た。ルーシーはあとに続き、ドアを閉めた。

「それで？」エマは言った。「どうしたの？　もし男の子たちに手がかかりすぎるというなら、わたしがお手伝いしても――」

「そのことではありません」ルーシーは言った。「おとうさまの前ではお話ししたくなかったんです。ご病気でいらっしゃるので、ショックになるかもしれないと思いまして。実は、ついさっき、長納屋にある大きな石棺の中に、殺された女の人の死体があるのを発見したところなんです」

エマ・クラッケンソープはルーシーを見つめた。

「石棺の中？　殺された女の人？　そんな、まさか！」

「残念ですが、ほんとうです。警察に電話しました。もう来るはずです」

エマの頬がやや赤くなった。

「最初にわたしに知らせてくださればよかったのに――警察に知らせるより前に」

「すみません」ルーシーは言った。

「電話なさった音を聞かなかったけれど――」エマはホールのテーブルにある電話機に目をやった。

「近所の郵便局から電話しましたので」

「おかしいのね。どうしてここからかけなかったの？」

ルーシーは急いで考えた。

「男の子たちがいるかもしれないと思って――ここのホールから電話したら――聞かれるかもしれないでしょう」

「なるほど……ええ……そうね……来るのかしら——警察は？」

「来ましたわ」ルーシーは言った。そのとき、ブレーキをきしませて玄関前に車が近づいたと思うと、家じゅうに呼び鈴が鳴り響いた。

2

「いや、たいへん申し訳ないです——こんなことをお願いしまして」ベーコン警部は言った。

相手の肘《ひじ》に手を添えて、彼はエマ・クラッケンソープを納屋から連れ出した。エマはすっかり青ざめ、気分が悪そうだったが、背筋を伸ばしてしっかり歩いていた。

「今まで見たことのない女の人です、それは確かですわ」

「どうもありがとうございました、ミス・クラッケンソープ。われわれが知りたいのはそれだけです。すこしお休みになっては？」

「父のところに行かないと。このことを聞いてすぐ、ドクター・クインパーに電話しましたの。今、診てくださっています」

かれらがホールを歩いていくと、ドクター・クインパーが図書室から出てきた。彼は背が高く温厚な男で、気取らず、思いつくままシニカルなことを言う態度が刺激になると、患者たちからは気に入られていた。

医師と警部は会釈を交わした。

「ミス・クラッケンソープは不愉快な役目をとても勇敢に果たしてくれました」ベーコンは言った。

「よくやった、エマ」医師は言い、彼女の肩を軽く叩いた。「あなたは芯が強い。それは昔から知っていたよ。おとうさんなら、なんでもない。入って、ちょっと話してくるといい。そうしたら、あなたはダイニングルームへ行って、ブランディを一杯飲む。それが処方だからね」

エマは感謝をこめて彼にほほえみかけると、図書室に入っていった。

「あの人は地の塩です」医師は彼女の後ろ姿を見ながら言った。「結婚せずにきてしまったのがなんとも気の毒だ。男ばかりの家庭で唯一の女性だから、条件が悪かったんだな。妹のほうはさっさと十七歳で結婚してしまったそうですがね。エマはしっかりした人ですよ。よき妻、よき母になったはずなのにな」

「おとうさんに尽くしすぎなんでしょう」ベーコン警部は言った。

「それほど尽くしているわけじゃないんだ——ただ、女らしく、まわりの男たちをいい気持ちにさせるこつを心得ているんですね。父親は病人でいるのが好きだとわかっているから、そうさせておく。兄たちについても同じです。セドリックは自分がまともな画家だと思い込んでいるし、なんて名前だったか——ハロルドだ——彼は自分の判断力をエマがどれだけ頼りにしているか知っている。アルフレッドが巧妙な取引をやってのけたと自慢すれば、エマはぎょっとしてみせる。ええ、あの人は利口ですよ——ばかじゃない。さてと、なにかご用はありますか？　わたしも死体を見たほうがいいですか、ジョンストンの仕事が終わったんなら？」（ジョンストンは警察医だった）「わたしの医療過誤の結果でないかどうか、確かめますか？」

「ええ、見ていただきたいですね、ドクター。女の身元を確認したい。ミスター・クラッケンソープは無理でしょうね？　負担が大きすぎて？」

「負担？　冗談じゃない。一目見せてあげなかったら、わたしもあなたも金輪際《こんりんざい》ゆるしちゃもらえませんよ。うずうずしている。ここ十五年くらい、こんなにわくわくすることはありませんでしたからね——しかも、一銭もかからないときた！」

「じゃ、病気というほどの病気ではないんですか？」

「七十二歳ですよ」医師は言った。「問題はそれだけなんだ。たまにリューマチが痛む

――そうでない人なんかいますか？　で、彼はそれを関節炎と呼ぶ。食後、動悸がする――当然だ――それは〝心臓〟のせいだと言う。そのくせ、いつだって自分がやりたいことならなんでもできる！　そういう患者ならおおぜいいますよ。ほんとうに病気の人は、まったく健康だと必死になって言い張るのがふつうです。さあ、そちらの死体を見にいくとしましょう。不快な状態でしょうね？」

「ジョンストンの推定では、女が死んだのは二週間から三週間前です」

「では、かなり不快だ」

医師は石棺のそばに立ち、率直な興味をもって覗き込んだ。職業柄、〝不快な状態〟には動揺しなかった。

「見たことのない女性ですね。わたしの患者ではありません。ブラックハンプトンで見かけた記憶もないな。もとは美人だったでしょうね――ふむ――よほど恨みを持ったやつがいたとみえる」

かれらはまた外に出た。ドクター・クインパーは振り返って建物を見た。

「死体が見つかったのは――なんといったっけな？――長納屋だ――それも石棺の中！　すばらしい！　誰が見つけたんです？」

「ミス・ルーシー・アイルズバロウです」

「ああ、今いるお手伝いさん？　いったい何をしていたんです、石棺をつつきまわったりして？」

「それを」ベーコン警部はむっつりと言った。「これから訊くところです。それでは、ミスター・クラッケンソープですが。あなたが――？」

「わたしが連れてきます」

ミスター・クラッケンソープはスカーフをたっぷり首に巻き、医師をわきに従えて、早足で歩いてきた。

「とんでもないまねをしおって」彼は言った。「まったくゆるしがたい！　あの石棺はわたしがフィレンツェから持って帰ってきたものだ――ええと――一九〇八年だったはずだ――いや、一九〇九年だったか？」

「覚悟してくださいよ」医師は警告した。「気持ちのいいものではありませんからね」

「いくら病気でも、義務は果たさんとな」

しかし、長納屋探訪はごく簡単に終わった。それでも充分すぎるほどだったらしく、ミスター・クラッケンソープは驚くべきスピードで外に出てきた。

「あの女なら、今まで見たことはない！」彼は言った。「どういうことだ？　まったくゆるしがたい。そうだ、フィレンツェではなかった――思い出した――ナポリだった。

とてもいい品だ。それを、ばかな女がここまで来て、わざわざあの中で殺されおって！」

彼はオーバーの合わせ目の左側をつかんだ。

「きつすぎた……心臓が……エマはどこだ？　ドクター……」

ドクター・クインパーは老人の腕を取った。

「大丈夫ですよ」彼は言った。「すこし気つけがいる。ブランディだな」

二人はいっしょに家のほうへ歩いていった。

「あの。すみません、刑事さん」

ベーコン警部は振り向いた。二人の少年が自転車に乗り、息を切らして到着したところだった。

懇願の色がその顔にありありと見てとれた。

「お願いします。死体を見てもいいでしょう？」

「だめだ」ベーコン警部は言った。

「いいでしょう、お願いします。だって、どういう人か、ぼくらが知ってるかもしれない。ね、お願いします、そう意地悪しないでくださいよ。不公平だ。殺人事件が、よりによってぼくんちの納屋であったんですよ。そんなチャンスは二度とないかもしれない。意地悪しないでくださいよ」

「きみたち、誰だね？」

「ぼくはアレグザンダー・イーストリー、こっちは友達のジェイムズ・ストッダートーウェストです」

「このあたりで、明るい色に染めたリスの毛皮のコートを着た金髪の女の人を見たことがあるかね？」

「ええと、よくおぼえてないけど」アレグザンダーは抜け目なく言った。「一目見れば――」

「入れてやれ、サンダーズ」ベーコン警部は納屋のドア近くに立っている巡査に言った。

「若いときは一度しかない！」

「わあ、すみません、ありがとうございます」少年たちは二人で声を張り上げた。「ほんとにご親切に、すみません」

ベーコンは向きを変え、家に向かった。

「さて、お次は」彼はぶすっとしてつぶやいた。「ミス・アイルズバロウの番だ！」

3

警察官たちを長納屋へ連れていき、自分のしたことを簡潔に説明したあと、ルーシーはしりぞいたが、警察はもう自分に用がなくなったなどと楽観的に考えてはいなかった。今夜の夕食に揚げるジャガイモを拍子木に切り終わったころ、ベーコン警部が面会を求めていると告げられた。大きなボウルに塩水を張ってジャガイモを浸けると、ルーシーは迎えにきた警察官に従って警部のところへ行った。彼女はすわり、落ち着いて質問を待ち構えた。

名前を言い——ロンドンの住所を知らせると、自分からつけ加えた。

「わたしのことをすっかりお調べになりたいのでしたら、照会先の名前と住所をいくつか差し上げます」

照会先は一流の名前ばかりだった。海軍元帥、オックスフォード大学の学寮長、大英帝国勲位のある女性。ベーコン警部は感心せずにはいられなかった。

「それで、ミス・アイルズバロウ、あなたはペンキをさがしに長納屋へ行った、そうですね？　そして、ペンキを見つけたあと、あなたはバールを持ってきて石棺の蓋をこじあけ、死体を発見した。何を見つけようとして、石棺の中を見たんですか？」

「死体をさがしていました」ルーシーは言った。

「死体をさがしていて——見つけた！　ずいぶんとほうもない話だとは思いませんか？」

「ええ、とほうもない話です。ご説明いたしましょうか？」

「ぜひそうしていただきたいものですな」

ルーシーはこの驚くべき発見に至った顛末《てんまつ》を正確に話して聞かせた。

警部はあきれた声で話を要約した。

「あなたはここに仕事の口を見つけ、家と敷地内を調べて死体を見つけるようにと、ある老婦人から依頼された？　そういうことですか？」

「そうです」

「その老婦人とは、誰なんです？」

「ミス・ジェーン・マープルです。現在、マディソン・ロード四番地に滞在中です」

警部はそれを書きとめた。

「そんな話を信じろとおっしゃるんですか？」

ルーシーは穏やかに言った。

「それはまあ、ミス・マープルにお会いになって、確認をとられてからでいいでしょう」

「そりゃ、会って話をしますよ。頭がおかしいに違いない」

ルーシーはぐっとこらえて、考えが正しいと立証されたからといって、精神的無能力の証明にはならない、と指摘するのは控えた。そのかわり、彼女は言った。

「ミス・クラッケンソープにはどうお話しするおつもりですか？　わたしについて、ですけど」

「どうしてです？」

「ええ、ミス・マープルのほうからいえば、わたしは仕事をしおえました。彼女が見つけたかった死体を見つけたんですから。でも、わたしはまだミス・クラッケンソープに雇われていますし、家にはおなかをすかせた男の子が二人、それに、こんなことになれば、ほかの家族の面々もすぐに駆けつけていらっしゃるでしょう。家事手伝いが必要です。もし警部さんが、わたしは死体をさがすためだけにこの仕事に就いたのだと教えれば、きっと彼女はわたしを首にするでしょう。そうでなければ、わたしは仕事を続け、お役に立てます」

警部は彼女をじっと見た。

「今のところ、誰にもなにも言うつもりはありません」彼は言った。「まだあなたの供述の裏をとっていませんからな。すべて作り話ということだってある」

ルーシーは立ち上がった。

「ありがとうございます。それじゃ、台所に戻って仕事を続けます」

第七章

1

「警視庁《ザ・ヤード》に依頼したほうがいい、そう思うのかね、ベーコン？」

警察本部長はけげんそうにベーコン警部を見た。警部は大柄でがっちりした体格の男だ——その顔には、人間というものにまったくうんざりしたという表情が浮かんでいた。

「女は土地の者ではありません、本部長」彼は言った。「外国人ではないかと思われる理由があるんです——着ていた下着からですが。もちろん」ベーコン警部は急いでつけ加えた。「その点はいましばらく公表しません。検死審問がすむまでは、こちらの切り札として隠しておきます」

警察本部長はうなずいた。

「検死審問は形式だけのものだろうね？」

「はい。検死官には会いました」

「で、審問は──いつだね？」

「明日です。クラッケンソープ家のほかの面々もそのために来るそうです。中の一人くらい、女が誰だか知っているという可能性がないわけでもない。全員集まるはずです」

彼は手にしたリストを見た。

「ハロルド・クラッケンソープ、彼は金融街《シティ》の人間だ──かなり重要人物だそうです。アルフレッド──彼は何をしているんだか、よくわかりません。セドリック──これは外国暮らしのやつだ。絵描き！」警部はその一言にめいっぱい邪悪な意味をこめた。本部長は口ひげの陰でにやりとした。

「クラッケンソープ家の人たちがなんらかの形でこの犯罪に関わっていると信じる理由はなにもないだろう？」彼は訊いた。

「はあ、死体が家の敷地内から発見されたというだけです」ベーコン警部は言った。

「ただし、この芸術家という息子が女の身元を確認できる可能性は、多少はあります。わからないのは、例の汽車をめぐるとほうもない話なんですが」

「ああ、そうそう。きみはこのおばあさんに会いにいったんだね──ええと──」（デスクの上に置かれたメモに目をやって）「ミス・マープル？」

「はい。このことぜんぶに関して、すごくはっきりした態度でした。頭がおかしいのかどうかはわかりませんが、供述はぜんぜん変わらない──友達が殺人を目撃してどうのこうのという。それ自体は作り話じゃないかと思いますがね──おばあさんというのは、よくそういう話をこしらえるでしょう、庭に空飛ぶ円盤が来たのを見たとか、図書館にロシアのスパイがいるとか。しかし、例の若い女性、お手伝いさんですが、彼女を雇って、死体をさがしてくれと頼んだことは確かなようです──彼女は命じられたとおりにした」

「その結果、死体を見つけた」警察本部長は言った。「いやはや、驚くべき話だ。マープル、ミス・マープル──なんだか聞きおぼえのある名前だ……それじゃともかく、わたしから警視庁《ザ・ヤード》に連絡しよう。地元の事件ではないというきみの判断は正しいと思う──もっとも、そのことはまだ宣伝しないでおくがね。今のところ、報道関係にはなるべく情報を流さないでおこう」

2

検死審問は純粋に形式だけのものだった。死んだ女性が誰だかわかるという人は出てこなかった。ルーシーは呼ばれ、自分が死体を発見したと証言した。医学的証拠から、死因が特定された――絞殺だった。それで審問は終了した。

寒い、風の強い日だった。ぜんぶで五人、エマ、セドリック、ハロルド、アルフレッド、それに亡くなった娘の夫ブライアン・イーストリーがいた。クラッケンソープ家の人々は検死審問が行なわれた公会堂から出てきた。クラッケンソープ家の法律事務を扱う弁護士事務所の共同経営者であるミスター・ウィンボーンも来ていた。彼はこの審問に出席するため、非常な不都合にもかかわらず、ロンドンから出てきたのだった。全員が寒さに震えながら、しばし歩道に立ち尽くした。たいした人だかりがしていた。〝石棺の死体〟事件の煽情的な詳細は、すでにロンドンの新聞でも地方紙でもすっかり報道されていた。

がやがやと声がした。「あの人たちだ……」

エマはぴしりと言った。「行きましょう」

大型ダイムラーのハイヤーが歩道際に寄ってきた。エマは乗り込み、ルーシーに合図した。ミスター・ウィンボーン、セドリック、ハロルドが続いた。ブライアン・イーストリーは言った。「ぼくは自分の車にアルフレッドを乗せていきます」運転手はドアを閉め、ダイムラーは発進しようとした。

「あ、待って！」エマが声を上げた。「子供たちがいるわ！」

少年二人はぶうぶういって抵抗したかいもなく、ラザフォード・ホールに置き去りにされたのだったが、今、満面に笑みを浮かべて現われた。

「自転車で来たんです」ストッダート－ウェストは言った。「警察官がすごく親切に、公会堂の後ろの席に入れてくれました。気になさらないでしょうね、ミス・クラッケンソープ」彼は礼儀正しくつけ加えた。

「気にしやしないさ」セドリックは妹にかわって答えた。「若いときは一度しかないんだ。検死審問は初めてだろう？」

「なんだかがっかりだったな」アレグザンダーは言った。「あっというまに終わっちゃったんだもの」

「こんなところでしゃべっているわけにはいかない」ハロルドがいらいらと言った。「野次馬だらけだ。それにカメラを持った連中もおおぜいいる」

彼の合図を受けて、運転手は歩道際《ぎわ》から車を出した。少年たちは明るく手を振った。

「あっというまに終わった、だって！」セドリックは言った。「あいつらはそう思うのさ、無邪気なもんだ！まだ始まったばかりだっていうのに」

「運が悪かった。じつに運が悪かった」ハロルドは言った。「きっと――」

彼はミスター・ウィンボーンを見た。弁護士はいかにも不快そうに薄い唇を結び、首を振った。

「まあ」彼はもったいぶって言った。「じきに満足のいく解決を見ればいいですがね。警察はとても手際よく働いてくれた。ただ、ハロルドのおっしゃったとおり、なんとも運の悪いことでした」

そう言いながら、彼はルーシーを見た。その目つきには明らかに非難がこもっていた。「この若い女が」彼の目は言っているようだった。「用もない場所をつつきまわったりしなければ――こんなことにはならなかったんだ」

この台詞、あるいはそれにごく近いものを実際に口に出したのはハロルド・クラッケンソープだった。

「ところで――ええと――ミス――ええ――アイルズバロウ、あなたはいったいどうしてあの石棺の中を見ようなんて思ったんです？」

家族がいつこの疑問に思いいたるだろうと、ルーシーはすでに考えていた。警察がその点をまず最初に尋ねるだろうとはわかっていた。むしろ驚いたのは、今このときまで、誰もそれを頭に浮かべなかったことだった。

セドリック、エマ、ハロルド、ミスター・ウィンボーンがそろって彼女を見た。

彼女の答えは、真偽はともかく、当然かなり前から用意してあったものだった。「実のところ」彼女はためらいがちに言った。「よくわからないんです……あの納屋全体をすっかりかたづけて掃除する必要があると感じたのは確かです。それになんだか――言いよどんで――「とてもへんな、いやなにおいが……」

思惑どおり、想像するだに不快だと、みんな即座にひるんだ……

ミスター・ウィンボーンがもごもごと言った。「ええ、ええ、もちろんだ……約三週間と警察医は言っていた……いや、わたしたちみんな、このことであまりいつまでも頭を悩ませないようにしたほうがいいと思いますね」彼は真っ青になったエマに励ますような微笑を向けた。「いいですか」彼は言った。「こんなことになったあの若い女性は、われわれとはなんの関係もないんですからね」

「ああ、でもそこまで確実には言い切れないんじゃないかな?」セドリックは言った。

ルーシー・アイルズバロウは興味を持って彼を見た。三人兄弟がずいぶん違うので、彼女はおもしろいと思っていた。セドリックは大柄で、日に焼けたいかつい顔に黒っぽいぼさぼさの髪、態度は陽気だ。彼は空港から到着したとき、無精ひげを伸ばしていた。検死審問にそなえてひげは剃ったものの、服はこれしかないらしく、同じものを着たきりだった。古びたグレー・フランネルのズボンに、擦り切れただぶだぶの上着という格好で、舞台に登場するボヘミアンそのもの、しかもそれを誇りにしているようだ。弟のハロルドは正反対で、金融街《シティ》の紳士、重要な会社の役員をまさに絵に描いたようだった。背が高く、ぴしっと背筋を伸ばして歩く。黒っぽい髪はこめかみのあたりでやや禿げ上がり、小さい黒い口ひげを生やして、地味な仕立てのいいスーツにパール・グレーのネクタイという隙のない装いだ。人物をよくあらわして、見るからに目先の利く、成功しているビジネスマンだった。

彼は今、厳しい口調で言った。

「なんだ、セドリック、よけいなことを言うのはよせ」

「どうしてさ？　女はうちの納屋で見つかったんだぜ。なんだってここに来たんだろう？」

ミスター・ウィンボーンは咳払いして言った。

「たぶん——その——あいびきでしょう。あそこの鍵が外の釘に掛かっているというのは、このあたりではよく知られていたそうじゃありませんか」

そんなことをするのは不注意だと、あきれた様子が声に出ていた。それがあまり露骨だったので、エマはすまなそうに言った。

「戦争中からなんです。防空対策監視員《ARP》のために。小型のアルコール・ストーブを置いてあって、監視員たちは自分でホット・ココアをいれていましたの。そのあとも、あそこには人が取っていきそうなものはなにもありませんから、鍵はずっと外に掛けたままにしてきました。そのほうが、農村婦人会のかたたちには便利ですもの。家にしまってあったら、厄介でしょう――催しの準備をしようというときに、うちに誰もいなくて鍵を受け取れなかったら。お手伝いさんはみんな通いで、住み込みの召使は一人もいませんし……」

　彼女の声はしだいに小さくなって消えた。機械的なしゃべり方で、説明の言葉数は多いのに関心はなく、まるで心ここにあらずといった様子だった。

　セドリックはいぶかしげに彼女をちらと見た。

「心配そうだな。どうしたの？」

　ハロルドは怒って言った。

「よせよ、セドリック、そんなことを訊いていいと思うのか？」

「ああ、思うね。そりゃ、見ず知らずの若い女がラザフォード・ホールの納屋の中で殺され（なんだかヴィクトリア時代のメロドラマだな）、それを聞いたエマはショックを受けただろう――だけど、エマは昔から分別のある子だった――どうして今になっても心配しているのか、わからない。だって、人間、何にでもいずれは慣れちまうものだ」

「おまえなら簡単に殺人事件に慣れてしまうんだろうが、そうはいかない人間もいる」

ハロルドはきつい言い方をした。「まあ、殺人なんかマリョルカ島（地中海西部スペイン領バレアレス諸島の一部）では二束三文なんだろうが——」

「イビサだ、マリョルカじゃない」

「同じだ」

「とんでもない——ずいぶん違う島だ」

ハロルドは話を続けた。

「つまりだ、殺人なんか、おまえには日常茶飯事なんだろう、情熱的なラテン人のあいだで暮らしていればな。だが、イギリスではそういうことを深刻に受けとめるものなんだ」彼はますます苛立ってつけ加えた。「だいたいがだな、セドリック、公開の検死審問にそんな服装であらわれるとは——」

「ぼくの服装のどこが悪い？　着心地がいいんだ」

「場所にふさわしくない」

「ま、どっちみち、服はこれしかないんだ。トランクにたんすの中身を詰める暇もなく、こういうときは家族の力になってやらなければと飛んできたもんでね。ぼくは画家で、画家は着心地のいい服が好きなのさ」

「じゃ、まだ絵を描こうとしてるのか？」

「おい、ハロルド、絵を描こうとしてるってのは――」

ミスター・ウィンボーンが権威を見せて咳払いした。

「こんな話し合いはなんの利益にもなりません」彼は叱るように言った。「エマ、わたしがロンドンへ戻る前に、ほかになにかお役に立てることがあれば、教えてください」

このとがめだては効果があった。エマ・クラッケンソープはあわてて言った。

「こんなところまでわざわざ足を運んでくださって、ほんとうにありがとうございました」

「どういたしまして。ご家族の代理として、審問のなりゆきをその場で見ておく人間がいたほうが望ましいと思われましたから。警部が家に来て話をするよう、約束を取りつけておきました。いやな事件ですが、状況はじきに明瞭になるものと信じます。わたしとしては、何があったのかについてはほぼ疑いの余地はないと思います。エマがおっしゃったとおり、長納屋の鍵はドアの外に掛かっていると、地元の人たちは知っていた。冬のあいだ、あの場所がこのあたりのカップルのあいびきに使われていたことは充分考えられます。口げんかのあげく、若い男がかっとなってやってしまった。はっと我に返ると、石棺が目に入り、隠すのには絶好の場所だと気づいた」

ルーシーは思った。「そうね、いかにもありそう。ふつうなら、そう考えそうだわ」

セドリックは言った。「このあたりのカップルとおっしゃったけど——地元では誰もあの女を知らなかった」

「まだ時期が早い。もうしばらくすれば、きっと身元が割れるでしょう。それにもちろん、男は地元の住人だが、女はよそから、たとえばブラックハンプトンの別の地域から来たということもありえます。ブラックハンプトンは大きな町だ——この二十年にたいへんな成長を遂げた」

「もしぼくが女で、男友達に会いにきたとすれば、周囲何マイルにわたってなんにもない場所の、凍えそうに寒い納屋なんかに連れていかれたくはないな」セドリックは反論した。「映画館でちょっといちゃつくほうがずっとましだ。そう思いませんか、ミス・アイルズバロウ？」

「こんな話に深入りする必要があるのか？」ハロルドはなさけない声を出した。

その質問が出たちょうどそのとき、車はラザフォード・ホールの正面に止まり、みんなは外に出た。

第八章

1

図書室に入ると、ミスター・ウィンボーンは軽く目をぱちくりさせた。その老練な目はすでに会っていたベーコン警部を通り越し、むこう側にいる金髪の美男子をとらえた。

ベーコン警部が紹介した。

「こちらはニュー・スコットランド・ヤードのクラドック刑事部警部です」彼は言った。

「ニュー・スコットランド・ヤードですか――ふむ」ミスター・ウィンボーンの眉毛が上がった。

感じのよい物腰で、ダーモット・クラドックはさらりと話を始めた。

「この事件には、わたしどもが呼ばれました、ミスター・ウィンボーン」彼は言った。

「あなたはクラッケンソープ家の代理人をしておいでですから、内密の情報を多少お渡しするのが穏当と思います」

真相のごくごく一部を示して、それが真相の全体であると思わせる演技にかけては、クラドック警部の右に出る者はなかった。

「ベーコン警部もきっと同意してくれるでしょう」彼はつけ加え、同僚に目をやった。

ベーコン警部は厳粛に同意し、これが打ち合わせずみだったとはおくびにも出さなかった。

「こういうことです」クラドックは言った。「すでに手に入った情報から、死んだ女性はこのあたりに住んでいた人ではなく、ロンドンからここまで旅してきたこと、最近外国から来た人物であり、おそらくは(確実ではありませんが)フランスからであろうと、そう信じる理由があります」

ミスター・ウィンボーンはふたたび眉毛をつり上げた。

「なるほど」彼は言った。「そうですか」

「そういうわけですので」ベーコン警部は説明した。「こちらの警察本部長は、この事件の捜査には警視庁《ザ・ヤード》のほうが適していると考えました」

「わたしとしては」ミスター・ウィンボーンは言った。「事件がすみやかに解決するのを願うばかりです。ご理解いただけるでしょうが、この件では一家じゅうが不愉快な思いをしています。個人的には、どういう形であれ、関わりないとはいえ――」

言葉が途切れたのはほんの一秒足らずだったが、クラドック警部はすかさずその隙を埋めた。

「自分の地所から殺された女性が見つかるとは、気持ちのいいものではない？　まったく同感です。では、ご家族の方々から簡単にお話をうかがいたいと――」

「わかりませんな――」

「みなさんから何を聞き出せるかですか？　たぶん、これということはなにも出てこないでしょうが――やってみないことにはね。まあ、ほとんどの情報はあなたにうかがえばすむでしょう。この家や家族についてのことなら」

「それで、そのことと、外国から来た若い女性がここで殺されたことと、どう関係があるんです？」

「ええ、まさにそこです」クラドックは言った。「彼女はなぜここに来たのか？　この家とつながりを持っていたことがあったのか？　たとえば、召使だった経験があった？　ご婦人の小間使いだったとか。あるいは、かつてラザフォード・ホールに住んでいた人物に会いにきたのか？」

ミスター・ウィンボーンは冷たい口調で、ラザフォード・ホールは一八八四年にジョサイア・クラッケンソープが建設して以来、ずっとクラッケンソープ一族の住まいとなっている、と言った。

「それはおもしろい」クラドックは言った。「一族の歴史を手短かに教えていただければ――」

ミスター・ウィンボーンは肩をすくめた。

「お話しするほどのことはごくわずかしかありません。ジョサイア・クラッケンソープはビスケットやクラッカー、薬味やピクルスなどの製造業者だった。莫大な財産を築き上げた。この屋敷を建てた。長男のルーサー・クラッケンソープが今ここに住んでいる」

「ほかに息子は？」

「もう一人、ヘンリーがいましたが、一九一一年に自動車事故で亡くなりました」

「それで、当主のミスター・クラッケンソープはこの屋敷を売ろうと考えたことはないのですか？」

「それはできません」弁護士はそっけなく言った。「父親の遺言の条項に縛られていますから」

「その遺言について、教えていただけますか？」

「どうしてわたしが？」

クラドック警部はにやりとした。

「その気になれば、わたしがサマセット・ハウス（かつて遺言検認登記本署があったロンドンの建物）に行って調べ出せるからですよ」

ミスター・ウィンボーンは思わずひねくれた微笑をちらと口元に浮かべた。

「おっしゃるとおりです、警部。ただ、お望みの情報はこの件とはまったく無関係に思えましたのでね。ジョサイア・クラッケンソープの遺言に謎めいたところなどありません。彼は多大な財産を信託にして遺した。そこからの収入は息子ルーサーが生きているあいだ彼に支払われ、ルーサーの死後は元金がルーサーの子供たち、エドマンド、セドリック、ハロルド、アルフレッド、エマ、イーディスのあいだで均等に分配される。エドマンドは戦死し、イーディスは四年前に亡くなったので、ルーサー・クラッケンソープの死に際して、金はセドリック、ハロルド、アルフレッド、エマ、それにイーディスの息子アレグザンダー・イーストリーに分配されることになります」

「で、屋敷は？」

「屋敷はルーサー・クラッケンソープの生存する最年長の息子かその子に渡ります」

「エドマンド・クラッケンソープは結婚していましたか？」

「いいえ」

「すると、家土地は実際には――?」

「次男――セドリックのものになります」

「ミスター・クラッケンソープは、ご自分では処分できない?」

「ええ」

「それに、元金にも手をつけられない?」

「ええ」

「ずいぶんかわっていますね。たぶん」クラドック警部は鋭く察して言った。「父親に嫌われていたのでしょうが」

「ご明察のとおりです」ミスター・ウィンボーンは言った。「ジョサイア老人は長男が家業に――いやそれどころか、どんなビジネスにも――興味を示さないので失望した。ルーサーは暇さえあれば外国旅行をして、古美術品を収集していた。ジョサイア老人はそんなことをちっともいいと思わなかった。それで彼は金を信託にして、次の世代の手に渡るようにしたのです」

「だが今のところ、次の世代には自分で稼ぎ出した金か父親からの手当てしか収入はなく、父親はかなりの収入があるものの、元金を処分する力はない」

「そうです。で、これが見知らぬ若い外国人女性の殺人とどう関係があるのか、わたしには想像もつきませんがね！」

「なんの関係もないように思えますね」クラドック警部は即座に同意した。「ただ、事実を確かめておきたかったまでです」

ミスター・ウィンボーンは厳しい目つきでじろじろと相手を見たが、やがて精査の結果に満足したらしく、立ち上がった。

「わたしはこれからロンドンに帰ります」彼は言った。「ほかになにか、お知りになりたいことは？」

彼は警察官二人を交互に見た。

「いえ、ありません、どうも」

玄関ホールからフォルティシモで銅鑼《どら》の音が鳴り響いてきた。

「やれやれ」ミスター・ウィンボーンは言った。「男の子のどちらかのしわざでしょうな」

クラドック警部は大音響に負けじと声を張り上げた。

「ご家族が落ち着いてお昼を召し上がれるよう、とりあえず失礼しますが、昼食後――そう、二時十五分ころにでも――ベーコン警部とわたしは戻ってきて、一人ひとりから簡単にお話をうかがいます」

「必要と思われますか？」

「そうですね……」クラドックは肩をすくめた。「可能性はあまりありませんが、誰かがなにかを思い出し、それが女性の身元確認の手がかりになるかもしれない」

「無理ですね、警部。まず無理でしょう。だが、幸運をお祈りしますよ。さっき申したように、このいやな事件がなるべく早くかたづくのがみなさんのためになりますからね」

首を振りながら、彼はゆっくり部屋を出ていった。

2

ルーシーは検死審問から戻るとまっすぐ台所に入り、昼食の支度に忙しかったが、そこにブライアン・イーストリーが顔をのぞかせた。

「お手伝いしましょうか？」彼は訊いた。「家事なら得意ですよ」

ルーシーはややうわのそらで、彼にさっと目をやった。ブライアンは小型のＭＧに乗って公会堂に直接到着したので、彼女はまだこの男をよく見定める暇がなかった。印象は悪くなかった。イーストリーは見るからに人好きのする三十いくつかの男で、茶色い髪になんとも哀れっぽい青い目、それに明るい色の巨大な口ひげをたくわえていた。

「子供たちはまだ戻っていない」彼は言いながら入ってきて、台所のテーブルの端に腰をおろした。「自転車だから、あと二十分はかかるだろうな」

ルーシーはほほえんだ。

「なにも見逃すものかと、断固としていましたね」

「よせとは言えないな。だって──生まれて初めての検死審問で、しかもいわば家族が巻き込まれているんだから」

「テーブルからどいていただけます、ミスター・イーストリー？　焼き皿をそこにのせたいので」

ブライアンは従った。

「やあ、その脂は熱々だね。何を入れるんです？」

「ヨークシャー・プディングです」

「ヨークシャー・プディングか、いいな。伝統的英国のロースト・ビーフ。それが今日

「のメニューですか？」

「ええ」

「葬式のあとのごちそうってわけだ。うまそうなにおいがする」彼はうれしそうにくんくんとにおいを嗅いだ。「おしゃべりしていてもかまいませんか？」

「お手伝いに来てくださったんなら、手伝っていただきたいわ」彼女はオーヴンから別の焼き皿を取り出した。「はい――このジャガイモをぜんぶひっくり返してください、反対側にも焦げ目がつくように……」

　ブライアンはすぐさまそのとおりにした。

「これみんな、検死審問に行っていたあいだ、ここで焼けていたんですか？　よく真っ黒焦げにならなかったもんだな」

「ありえませんね。オーヴンには温度調節の目盛がついていますもの」

「一種の電気脳？　そんなようなものですか？」

　ルーシーは彼をさっと一瞥した。

「そのとおりよ。それじゃ、お皿をオーヴンに入れて。はい、このふきんを使ってね。二段目です――いちばん上にはヨークシャー・プディングを入れますから」

　ブライアンは従ったが、あっと甲高い悲鳴を上げた。

「やけどしましたか？」

「ちょっとね。どうってことない。料理ってのは、なんとも危険なゲームだな！」

「ご自分じゃ、お料理なんてなさらないんでしょう？」

「いや、やりますよ――しょっちゅうね。でも、こういうのじゃない。卵はゆでられる――時計をセットするのを忘れなければね。それに、ベーコン・エッグもできますよ。あとは、ステーキを網焼きするとか、スープの缶をあけるとか。うちのフラットには電動缶切りがあるんだ」

「ロンドンにお暮らし？」

「あれを暮らしというならね――ええ」

沈んだ口調だった。彼が見守るなか、ルーシーはヨークシャー・プディングの種を流した焼き皿を手早くオーヴンに戻した。

「これは楽しいな」彼は言い、ため息をついた。

とりあえずしなければならないことがすんだので、ルーシーは彼をさっきよりよく見た。

「何がです――この台所のこと？」

「ええ。うちの台所を思い出す――子供のころのね」

ブライアン・イーストリーにはなにか妙にわびしげなところがある、とルーシーは思った。よく見ると、彼は第一印象より老けていた。四十に近いだろう。彼がアレグザンダーの父親だとは思えない。彼を見ていると、ルーシーは戦争中、感じやすい十四歳のころに出会った無数の若い飛行士たちを思い出した。彼女はそれから成長し、戦後の世界へと進んだ――だが、ブライアンは進まなかった、年月の流れに取り残された、という感じがした。彼の次の言葉で、それが事実だと確認された。彼はまた台所のテーブルに腰をおろしていた。

「むずかしい世界ですよね」彼は言った。「そうじゃありませんか？　その、方向を見きわめるという意味でね。だって、そんな訓練を受けちゃいないんだから」

ルーシーはエマから聞いていたことを思い出した。

「戦闘機のパイロットでいらしたんでしょう？」彼女は言った。「空軍殊勲十字章《DFC》を受けられた」

「そういうものが道を狂わせるんだ。勲章を取ったからって、みんながちやほやしてくれる。仕事の世話をしてくれたりね。そりゃ、親切なことだ。でも、どれも事務職ばかりでね、ぼくはそんなのぜんぜん得意じゃない。デスクの前にすわって、数字に頭を悩ませるなんて。ぼくにはぼくなりの考えがあって、やってみようとしたことはあるんだ。

でも、出資者がいない。企画にのって、金を出そうという人間を集められないんだ。せめてすこしでも資本金があればな――」

彼は黙り込んだ。

「あなたはイーディーをご存じないですよね？　家内ですが。ええ、むろん、ご存じのはずはない。彼女はここの人たちとはずいぶん違っていた。まず、みんなより若かったし。空軍婦人補助部隊《WAAF》にいたんだ。父親は変人だと、いつも言っていた。ほんとなんですよ。ものすごいけち。草葉の陰まで持っていけるわけでもないのに。死んだら財産は分配されることになっているんだ。イーディーのぶんは、もちろんアレグザンダーが相続します。もっとも、二十一歳になるまでは、元金に手をつけられないけど」

「すみません、またどいていただけます？　盛りつけをして、グレイヴィーを作りますから」

そのとき、アレグザンダーとストッダート‐ウェストが顔をほてらせ、すっかり息を切らして入ってきた。

「やあ、ブライアン」アレグザンダーは機嫌よく父親に声をかけた。「こんなところにいたのか。うわあ、うまそうなビーフだ。ヨークシャー・プディングもある？」

「うん、あるよ」

「学校のヨークシャー・プディングはひどいんだ——湿ってぐちゃっとしててさ」

「どいて」ルーシーは言った。「グレイヴィーを作りたいのよ」

「たっぷり作ってね。ソース・ボート二つにいっぱいもらえる？」

「ええ」

「いいぞ《グッドウ》！」ストッダート－ウェストは慎重な発音で言った。

「薄い色のはいやだよ」アレグザンダーは心配そうに言った。

「薄くなんかしません」

「この人ね、すごい料理上手なんだ」アレグザンダーは父親に言った。

二人の役割が逆になったみたい、とルーシーはふと思った。アレグザンダーは優しい父親が息子を相手にするようにしゃべっている。

「ぼくたち、お手伝いしましょうか、ミス・アイルズバロウ？」ストッダート－ウェストが礼儀正しく言った。

「ええ、お願い。ジェイムズ、銅鑼を鳴らしてきてちょうだい。アレグザンダー、あなたはこのお盆をダイニングルームへ運んでくださる？　それから、あなたはお肉を持っていってくださいな、ミスター・イーストリー。わたしはジャガイモとヨークシャー・プディングを運びますから」

「スコットランド・ヤードの人が来てるよ」アレグザンダーは言った。「あの人もいっしょに食事をするのかな？」

「それは伯母さまがどう決めたかによるわね」

「エマ伯母さんは気にしないと思うけど……お客さんをよくもてなす人だから。でも、きっとハロルド伯父さんはいやがるね。この殺人事件ですっかり機嫌を悪くしてるもの」アレグザンダーは盆を持ってドアから出ていったが、肩越しに振り返って、さらに情報を提供した。「ミスター・ウィンボーンはスコットランド・ヤードの人といっしょに図書室にいるよ。でも、昼ごはんはいらないって。ロンドンに帰らなきゃならないから。行こう、ストッダーズ。ああ、もう銅鑼を鳴らしに行っちゃった」

そのとき、銅鑼が響き渡った。ストッダート-ウェストは芸術家だった。彼は持てるものすべてをこの演奏につぎ込み、おかげでそのあとは誰も話ができなくなった。

ブライアンは肉の皿を運び、ルーシーは野菜を持って続いた――それから台所に戻り、あふれそうにたっぷりグレイヴィーを入れたソース・ボート二個を持ってきた。ミスター・ウィンボーンがホールに立ち、手袋をはめていると、エマが急いで階段を降りてきた。

「お昼を召し上がらなくてよろしいんですの、ミスター・ウィンボーン？　すっかりできていますけど」

「ええ、ロンドンで重要な約束があるものでね。汽車に食堂車がありますから」

「ご親切にこんなところまでおいでくださって、ほんとうにありがとうございました」

エマは感謝をこめて言った。

二人の警察官が図書室から出てきた。

ミスター・ウィンボーンはエマの手を取った。

「なにも心配はありませんよ」彼は言った。「こちらはニュー・スコットランド・ヤードのクラドック刑事部警部です。この事件を担当されることになった。彼は二時十五分に戻ってきて、なにか捜査の助けになる事実はないか、みなさんから話を聞きます。しかし、さっきも言ったように、心配することはありませんからね」彼はクラドックのほうを見た。「最前うかがったことを、ミス・クラッケンソープにもお聞かせしてかまいませんか？」

「もちろんです」

「クラドック警部のお考えでは、これはまず間違いなく、地元の犯罪ではないということです。殺された女性はロンドンから来ていて、おそらく外国人らしい」

エマ・クラッケンソープははっとして言った。

「外国人。フランス人ですか？」

ミスター・ウィンボーンは安心させるつもりで話したのだったが、ややぎょっとした様子になった。ダーモット・クラドックの視線は弁護士からエマの顔へさっと移った。彼は考えた——この人は、どうして殺された女がフランス人だと決めつけたのだろう？　それに、どうしてそれでこうも心を乱している？

第九章

1

ルーシーのすばらしいランチを十二分に味わったのは少年二人とセドリック・クラッケンソープだけだった。セドリックは自分がイギリスに帰国しなければならなくなった状況をまったく気にとめていないらしい。むしろ、こんなことは死人がらみのおもしろい冗談くらいに見なしているようだった。

ルーシーの観察では、こういう態度は弟ハロルドには不愉快きわまりないものだった。ハロルドはこの殺人事件をクラッケンソープ家に対する個人的侮辱のように受けとめているらしく、憤慨のあまり、食事が喉を通らなかった。エマは不安そうな様子で、やはりほんのわずかしか食べなかった。アルフレッドは自分だけの考えにふけっているようで、ほとんどしゃべらなかった。彼は浅黒い細面《ほそおもて》の美男だが、目と目のあいだがやや狭すぎる。

昼食後、二人の警察官は戻ってきて、ミスター・セドリック・クラッケンソープとすこしお話しさせていただけるだろうか、と慇懃《いんぎん》に申し入れた。

クラドック警部はとても明るく友好的だった。

「おすわりください、ミスター・クラッケンソープ。バレアレス諸島から戻られたばかりでしたね？　あちらにお住まいですか？」

「ここ六年ね。イビサです。陰気なこの国より性に合うもんで」

「太陽を拝める日がこちらよりずっと多いでしょうからね」クラドック警部は相槌を打った。「つい最近、一度帰国されたようですね――クリスマスに。どうしてまたすぐお帰りになる必要があったんですか？」

セドリックはにやりとした。

「エマから電報を受け取った――エマというのは妹です。この敷地内で殺人なんて、今までなかったことだ。こいつは見逃せないぞと思って――それで飛んできたんですよ」

「犯罪学に興味がおありですか？」

「いやだな、そうハイブラウな言い方をすることなんかない！　殺人事件が好きだというだけですよ――推理小説《フーダニット》がね！　推理小説《フーダニット》が我が家の玄関先に現われるとは、一生に一度のチャンスじゃないですか。それに、エマには助けが必要だとも思ってね――親父の世話、警察の相手、その他あれこれ一人で奮闘しているんだから」

「なるほど。あなたの冒険心と家族を思う心に訴えるものがあったと。妹さんはさぞかし感謝しておられるでしょう――もっとも、ほかのご兄弟お二人も駆けつけてくれたわけですが」

「でも、励ましたり慰めたりするためじゃない」セドリックは言った。「ハロルドはまるでむかついている。いかがわしい女の殺人事件に巻き込まれるなんて、金融街《シティ》の大立者《おおだてもの》にはあるまじきことだってわけでね」

クラドックの眉毛がそっと上がった。

「彼女は――いかがわしい女だった？」

「まあ、その点はあなたのほうが専門家だ。いろいろ考え合わせると、そうらしく思えた」

「女が誰だか、あなたは見当をつけられたのじゃないかと思ったんですが」

「よしてくださいよ、警部さん、もうご存じでしょう――さもなきゃ、同僚の方たちから聞かされるでしょうが、ぼくは彼女が誰だか確認できなかった」

「見当、と申し上げたんです、ミスター・クラッケンソープ。あの女性を見たことはなかったとしても——しかし、誰だか見当をつける——あるいは、可能性を考えることはできたかもしれない」

セドリックは首を振った。

「いや、見込み違いですよ。ぼくにはまるでわからない。あなたがおっしゃっているのは、女はぼくらのうちの誰かとあいびきの約束があって長納屋に来たのかもしれない、ということでしょう？　でも、ぼくらは誰もここに住んでいない。家にいたのは女一人と老人一人だけです。まさか、あの女性がうちのご尊父さまとデートに来たなんて、本気でお考えじゃないでしょう？」

「わたしどもが考えているのは——ベーコン警部も同意見ですが——女はかつてこの家となんらかの関係があったのかもしれない、ということです。何年も前のことかもしれません。過去を振り返っていただけませんか、ミスター・クラッケンソープ」

セドリックはしばらく考えたが、やがて首を振った。

「ときどき外国人の手伝いを置いたことはあります、たいていのうちと同じにね、でも、それらしい人物は思いつかないな。ほかの人たちに訊いたほうがいいですよ——ぼくよりよく知っているだろう」

「もちろん、そうします」

クラドックは椅子にゆったり背をもたせて続けた。

「検死審問でお聞きになったように、医学的証拠からは死亡時刻をあまり正確に決められません。二週間以上、四週間以下――とすると、ほぼクリスマス前後になります。あなたはクリスマスに帰省したとおっしゃった。いつイギリスに到着し、いつ出発されたのですか？」

セドリックは考えた。

「ええと……飛行機で来たんです。着いたのはクリスマスの前の土曜――とすると、二十一日ですね」

「マリョルカから直行でしたか？」

「ええ。朝五時に発って、こっちに昼ごろ着いた」

「で、出発は？」

「次の金曜、二十七日に飛行機で戻りました」

「ありがとうございます」

セドリックはにやりとした。

「これで、ぼくは充分犯行可能だったってことになるな、残念ながら。でも警部、クリスマスのお遊びに若い女性を絞め殺すなんて、ぼくの趣味じゃありませんよ」

「そう信じたいですね、ミスター・クラッケンソープ」

ベーコン警部は非難がましい表情を見せただけだった。

「平和と善意の季節クリスマスが、それじゃ台無しだ、そう思いませんか？」

セドリックはこの質問をベーコン警部に向けたが、警部はただふんと鼻を鳴らしただけだった。クラドック警部は礼儀正しく言った。

「いや、ありがとうございました、ミスター・クラッケンソープ。うかがいたいことはこれだけです」

「で、あの男をどう思う？」セドリックがドアを閉めて出ていくと、クラドックは訊いた。

ベーコンはまた鼻を鳴らした。

「ああ生意気じゃあ、何をやったっておかしくない」彼は言った。「ああいうタイプ、わたしは嫌いですね。芸術家ってやつらは生活がだらしないし、いかがわしい階層の女とかかりあいやすい」

クラドックは微笑した。

「服装も気に入らない」ベーコンはさらに続けた。「敬意ってものがないんだ——あんな格好で検死審問に出るなんて。ああきたないズボンはしばらく見ていないな。それに、ネクタイを見ましたか？　色つきの紐でできてるみたいだ。わたしに言わせりゃ、ああいう男は簡単に女を絞め殺してなんとも思わないんだ」

「まあ、この女を絞め殺したのは彼ではないな——もし二十一日までマリョルカを出なかったのならね。それはすぐに裏がとれる」

ベーコンは鋭い視線を向けた。

「実際に犯行のあった日については、まだ手の内を明らかにしていませんね」

「ああ、それは今のところ秘密にしておく。早い段階では、切り札を取っておくのが好きでね」

ベーコンはまったく同感だとうなずいた。

「機が熟したら、ぱっと取り出す」彼は言った。「それがいちばんの作戦です」

「それじゃ今度は」クラドックは言った。「おこないすました金融街《シティ》の紳士の言い分を聞くとしよう」

唇をへの字に結んだハロルド・クラッケンソープに、ろくな言い分はなかった。きわめて不愉快——非常に不運な出来事だ。遺憾なことに、新聞が……記者たちはすでにインタビューを求めてきたそうだ……それやこれや……実になげかわしい……

ハロルドはスタッカートのリズムで切れ切れのセンテンスを並べていったが、それも終わった。彼はひどい悪臭を嗅がされたような表情で、椅子に背をもたせた。

警部が探りを入れても、成果はなかった。いいえ、女が誰かは知らないし、見当もつかない。はい、クリスマスにはラザフォード・ホールにいた。クリスマス・イヴより前には来られなかった――だが、次の週末まで滞在した。

「では、これだけです」クラドック警部は言い、それ以上問い詰めなかった。ハロルド・クラッケンソープは協力しようとはするまいと判断したからだった。

次はアルフレッドだった。無頓着な様子で部屋に入ってきたのが、やや演技過剰に思えた。

クラドックはアルフレッド・クラッケンソープを見ると、おやと思った。この人は前にどこかで見たことがあるようだが？　それとも、新聞に写真が出ていた？　その記憶にはなにか不名誉なことがからんでいた。彼はアルフレッドに職業を尋ねたが、答えは曖昧だった。

「今は保険関係です。最近までは、新種の蓄音機を市場に出す仕事に関わっていた。じつに革命的な代物でしてね。いや、だいぶ儲かりましたよ」

クラドック警部は話に耳を傾けている様子に見えた――それでいて、アルフレッドのスーツがぱりっとしているのは見かけだけで、実際には安物だと正確に見抜いているとは、誰にも知るよしもなかった。セドリックの服は恥ずかしいほどのぼろだが、もとは仕立ても素材も上等なものだった。それにひきかえ、こちらの一見上等ふう安物を見れば、この人物の背景が知れた。クラドックは愛想よく、お定まりの質問に入った。アルフレッドは興味を示し、愉快がっているようですらあった。

「たいした考えだな、あの女がここで働いていたことがあるかもしれないなんて。小間使いじゃないですよ。妹がそんなのを雇っていたとは思えない。今どき、小間使いのいる家なんてないんじゃないかな。でももちろん、外国人の家事労働者なら、あちこちにいっぱいいますよね。うちでもポーランド人を使ったことがある――それに、短気なドイツ人も一人か二人。エマがあの女を知らないと断言しているんだから、この案はだめですよ、警部さん。エマは人の顔をよく記憶するほうでね。いや、女がロンドンから来たんだとすると……ところで、女がロンドンから来たと、どうして思われるんです？」

彼はこの質問をさりげなく挟み込んだが、目は鋭く興味を示していた。

クラドック警部はにっこりして首を振った。

アルフレッドは相手をじっと見た。

「口外できないってわけですか？　コートのポケットに帰りの切符が入っていたとか？　そうですか？」

「そうかもしれませんね、ミスター・クラッケンソープ」

「まあ、女がロンドンから来たとして、たぶん、相手の男はひそかな殺人に長納屋はうってつけだと思っていたんでしょう。明らかに、男はここの状況に通じていた。わたしなら、その男のほうをさがしますがね、警部さん」

「さがしています」クラドック警部は言い、その短い一言に静かな自信を含ませた。

彼はアルフレッドに礼を言い、面接を終えた。

「なんだか」彼はベーコンに言った。「あの男、前にどこかで見たような……」

ベーコン警部は判決を下した。

「切れるやつだ」彼は言った。「あんまり切れるんで、自分が怪我をすることがある」

2

「わたしにご用はないだろうと思いますが」ブライアン・イーストリーは部屋に入ってくると戸口にたたずみ、詫びるように言った。「家族の一員とはいえないので――」

「ええと、ミスター・ブライアン・イーストリーですね、四年前に亡くなったミス・イーディス・クラッケンソープのご主人の？」

「そうです」

「どうもおそれいります、ミスター・イーストリー、なにか捜査の助けになりそうだと思われることをご存じですか？」

「いいえ。そんなことがあればいいんですがね。なんともおかしな話じゃないですか。冬のさなかにこんなところまで来て、隙間風の吹く古い納屋で男と会うなんて。わたしなら、そんなことはしませんよ！」

「たしかに、とてもふしぎな話です」クラドック警部は同意した。

「女は外国人だって、本当ですか？　そんな噂が飛んでいるようですが」

「それでなにかぴんときますか？」警部はさっと彼を見たが、ブライアンはぽかんとしていた。

「いいえ、ぜんぜん」

「女はフランス人かもしれない」ベーコン警部は暗い疑惑をこめて言った。

ブライアンはやや活気づいた。その青い目が興味を示し、彼は大きな薄茶色の口ひげをいじった。

「ほんとうですか？　花の都パリー？」彼は首を振った。「ますますおかしなことになってきましたね。だって、そんな人がどういうつもりか納屋に来たなんて。まさか、ほかにも石棺殺人事件があるんじゃないでしょうね？ 衝動に駆られて――いや、コンプレックスかな？――次々とやらずにいられない男。自分がカリギュラ（暴虐で知られるローマ皇帝）か誰かだと思い込んでいるとか？」

クラドック警部はこの推理を一蹴するほどの手間はかけず、そのかわり、なにげなく訊いた。

「家族の中で、フランスとなにかしらつながりがある、あるいは――ええ――人間関係があるという人がいるかどうか、ご存じですか？」

クラッケンソープ家の人たちはあまり華やかなタイプではない、とブライアンは答えた。

「ハロルドは体裁のいい結婚をしています」彼は言った。「奥さんは魚みたいな顔の女性で、どこかの貧乏貴族の娘ですよ。アルフレッドはあまり女に興味がないんだと思う――たえず怪しげな取引をやっては、それがたいていは失敗に終わる。まあ、セドリックの場合は、この人のためならなんでもするっていうスペイン人のセニョリータがイビサに何人かいてもふしぎはないな。女性はセドリックに惚れ込むんですよ。ひげは無精して剃らないことがあるし、風呂なんかぜんぜん入らないみたいに見える。どうしてああいうのが女性を惹きつけるのかわかりませんが、どうもそこが魅力らしい――いや、こんなことをお話ししても、ちっともお役に立ちませんよね?」

彼は警察官たちににやっと笑ってみせた。

「アレグザンダーのやつを使ったほうがいい。あいつとジェイムズ・ストッダート－ウェストは外で大々的に手がかりをさがしていますよ。きっとなにか見つけてくると思いますね」

そう期待したいですね、とクラドック警部は言った。それから彼はブライアン・イーストリーに礼を述べ、次はミス・エマ・クラッケンソープに面会したい、と申し出た。

3

クラドック警部は前より注意してエマ・クラッケンソープを見た。昼食前に彼女が見せたあの驚きの表情の陰に何があるのか、まだわからなかった。

物静かな女性。愚かではない。かといって、頭が切れるというのでもない。いっしょにいると気持ちよく落ち着けて、そこにいるのが当然と男たちが思ってしまうような女性。家に家庭らしさを与え、安らぎと静かな調和のある雰囲気をつくり出す。エマ・クラッケンソープはそんな女性だ、と彼は思った。

こういう女性はしばしば過小評価される。物静かな外見の陰に強い個性がひそんでいる。無視できない力を持った相手だ。ひょっとすると、石棺の中の死んだ女性の謎を解く手がかりは、エマの心の奥底に隠れているのかもしれない、とクラドックは考えた。

こんな考えが頭の中をめぐっているあいだ、クラドックはあれこれ些細な質問をしていった。

「たいていのことはもうベーコン警部にお話しになったと思いますので」彼は言った。

「そうたくさん質問はありません」

「どうぞなんでもお尋ねになってください」

「ミスター・ウィンボーンがお伝えしたように、わたしどもとしては、死んだ女性が土地の人間ではなかったという結論に達しました。それであなたはほっとされたかもしれません――ミスター・ウィンボーンはそう考えておられたようだ――だが、こちらにとっては事態がさらにむずかしくなりました。身元がそう簡単に確認できませんからね」

「でも、なにか持ち物はありませんでしたの――ハンドバッグとか？　書類とか？」

クラドックは首を振った。

「ハンドバッグはなく、ポケットにもなにも入っていませんでした」

「名前とか——どこから来たかとか——なにもおわかりになりませんの？」

クラドックは思った。彼女は知りたい——ぜひとも知りたがっている——あの女が誰なのかを。ずっとそんな気持ちだったのだろうか？　ベーコンはそんな印象を受けたという様子ではなかった——彼は目の利く男だ……

「なにもわかっていません」彼は言った。「それで、おたくのどなたかが助けてくださるのではないかと期待したわけなんです。だめですか？　あなたご自身は見覚えのない人物だったとしても——誰それかもしれないと推察できませんか？」

彼女が答える前に、ごくわずかな間があった、と彼は思った。いや、想像にすぎなかっただろうか。

「まるで見当もつきません」彼女は言った。

微妙に、クラドック警部の態度が変わった。声音がいくぶん厳しくなったというほかは、ほとんど目につかないほどの変化だった。

「ミスター・ウィンボーンが女性は外国人だったとお伝えしたとき、どうしてあなたはフランス人だと思い込んだのですか？」

エマはさして戸惑わなかった。眉がすこし上がった。

「そうでしたかしら？　ああ、そうですわね。どうしてかわかりません――ただ、ふつう外国人と聞くと、フランス人と思ってしまいますでしょう、本当の国籍がわからないうちはね。この国にいる外国人のほとんどはフランス人ですもの、違います？」

「いや、そうでもないでしょう、ミス・クラッケンソープ。とくにこのごろはね。いろんな国籍の人がいますよ、イタリア人、ドイツ人、オーストリア人、スカンジナヴィア諸国の人たち――」

「ええ、それはそうですね」

「なにか特別な理由があって、例の女性がフランス人だった可能性があると考えたのではない？」

彼女は急いで否定しようとはしなかった。ただしばらく考えてから、ほとんど残念そうに首を振った。

「いいえ」彼女は言った。「理由はないと思います」

警部と目が合っても、彼女は泰然としてひるまなかった。クラドックはベーコン警部のほうを見た。ベーコンは身を乗り出し、小型のほうろう製コンパクトを差し出した。

「これに見覚えがありますか、ミス・クラッケンソープ？」

彼女はそれを受け取って、よく見た。

「いいえ。わたしのものでないことは確かです」

「誰のものか、おわかりになりませんか？」

「いいえ」

「それでは、これ以上お手をわずらわせることはありません——今のところはね」

「ありがとうございます」

彼女は二人に向かって軽く微笑し、立ち上がると、部屋を出ていった。また想像かもしれないが、なにかに安心したかのように動きが速い、とクラドックは思った。

「彼女はなにか知っていると思われますか？」ベーコンは訊いた。

クラドック警部は悲しげに言った。

「ある段階では、こちらにすすんで教えてくれる以上のことをみんなが知っていると、つい思いたくなるものさ」

「実際、知っているもんですしね」ベーコンは経験から実感をこめて言った。「ただし」彼はつけ加えた。「たいていは当面の事件とはなんにも関係がない。家庭内のちょっとした醜聞とか、ばかなことをして困った目にあったとか、そんなことがほじくり出されるんじゃないかと心配して黙っている」

「ああ、そのとおりだ。まあ、すくなくとも——」

だが、クラドック警部が言おうとしていたことは、言葉にならずじまいだった。ぱっとドアがあいて、かんかんになったクラッケンソープ老人がすり足で入ってきたからだ。

「なんとも困ったものですな、スコットランド・ヤードの人が来ながら、家長にまず話をするだけの礼儀もないとは！　この家の主人は誰かね？　教えていただきたいものだ。ここの主人は誰ですか？」

「もちろん、あなたです、ミスター・クラッケンソープ」クラドックはなだめるように言いながら、立ち上がった。「しかし、あなたはもうベーコン警部にご存じのことはすべて話されたそうですし、お体の具合があまりよくないようなので、ご無理になってはと、遠慮したしだいです。ドクター・クインパーのお話では――」

「もういい――もういい。そりゃ、わたしは強い体ではない……ドクター・クインパーか、あれはまるでばあさんみたいな心配屋でね――ちゃんとした医者だ、わたしの病気を理解している――だが、わたしを甘やかす傾向がある。食べ物のこととなると、くどくどうるさい。クリスマスにわたしがちょっと具合を悪くしたときには、なんともしつこかった――何を食べた？　いつ？　誰が調理した？　誰が給仕した？　うるさいのなんのって！　だがな、わたしの健康はいまひとつとはいえ、できる範囲でお役に立てることがあれば、なんでもいたしましょう、そのくらいの体力はある。わたしの家の中であれはおもしろい建物だ。エリザベス朝――というか、納屋の中で――殺人とはね！　あれはおもしろい建物だ。エリザベス朝のものです。地元の建築家はそうでないと言うが――なにもわかっていない男なんだ。一五八〇年より一日だって遅くはないね――しかし、それは今の話題ではない。何を知りたいんです？　現在の仮説は？」

「仮説を立てるにはちょっと早すぎます、ミスター・クラッケンソープ。まだあの女性が誰だかを明らかにしようとしているところです」

「外国人だというのか？」

「そのように思われます」

「敵のスパイか？」

「たぶん違うでしょう」

「あんたはそう言うだろうがな！　ああいう手合いはそこいらじゅうにいる。じりじりと潜入しておるんだ！　どうして内務省がああいうのを入国させるのか、わからんな。産業上の秘密をスパイしているに決まっている。あの女もそうだったんだ」

「ブラックハンプトンで？」

「あっちこっちに工場がある。うちの裏門のすぐ外にも一軒建っている」

クラドックが問うような視線を投げると、ベーコンは答えた。

「金属箱製造です」

「ほんとうにそういうものを作っていると、どうしてわかる？　ああいう連中が言うことは、うのみにはできん。まあいい、女がスパイでなかったとすれば、どういう人物だと思うんだね？　わたしの貴重な息子たちの一人とかかりあっていた？　もしそうなら、アルフレッドだな。ハロルドではない、あいつは慎重なやつだ。それに、セドリックはこの国になんぞ住みたがっておらん。よし、それじゃ、アルフレッドの女だったと。で、どこかの乱暴者が、彼女はアルフレッドに会いにきたものと思って、ここまでつけてきて殺した。それでどうだ？」

クラドック警部は如才なく、それは確かに一つの仮説だと答えた。だが、ミスター・アルフレッド・クラッケンソープは女に見覚えがなかった、と彼は言った。

「ふん！　おびえているだけだ！　アルフレッドは昔から意気地《いくじ》がなかった。だが、あいつは嘘つきだ、おぼえておきなさい、昔から嘘つきだった！　どこまでも嘘をつきとおす。うちの息子たちはみんなだめ。ハゲタカの群れだ、わたしが死ぬのを待っている。それがいちばんの仕事なんだ」老人はくすくす笑った。「せいぜい待つがいいさ。わたしはあいつらを喜ばせるために死にはしない！　それでは、お役に立てることがこれだけなら……疲れた。休ませてもらいますよ」

彼はまたすり足で出ていった。

「アルフレッドの女?」ベーコンは疑うように言った。「老人の即席の作り話だと、わたしは思いますね」彼はためらった。「わたし個人としては、アルフレッドはごくまともに思えます――そりゃ、怪しげなこともやっているだろう――だが、こういう事件を起こすような男ではない。もっとも――あの空軍あがりの男は、どうかなと思ったんですが」

「ブライアン・イーストリー?」

「ええ。ああいうタイプなら、一人二人会ったことがある。いわゆる流浪の身ってやつですよ――あまり若いうちに危険や死やスリルを味わってしまって、今では人生が単調に思える。単調で満足がいかない。ある意味では、社会から不公平な仕打ちを受けたわけですよね。だからって、こっちとして何をしてやれるのかはわかりませんが。とにかく、ああいう連中がいる、いわば、過去ばかりで未来のない連中がね。それで、ああいうやつらは平気で危険なまねをするんだ――ありきたりの人間は本能的に安全な道をとります。道徳心というより、打算からね。でも、ああいうやつらはこわがらない――安全第一なんて、かれらの語彙にはないんだ。もしイーストリーが女と関係して、彼女を殺したいと思ったんなら……」彼は言葉を切り、絶望して片手を投げ出した。「しかし、どうして彼は女を殺したいのか？　それに、もし女を殺すなら、どうして死体を義父の石棺の中になんか入れる？　いや、どう考えても、このうちの人たちは殺人とはなんの関係もありませんね。もしあったとしたら、なにもこれだけ手間暇かけて死体を自宅の玄関先に置くようなまねはしませんよ」

クラドックは、たしかに筋が通らない、と同意した。

「ほかにここでなさりたいことはありますか？」

クラドックはないと答えた。

ブラックハンプトンに戻って、お茶でもどうかとベーコンは誘った——だが、クラドック警部は古い知り合いを訪ねるつもりだと言った。

第十章

1

ミス・マープルは陶器の犬やらマーゲート（ケント州の海辺の町）みやげの置き物やらを背景にして、背筋を伸ばしてすわり、うれしそうにダーモット・クラドック警部にほほえみかけた。

「うれしいわ」彼女は言った。「あなたがこの事件の担当になられたなんて。そうなればいいと思っていたんですよ」

「いただいたお手紙は」クラドックは言った。「すぐさま副総監のところへ持っていきました。ちょうどブラックハンプトンの警察から捜査依頼があったと、彼の耳に入ったところでしてね。地元の犯罪ではないとむこうでは考えているようだった。わたしがあなたのことを話すと、副総監はとても興味を持っていました。どうやら、わたしの名づけ親からあなたのことを聞いていたようで」

「サー・ヘンリーね」ミス・マープルは親しみをこめてつぶやいた。

「副総監に訊かれて、リトル・パドックスの一件をすっかり話してしまいました。すると、なんと言われたかお聞きになりたいですか?」

「おさしつかえないなら、どうぞ教えてくださいな」

「彼はこう言いました。〝この事件は老婦人二人がでっち上げた馬鹿話のようでいて、予想に反して二人の言ったとおりだったとわかった。きみはその老婦人の一人をすでに知っているんだから、この事件の担当になりたまえ〟。というわけで、送り込まれました! それで、ミス・マープル、ここからどう進めばいいでしょう? おわかりと思いますが、これは公式訪問ではないので、部下を連れてきていません。まずは二人で打ち解けて話をするのがいいんじゃないかと思いまして」

ミス・マープルは彼にほほえみかけた。

「きっと」彼女は言った。「あなたを仕事の上でしか知らない人たちは、あなたがふだんはこんなに人間的で、しかももっとハンサムだなんて、想像もつかないでしょうね——赤くなることはありませんよ……それで、これまでのところ、何がわかりました?」

「情報はすっかり手に入ったと思います。お友達のミセス・マギリカディがセント・メアリ・ミード警察署で話した供述書、彼女の話を確認した車掌の供述書、それに、ブラックハンプトン駅長あての短い手紙も見ました。関係者、つまり鉄道の人たちも警察も、きちんとしかるべき捜査を行なっています。しかし、あなたの見事な推察力に、みんな負かされてしまったことは疑いの余地がありませんね」

「推察ではありません」ミス・マープルは言った。「それに、わたしにはとても有利な点がありましたからね。わたしはエルスペス・マギリカディを知っていました。ほかの人は誰も知らなかったでしょう。彼女の話をはっきり裏づけるものはなにもありませんでしたし、女性が行方不明になったという届けがなかったのですから、おばあさんの空想にすぎないと思われて当然です――おばあさんというのは、よく突飛な空想に走りますものね――でも、エルスペス・マギリカディは違います」

「エルスペス・マギリカディは違う」警部は同意した。「彼女に会うのが楽しみですよ。セイロンへ行ってしまったのが残念だ。そうそう、現地の警察が話を聞きにいくよう、手配しています」

「わたし自身の推理は、ちっとも独創的でなんかありません」ミス・マープルは言った。「マーク・トウェインを読めばいいのよ。馬を見つけた少年の話。少年は自分が馬だったらどこへ行くだろうと想像しただけ。それで、そこに行ったら馬がいた」

「ご自分が残虐非道な殺人者だったらどうするだろうと、想像なさった？」クラドックはいかにもかよわい老女らしいピンクと白のミス・マープルをしげしげ眺めた。「いやはや、あなたの頭は——」

「台所の流しみたいだって、甥のレイモンドはよく言っていましたよ」ミス・マープルはすばやくうなずいて同意した。「でも、わたしはいつも言ってやりました、流しは家庭の必需品だし、実際にはとても衛生的なものだってね」

「殺人犯になったつもり、というのをもうすこし押し進めて、そいつが今どこにいるかは教えていただけませんか？」

ミス・マープルはため息をついた。

「それができればいいんですけれどね。わかりません——ぜんぜん思いつきませんよ。でも、ラザフォード・ホールに住んだことがある、あるいはあそこを知りぬいている人に違いありませんね」

「同感です。でも、それだととても広範囲になってしまう。通いの家政婦はこれまで何人となくあそこで働いてきましたし、農村婦人会も出入りしている——その前には防空対策監視員《ARP》たちもね。みんな、長納屋と石棺の存在、鍵の置き場所を知っています。どれも地元では広く知られているんですよ。あのあたりに住んでいれば誰であろうと、こういう目的にはふさわしい場所だと考えついたってふしぎはない」

「ええ、そうですね。たいへんなのはよくわかります」

クラドックは言った。「遺体の身元を確認しないうちは、なにも始まりません」

「で、それもむずかしい？」

「ああ、いや、わかりますよ——いずれはね。あの年齢と風体に一致する女性で失踪届があったものはすべて調べています。ぴったりという人はいません。警察医の報告では、女は三十五歳前後、健康、おそらくは既婚、少なくとも一人子供を産んだことがある。着ていた毛皮のコートはロンドンの店で買った安物。過去三ヵ月間に同様のコートは何百着も売れていて、買った客のおよそ六割は金髪の女性です。死んだ女性の写真を見せても、どこの店の売り子も見覚えがなかった。しかたないでしょう、ことに売ったのがクリスマス直前であればね。そのほかの衣類はおもに外国製で、ほとんどはパリで購入したもの。イギリスの洗濯屋のしるしはついていなかった。パリの警察にはすでに連絡し、むこうでも調べてくれています。遅かれ早かれ、親類だか下宿人だかがいなくなったと報告してくる人がきっといるでしょう。時間の問題です」

「コンパクトは役に立ちませんでした？」

「残念ですが。リヴォリ街で何百と売られているタイプなんです、ごく安くね。ところで、あれはすぐさま警察に届けるべきでしたよ——いや、あなたというより、ミス・アイルズバロウがね」

ミス・マープルは首を振った。

「でも、あの時点では、犯罪行為があったとはぜんぜん考えられていませんでしたもの」彼女は指摘した。「若い女性がゴルフの練習中に、草むらの中に落ちていた、とりたてて価値のない古いコンパクトを拾ったからといって、すぐに警察へ飛んでいきはしないでしょう？」ミス・マープルは言葉を切り、それから断固とした口調で言い加えた。「まず死体を見つけるほうが、ずっと賢明だと、そう思いましたの」

クラドック警部は愉快がった。

「死体はかならず見つかると、まったく疑問を持たれなかったようですね？」

「きっと見つかると信じていました。ルーシー・アイルズバロウはとても有能で理知的な人ですから」

「そうでしょうね！　こっちがおじけづくほど有能な女性だ！　あれじゃ結婚しようなんて男は出てきませんよ」

「あらあら、わたしならそんなことは言いませんね……もちろん、特別なタイプの男の人でなければだめでしょうけどね」ミス・マープルはそのことにしばらく思いをめぐらせた。「あの人、ラザフォード・ホールではどんな様子ですか？」

「わたしの見るかぎり、みんなが完全に彼女に頼っている。餌付《えづ》けされ、飼いならされてしまったというか——文字どおりにね。ところで、家の人たちは彼女とあなたのつながりをなにも知りません。それは秘密にしておきました」

「今ではもうなんのつながりもないんですよ。あの人はわたしがお願いしたことをなしとげてくれましたから」

「では、自分が望めば辞表を出して出ていくこともできる？」

「ええ」

「でも、彼女は仕事を続けている。どうしてでしょう？」

「理由は聞いていませんわ。あの人はとても頭のいい人です。きっと興味を持ちはじめたのではないかしら」

「この事件に？　それとも、あの家族に？」

「その二つを」ミス・マープルは言った。「分けるのはむずかしいかもしれませんよ」

クラドックは相手をじっと見た。

「なにかとくに考えていることがおありじゃありませんか？」

「あら、いいえ——とんでもない」

「いや、おありなんでしょう」

ミス・マープルは首を振った。

ダーモット・クラドックはため息をついた。「じゃ、わたしにできるのは――警察用語で言うなら――〝捜査を続行する〟ことだけですね。警察官の生活は退屈だ！」

「きっとそれなりの結果は出ますよ」

「ヒントをいただけないかな？　裏づけはなくても、またなにかひらめきませんか？」

「劇団なんかはどうかと考えていたんですよ」ミス・マープルは漠然と言った。「あちらこちらに巡業して、たぶんあまり郷里や家族とのつながりがない。ああいう若い女性なら、いなくなってもわかりにくいでしょう」

「ええ。それは一理ある。その方向をとくによく注意しますよ」彼はさらに言った。「何を笑っていらっしゃるんです？」

「想像していたのよ」ミス・マープルは言った。「わたしたちが死体を見つけたと聞いたら、エルスペス・マギリカディはどんな顔をするだろうって！」

2

「まあ！」ミセス・マギリカディは言った。言葉が出てこなかった。彼女は身分証明書を持って訪れた、言葉づかいのていねいな感じのよい青年の顔を見て、それから彼に渡された写真に目を落とした。「まあ、まあ！」

「そうです」彼女は言った。「ええ、この人です。かわいそうに。でも、死体が見つかってほっとしましたわ。わたしの言ったことを誰ひとり信じてくれませんでしたもの！警察も、鉄道の人たちも、誰もね。人に信じてもらえないって、とてもしゃくにさわりますわ。まあとにかく、わたしができるだけのことをしなかったとは、誰も言えませんわね」

感じのよい青年は同情と感謝を示して、それなりの言葉をつぶやいた。

「死体はどこで発見されたんですって？」

「ラザフォード・ホールという屋敷にある納屋の中です。ブラックハンプトンの近郊です」

「聞いたことがない。どうやってそんなところまで行ったのかしら？」

青年は答えなかった。

「ジェーン・マープルが見つけたんでしょうね。ジェーンならやってくれそう」

「死体を発見したのは」青年はメモを見ながら言った。「ミス・ルーシー・アイルズバロウという人です」

「そんな名前も聞いたことがないわ」ミセス・マギリカディは言った。「やっぱりジェーン・マープルがからんでいると思いますね」

「それはともかく、ミセス・マギリカディ、この写真の人物は汽車の中にいるのをあなたが見たという女性だと確実に言えますか？」

「男に首を絞められていた人。ええ、言えます」

「では、その男の風体を教えてください」

「背の高い人でした」ミセス・マギリカディは言った。

「はい？」

「それに、黒っぽい髪の毛」

「はい？」

「お教えできるのはそれだけです」ミセス・マギリカディは言った。「男はわたしのほうに背を向けていましたから、顔は見えませんでした」

「その男を見たら、その人だとわかりますか？」

「わかるはずがないでしょう！　こちらに背を向けていたんですよ。顔は一度も見ませんでした」

「年齢は見当がつきませんか？」

ミセス・マギリカディは考えた。

「いいえ――はっきりとは。その、どうかしら……あまり若くはなかった――それはまあはっきりしています。肩が――がっちりしているみたいで。おわかりかしら」青年はうなずいた。「三十か、すこし上。それ以上はなんとも言えません。だって、男のほうはよく見ていなかったんですもの。どうしても女の人に目がいって――喉元に手を巻きつけられ、顔は――青黒くなって……ええ、いまだにときどき夢に見るくらい……」

「なんともたいへんな経験をされましたね」青年は同情を示した。

彼は帳面を閉じて言った。

「イギリスにはいつご帰国ですか？」

「まだあと三週間はこちらにおります。すぐ帰国する必要はありませんわね？」

彼はすかさず言った。

「ええ、ご心配なく。今のところ、あなたにできることはありません。もちろん、犯人が逮捕されれば――」

あとは漠然とさせたまま、話は終わった。

郵便が来て、ミス・マープルから友人にあてた手紙が届いた。文字は細長く尖って、たっぷり下線が引いてあった。長らく読みなれた筆跡なので、ミセス・マギリカディは楽に解読した。ミス・マープルは一部始終を微に入り細を穿《うが》って書き綴っていて、ミセス・マギリカディはその一語残らず大満足してむさぼるように読んだ。

わたしとジェーンとで、みんなに思い知らせてやったわ！

第十一章

1

「どうしてもわからないな」セドリック・クラッケンソープは言った。

彼は廃屋になってひさしい豚小屋の朽ちかけた低い塀に腰をおろし、ルーシー・アイルズバロウを見つめた。

「何がわからないの？」

「きみはここで何をしているんだ？」

「生活の資を稼ぎ出しているのよ」

「女中をやって？」彼はばかにしたように言った。

「時代遅れね」ルーシーは言った。「女中ですって、まったく！　わたしは家事手伝い、プロの家政婦、あるいは地獄で仏、おもに後者ね」

「まさか、どれもこれも好きでやってるわけじゃないだろう——食事を作る、ベッドを整える、大騒ぎ《フーブラ》とかいうやつ（電気掃除機（フーヴァー）のこと）でぶんぶん掃除してまわる、脂っぽいお湯に肘まで浸けて皿を洗う」

ルーシーは笑った。

「まあ、細かい部分は好きでないとも言えるけれど、お料理はわたしの創作本能を満足させてくれるし、ごたごたをかたづけるのをしんから楽しんでしまう性分なのよ」

「ぼくは永久的ごたごたの中で生活している」セドリックは言った。「好きなもんでね」挑戦的につけ加えた。

「そんなふうに見えるわ」

「イビサにあるぼくのコテッジは単純明快な方針で運営されている。皿が三枚、カップとソーサーが二組、ベッド一台、テーブル一脚、椅子二脚。そこいらじゅう埃と絵の具のしみと石のかけらだらけ——絵のほかに彫刻もやるからね——誰にも指一本触れさせない。女なんて、そばにも寄せつけないね」

「どんな資格であっても？」

「どういう意味だ？」

「あなたみたいな芸術的趣味の男性なら、なんらかの愛情生活があるだろうと思って」

「きみの言う愛情生活とやらは、他人が口出しすることじゃない」セドリックは威厳たっぷりに言った。「絶対に寄せつけないのは、整理整頓好き、おせっかいやき、親分風を吹かせる女さ」

「あなたのコテッジをかたづけてみたいものだわ」ルーシーは言った。「たいしたチャレンジだもの！」

「そんな機会は来ないよ」

「そうでしょうね」

豚小屋からレンガがいくつか転がり落ちた。セドリックは首を回し、イラクサに覆われた深みに目を凝らした。

「マッジが懐かしいな」彼は言った。「よくおぼえてるよ。すごく人なつっこい雌豚で、たくさん子豚を産んだ。たしか、最後のお産では十七匹だったな。ぼくらは晴れた日の午後にはよくここに来て、棒切れでマッジの背中を掻いてやった。マッジはそうされるのが大好きだったんだ」

「どうしてこのお屋敷はこんな状態になってしまったの？　戦争のせいばかりではないでしょう？」

「きっと、ここも整理整頓したいんだろう？　なんておせっかいな女なんだ。きみが死体を発見したのも道理だ！　ギリシャ・ローマ時代の石棺すら放っておけないんだからな」彼は言葉を切り、それから続けた。「いや、戦争のせいばかりじゃない。親父のせいさ。ところで、きみは親父のこと、どう思う？」

「あまり考える暇がなかったわ」

「逃げるなよ。親父はとてつもなくけちで、ぼくに言わせりゃ、ちょっと頭もおかしい。もちろん、ぼくらはみんな憎まれている——たぶんエマは別だろうけど。それは祖父の遺言のせいなんだ」

ルーシーは問いたげな表情になった。

「祖父は金を稼ぎまくった男だった。クランチーにクラッカー・ジャックにコージー・クリスプでね。お茶菓子の領域を制覇すると、しっかり先を読んで、早いうちにチーズィーやカナッペに鞍替えしたから、今ではうちはカクテル・パーティーで大幅に儲けている。それはともかく、あるとき親父は自分の魂はクランチーよりも高尚なところにあると明らかにした。イタリア、バルカン諸国、ギリシャを旅して、芸術をかじった。これが祖父の気にさわった。祖父は、こいつには商才がないし、芸術品にも目が利かないと判断し（どっちも正しいけどね）、全財産を信託にして孫に遺した。親父は生涯収入はあるが、元本には手をつけられない。それでどうしたと思う？　金をつかわないことにしたんだ。ここに移ってきて、貯金を始めた。今ごろはもう、祖父が遺した財産に負けないくらいの額を貯め込んでるんじゃないかな。で、今のところ、ぼくらみんな、つまりハロルド、ぼく、アルフレッドにエマは、祖父の金を一銭だってもらえない。ぼくは文無しの画家さ。ハロルドは実業界に入って、今じゃ金融街《シティ》の大立者だ――彼には金を儲ける才能がある。もっとも、最近は逼迫《ひっぱく》しているという噂を聞いてるけどね。アルフレッドは――まあ、アルフレッドは内々では〝いかさま・アルフ《フラッシュ》（SF漫画の主人公フラッシュ・ゴードンにかけたもの）〟と呼ばれていて――」

「どうして？」

「知りたがり屋だな！　答えはね、アルフはうちのもてあまし者だからさ。まだ刑務所にぶち込まれたことはないが、すごく近くまで行った。戦争中は物資供給省にいたんだけど、不審な状況のもとで唐突に退職した。そのあとは、缶詰の果物をめぐる怪しげな取引があったし――卵で問題を起こしたこともあった。大げさなものじゃない――隠れて疑わしい取引を二つ三つやったというだけさ」

「そんなことを赤の他人に話すのは賢明ではないんじゃない？」

「どうして？　きみは警察のスパイか？」

「かもしれないわ」

「そうは思わないな。きみは警察がぼくらに関心を持つようになる前から、ここでこき使われて働いていた。ぼくが思うには――」

妹のエマが菜園の戸口から現われたので、彼は言葉を切った。

「やあ、エマ？　ばかにうろたえてるみたいだけど？」

「そうなのよ。話があるの、セドリック」

「わたしは家に戻らないと」ルーシーは気をきかせて言った。

「行くなよ」セドリックは言った。「殺人事件のおかげで、きみは家族の一員になったも同然なんだから」

「仕事がたっぷりありますから」ルーシーは言った。「ここにはパセリを摘みにきただけなのよ」

彼女はそそくさと菜園に引っ込んだ。セドリックの目が彼女を追った。

「きれいな女の子だな」彼は言った。「どういう人なの？」

「あら、とても有名なのよ」エマは言った。「こういう仕事を専門にしているの。でも、ルーシー・アイルズバロウのことはどうでもいいわ、セドリック、すごく心配なの。どうやら警察では、あの死んだ女の人は外国人、おそらくはフランス人だったと考えているのよ。セドリック、まさか彼女――マルティーヌじゃないでしょうね？」

2

セドリックはぽかんとしてしばし妹を見つめた。

「マルティーヌ？　それっていったい誰――ああ、あのマルティーヌ？」

「ええ。まさか――」

「どうしてマルティーヌだなんてことがあるんだ？」

「だって、考えてみると、あの電報をよこしたのって、へんじゃない？　ほぼ同じころだったはず……ひょっとすると、彼女はやっぱりここまで来ていて――」

「ナンセンス。どうしてマルティーヌがここまで来て、長納屋になんか入り込む？　なんのために？　とてもありそうにないと思えるけどな」

「じゃ、わたしからベーコン警部に――でなきゃあのもう一人の人に――話すべきだとは思わない？」

「何を？」

「その――マルティーヌのこと。彼女の手紙のこと」

「やだな、事を複雑にするのはよせよ、エマ、この事件とはなんの関係もないことをあれこれ持ち出したりしてさ。どっちみち、ぼくはあのマルティーヌからの手紙、あまり信じられなかった」

「わたしは信じたわ」

「おまえは昔から、ありえないことを信じるくらい朝めし前だったろう。ぼくの助言はこうだ。あわてず騒がず、口はつぐんでいること。死体の身元を確認するのは警察の仕事だ。ハロルドだって同じことを言うだろうよ」

「あら、ハロルドがそう言うのはわかっているわ。アルフレッドもね。でも、心配なのよ、セドリック、ほんとに心配。どうしたらいいか、わからないの」

「なにもしないことだね」セドリックは即座に言った。「口はつぐんでいろよ、エマ。すすんで厄介事を招くな、これがぼくのモットーさ」

エマ・クラッケンソープはため息をつき、不安を抱えたまま、ゆっくり家に戻った。

彼女が私道に入ったとき、ドクター・クインパーが家から出てきて、おんぼろのオースティンのドアをあけた。エマを見ると動きを止め、それから車を離れて彼女のほうに歩いてきた。

「やあ、エマ」彼は言った。「おとうさんは体調上々だ。殺人事件は体にいいんだな。

日々の生活の中に関心を持てるものができた。ほかの患者たちにもすすめたいね」

エマは機械的に微笑した。ドクター・クインパーはいつも人の反応を読み取るのが速かった。

「なにか困ったことでもあるの？」彼は訊いた。

エマは彼を見上げた。彼女は医師の親切と同情をずいぶん頼りにするようになっていた。今では、彼はかかりつけの医者というだけでなく、頼れる友人だった。計算ずくのぶっきらぼうな態度に彼女は騙されなかった――その奥には暖かい心が隠れていると、彼女は知っていた。

「心配事がありますの、ええ」彼女は認めた。

「話してくれますか？ いやならいいんですよ」

「お話ししたいですわ。一部はあなたもご存じのことですけど。困っているのは、どうしていいかわからないというところなんです」

「あなたの判断はたいてい間違いがないでしょう。何が問題なんですか？」

「おぼえていらっしゃるでしょう――いえ、お忘れかもしれないけれど――兄のこと――戦死した兄のこと、いつかお話ししましたでしょう？」

「ああ、結婚していたとか――結婚するつもりだったとか――フランス人女性と？ そんなことだったかな？」

「ええ。わたしがあの手紙を受け取ったほとんど直後に、兄は戦死しました。その女性の消息もなにも、わたしたちの耳には届きませんでした。こちらで知っていたのは、彼女のクリスチャン・ネームだけなんです。いつか手紙をよこすか、現われるかするだろうと、ずっと予期していたんですが、音沙汰はありませんでした。なにひとつ連絡はなかったのに――ひと月ほど前、クリスマスの直前に、急に――」

「おぼえていますよ。手紙を受け取ったんでしたね？」

「ええ。イギリスに来ているので、わたしたちに会いたいといって。日取りを決めて、すっかり手配しておいたのに、ぎりぎりになって彼女は電報をよこして、思いがけずフランスへ帰らなければならなくなったと言ってきたんです」

「それで？」

「警察では、あの殺された女性が――フランス人だったと考えています」

「そうなんですか？　見たところ、どちらかというとイギリス人のようだったが、そのへんはなかなか判断がつきませんからね。じゃ、心配なさっているのは、死んだ女性がもしかするとお兄さんの相手だったかもしれないということ？」

「ええ」

「ありそうにないと思いますね」ドクター・クインパーは言い、それからつけ加えた。「とはいえ、お気持ちはよくわかります」

「警察に知らせるべきかどうか――このすべてをね――迷っていますの。セドリックも、ほかの兄たちも、そんな必要はないと言います。あなたはどう思われますかしら?」

「ふむ」ドクター・クインパーは唇を結んだ。しばらく深い考えに沈んで黙り込んでいた。それから、ほとんどいやいやながらという様子で言った。「もちろん、なにも言わないほうがずっと簡単です。おにいさんがたの気持ちは理解できる。それでも――」

「はい?」

クインパーは彼女を見た。その目には愛情がこもっていた。

「わたしなら、耳を貸さずに警察に知らせますね」彼は言った。「さもなければ、ずっと心配しつづけることになる。あなたの性格はわかっていますよ」

エマはすこし頬を染めた。

「ばかなのかもしれません」

「したいと思うことをするのがいちばんです――家族のほかの面々なんか気にしない! かれら全員に逆らうことになっても、わたしはいつだってあなたの判断を支援しますからね」

第十二章

1

「むすめ《ガール》！　おい、むすめ《ガール》！　ここに来なさい」

ルーシーはびっくりして首を回した。クラッケンソープ老人がドアのすぐ内側から彼女に向かって激しく手招きしていた。

「お呼びですか、ミスター・クラッケンソープ？」

「そうしゃべるな。ここに入ってきなさい」

ルーシーは命令する指に従った。クラッケンソープ老人は腕をつかんで彼女を部屋の中へ引き入れると、ドアを閉めた。

「見せたいものがある」彼は言った。

ルーシーはあたりを見まわした。そこは狭い部屋で、明らかに書斎として使うよう意図されたものだが、長いあいだそんなふうに使われていないこともまた明らかだった。デスクの上には埃だらけの書類が山と積み上げられ、天井の角からはクモの巣が花綱のように垂れ下がっている。空気は湿っぽく、かびくさかった。

「このお部屋を掃除するように、ということですか？」彼女は訊いた。

クラッケンソープ老人は激しく首を振った。

「とんでもない！　この部屋はいつも鍵をかけてある。エマはここをいじくりたがっているが、そんなことはゆるさん。ここはわたしの部屋だ。石がいろいろあるだろう？　あれは地質標本だ」

ルーシーは十二個か十四個ほどの石ころのコレクションを見た。磨いたものもあれば、ごつごつしたものもあった。

「きれい」彼女は優しく言った。「とてもおもしろいですね」

「そのとおり。おもしろい。あんたは頭がいい。わたしはこれを誰にでも見せるわけじゃない。見せたいものはほかにもある」

「ご親切ありがとうございます。でも仕事の途中なので、もう戻らないと。なにしろおうちには六人いらして――」

「わたしを食いつぶそうとしておる……ここに来れば、それしかすることがないんだ！

食うだけ。自分の食い物に金を払うと申し出もしない。蛭《ひる》どもめ！　みんなわたしが死ぬのを待っている。まあ、まだしばらく死にはせんからな——死んであいつらを喜ばせてやるものか。わたしは丈夫だ、エマだってそこまでわかっておらん」

「お元気だと思いますわ」

「それほど老いぼれてもいない。エマはわたしを年寄りだと思って、年寄り扱いする。あんたはわたしを年寄りだと思わんだろう？」

「もちろんです」ルーシーは言った。

「分別のある娘だ。これを見ろ」

彼は壁に掛かった色あせた大きな図表をさし示した。ルーシーが見ると、それは家系樹だった。一部はあまり細かく書かれているので、名前を読み取るには拡大鏡がいりそうだ。だが、遠い祖先は誇り高く大文字ででかでかと書かれ、名前の上には王冠が載っていた。

「王家につながる家柄だ」ミスター・クラッケンソープは言った。「もっとも、そいつは母方の家系樹だ——父のほうではない。親父は成り上がり者だった！　俗物！　わたしを嫌っていた。わたしはいつも親父より上品だったからな。母方の血を引いたんだ。生まれつき、芸術や古典彫刻に惹かれた——親父はそんなものに価値を認められなかった——ばかな男さ。母のことはおぼえていない——わたしが二歳のときに亡くなった。母は一族の最後の一人だった。一家は没落して、母は父と結婚した。だが、そこを見なさい——エドワード懺悔王（一〇六六年没。アングロサクソン系の最後の王）——エセルレッド未熟王（一〇一六年没）——みんないる。それもノルマン民族が来る前だ（一〇六六年にノルマン軍がアングロサクソン軍を破り、イングランドを征服した）。ノルマン人以前——たいしたもんだろう？」

「ええ、ほんとうに」

「では、ほかにも見せてやろう」彼はルーシーを導いて部屋を横切り、黒ずんだオーク材の巨大な家具の前に行った。腕をつかんだ指の強さをルーシーはいやな気持ちで意識した。今日、クラッケンソープ老人に弱々しいところなどすこしもないのは確かだった。

「これを見ろ。ラシントンから持ってきた——母の一族の屋敷だがね。エリザベス朝の代物《しろもの》だ。動かすのに男四人がかりだった。この中にわたしが何をしまっているか、わからんだろう？　見せてやろうか？」

「見せてください」ルーシーは礼儀正しく言った。

「好奇心があるな？　女はみんな好奇心が強い」彼はポケットから鍵を取り出し、下の戸棚の戸をあけた。そこから意外にも新品の手提げ金庫を出すと、それも開錠した。

「これを見なさい。なんだかわかるかね？」

彼は紙に包んだ小さい筒を取り上げ、一方の端から紙をはがした。てのひらに金貨が転がり出た。

「これを見なさい、お嬢さん。見て、つかんで、さわってみなさい。なんだかわかるか？　わからんだろう！　あんたは若すぎる。ソヴリン（一ポンド金貨）だ――そうとも。昔ながらのソヴリン金貨。きたならしい紙っぺらがはやりだす前にわれわれが使っていたものだ。ばかげた紙切れよりよっぽど価値がある。ずっと昔に集めておいた。この箱にはほかにもいろいろ入っている。なにかと貯め込んであるんだ。将来のためにな。エマは知らない――誰も知らない。これはあんたとわたしの秘密だ、いいな？　どうしてわたしがあんたにこうして教えたり、見せたりしているか、わかるかね？」

「どうしてですの？」

「それはな、わたしが役立たずの老いぼれの病人だとあんたには考えてほしくないからさ。わたしはまだまだ丈夫だ。家内はずっと前に亡くなった。いつも何にでも反対ばかりする女だった。わたしが子供たちにつけた名前が気に食わなかった――サクソン系のいい名前だというのに――あの家系樹になんの関心も持たなかった。まあ、わたしは家内の言うことなどまるで耳を貸さなかった――気の弱い女でな――すぐに人の言いなりになった。しかし、あんたはしっかりした娘だ――実に活発でいい。ひとつ助言しておこう。若い男のもとにやすやすと飛び込むのはよしなさい。若い男は愚か者ばかりだ！将来はよく考えないとな。待つことだ……」指がルーシーの腕に食い込んだ。老人はかがんで彼女の耳元に顔を近づけた。「それ以上は言わない。待つこと。愚か者どもはわたしがもうじき死ぬと思っておる。とんでもない。あいつらより長生きしても驚かんね。そうなったらこっちのものだ！　ああ、こっちのものさ。ハロルドに子供はいない。セドリックとアルフレッドは結婚していない。エマ――エマは今となってはもう結婚しないだろう。クインパーにちょっと惚れているが――クインパーはエマと結婚しようなどとは思わんな。もちろん、アレグザンダーがいる。ああ、アレグザンダーがな……しかし、わたしはアレグザンダーが好きだ……ああ、困ったな。わたしはアレグザンダーが好きだ」

彼は眉をひそめて黙り込んだが、しばらくして言った。

「さて、むすめ《ガール》、どうかね？　どう思う？」

「ミス・アイルズバロウ……」

書斎の閉じたドアのむこうからエマの声がかすかに聞こえてきた。ルーシーはほっとしてこの機会をとらえた。

「ミス・クラッケンソープがお呼びです。行かなければ。いろいろお見せいただいて、どうもありがとうございました……」

「忘れるなよ……二人のあいだの秘密……」

「忘れませんわ」ルーシーは言い、そそくさとホールに出た。確信は持てないが、あれは条件つきの結婚の申し込みだったのだろうか、と考えた。

2

ダーモット・クラドックはニュー・スコットランド・ヤードの自室のデスクに向かっていた。横向きの楽な姿勢で、片肘をデスクの上につき、その手に受話器を持って電話しているところだった。フランス語で話している。フランス語はまずまず堪能《たんのう》だった。

「一つの考えというだけですから」彼は言った。

「だが、確かに考える価値はある」相手の声は言った。電話のむこうはパリ警視庁《プレフエクチユール》だった。「すでにその方面で捜査を開始しました。担当警官によれば、これはというものが二、三あるそうです。家族か、あるいは愛人でもいないと、こういう女性たちはごく簡単に姿を消し、誰も気にかけない。巡業に出たか、新しい男ができたか——わざわざ尋ねる人はいない。お送りくださった写真では、誰が見ても顔がわかりにくいのが残念です。絞殺は人相を変えてしまいますからな。まあ、それはしかたない。これから、この件に関して担当者が提出した最新の報告書を読んでみます。なにか出てくるかもしれない。ではまた《オールヴォワール》」

　クラドックが同じ別れの挨拶を返したとき、デスクに一枚の紙が置かれた。そこにはこうあった。

ミス・エマ・クラッケンソープ。
ラザフォード・ホール事件につき
クラドック刑事部警部に面会を求む。

　彼は受話器を置き、紙を持ってきた巡査に言った。

「ミス・クラッケンソープをお通ししてくれ」

　待つあいだ、彼は椅子にゆったりともたれて考えた。

　すると、思い違いではなかったのか――エマ・クラッケンソープはなにかを知っている――たぶん、たいしたことではないのだろうが、なにかある。それで、わたしに知らせようと決意したのだ。

彼女が部屋に通されると、クラドックは立ち上がって握手し、相手を椅子にかけさせた。煙草をすすめたが断わられた。それから短い間があった。どう切り出そうか、考えあぐねているのだろう、と彼は思い、身を乗り出した。

「なにか教えてくださるためにいらしたんですね、ミス・クラッケンソープ？　どんなことでしょう？　今まで、なにかを心配していらしたでしょう？　些細《ささい》なことだし、事件と関係があるとは思えない、でもひょっとすると、なにかつながりがあるかもしれない。それをわたしに伝えるためにいらしたんでしょう？　例の死んだ女性の身元に関することではありませんか？　誰だかわかるとお考えですか？」

「いいえ、そこまでは。まさかとは思うんですけど、でも――」

「でも、多少の可能性があって、それを心配なさっている。どうぞお話しください――そうすれば、わたしどもが安心させてあげられるかもしれませんからね」

エマはしばらくためらっていたが、やがて言った。

「わたしの兄三人には会っていただきました。もう一人の兄、エドマンドは戦死したのですが、死ぬすこし前、フランスからわたしに手紙をよこしました」

彼女はハンドバッグをあけ、ぼろぼろになった色あせた手紙を取り出すと、文面を読んだ。

『あまりびっくりしないでくれるといいけど、エミー、ぼくは結婚することになった――相手はフランス人女性だ。すごく急な話で――でもきみはかならずマルティーヌを気に入ってくれるよ――それに、もしもの場合は彼女の面倒を見てくれるだろう。次の手紙で詳細をすっかり知らせる――そのときまでには、ぼくは結婚している。親父さんにはそっと伝えてくれるね？　きっとかんかんになるな』

クラドック警部は手を伸ばした。エマはためらったが、やがて手紙をその手に渡した。

彼女は早口で話を続けた。

「この手紙を受け取った二日後に電報が来て、エドマンドは〝行方不明、死亡と信じられる〟とのことでした。その後、戦死の確報が入りました。ダンケルク（一九四〇年に独軍の攻撃を受けた英軍がここを撤退した）の直前で――たいへんな混乱のさなかでした。わたしが調べたかぎりでは、彼が結婚したという記録は陸軍にないのです――でもなにしろ、混乱のときでしたでしょう。相手の女性からはなんの連絡もありませんでした。戦争が終わってから、調べてみようとしたのですが、こちらは彼女のクリスチャン・ネームしか知りませんし、フランスのあのあたりはドイツに占領されたあとで、女性の苗字もなにもわからないのでは、何を見つけるのも困難でした。最後には、二人は結局結婚しなかったのだろう、女性はきっと戦争が終わる前にほかの人と結婚したか、あるいは死んでしまったのかもしれない、と思うようになりました」

クラドック警部はうなずいた。エマは話を続けた。

「ところが、なんとも驚いたことに、ちょうど一ヵ月ほど前、手紙を受け取ったのです。〝マルティーヌ・クラッケンソープ〟と署名がありました」

「それをお持ちですか？」

エマは手紙をバッグから出し、彼に渡した。クラドックは興味を持って読んだ。フランス人らしい、斜めにかしいだ文字で書かれていた——教育のある人の筆跡だ。

親愛なるマドモワゼル

このお手紙にあまり驚愕されませんことを願っております。兄上のエドマンドが、わたくしたちが結婚したとあなたにお知らせしたのかどうかさえ存じませんのです。彼はそうすると言っていました。結婚の数日後に彼は戦死し、同時にわたくしたちの村はドイツ人に占領されてしまいました。戦争が終わったあと、あなたにお手紙を書いたり、ご連絡を差し上げることはすまいと決めました。エドマンドからはそうするようにと言われていたのですが。でも、そのころにはわたくし自身、新生活を始めており、その必要がなかったのです。しかし、事態が変わりました。わたくしの息子のために、このお手紙を書いております。彼は兄上の息子なのですが、わたくしは——もうこの子にそれなりのよい生活をさせてやることができなくなりました。わたくしは来週初めにイギリスにまいります。あなたをお訪ねしてもよろしいかどうか、お知らせいただけますでしょうか？　郵便物はロンドン北十区、エルヴァーズ・クレズント一二六番地にて受け取ります。重ねがさね、これであまり驚愕されませんことを祈ります。

どうぞよろしくお願い申し上げます。

マルティーヌ・クラッケンソープ

クラドックはしばらく黙り込んだ。もう一度慎重に読み直してから、手紙を返した。

「この手紙を受け取って、どうなさったのですか、ミス・クラッケンソープ？」

「義弟のブライアン・イーストリーが、そのときたまたまうちに滞在しておりましたので、わたしはこのことを話しました。それからロンドンに住む兄のハロルドに電話して相談しました。ハロルドはこの話全体にかなり懐疑的で、よくよく注意してかかるようにと忠告してきました。この女性の身元をきちんと調べなければいけない、と言うのです」

　エマは間を置き、それから続けた。

「それはもちろん常識的なことですから、わたしも賛成しました。でも、この女の子──女の人が──ほんとうにエドマンドが知らせてきたマルティーヌであるなら、喜んで迎えてあげなければと思いました。わたしは書いてあった住所あてに手紙を出し、ラザフォード・ホールに来てわたしたちに会ってくださいと招待しました。二、三日して、ロンドンから電報が届きました。〝遺憾ながら、急用でフランスに帰国を余儀なくされた。マルティーヌ〟というのです。そのあとは手紙も、どんな形でも連絡はありませんでした」

「こういうことがあったのは──いつですか？」

　エマは眉根を寄せた。

「クリスマスのすこし前です。ええ、クリスマスをわたしたちといっしょに過ごさないかと彼女にすすめたかったんですもの──でも、父はそんなことをゆるしませんでした──それで、クリスマス後の週末、家族のみんながまだここにいるあいだに来てはどうかと手紙に書きました。フランスに帰るという電報は、クリスマスの数日前に届いたのだったと思います」

「それで、石棺の中から死体となって見つかった女性は、このマルティーヌかもしれないとお考えなのですか？」

「いいえ、まさか。でも、あなたが女性はおそらく外国人だとおっしゃったとき——その、つい考えてしまって……もしや……」

彼女の声は小さくなって消えた。

クラドックはすぐに安心させるように言った。

「このことを教えてくださったのは、正しいご判断でしたよ。こちらで調べてみます。おそらくは、手紙の差し出し人の女性は実際にフランスに帰り、今も元気にしているでしょう。だが一方、あなたご自身も鋭く気づかれたように、日付けが一致している部分があります。検死審問でお聞きのとおり、警察医の証言によれば、女性が死んだのは三週間から四週間前に違いない。いや、どうぞご心配なく、ミス・クラッケンソープ、わたしどもにおまかせください」彼はさりげなくつけ加えた。「ミスター・ハロルド・クラッケンソープに相談されたとおっしゃいましたね。おとうさまとほかのおにいさまたちはどうしたのですか？」

「当然ながら、父には話さないわけにまいりませんでした。ひどく怒ってしまって」彼女はかすかに微笑した。「わたしたちからお金を搾《しぼ》り取ろうというたくらみだと決めつけました。お金のこととなると、父はとても興奮してしまうんです。自分はとても貧しい人間で、節約できるものは一銭でも節約しなければと信じている、あるいは信じるふりをしていますの。がいしてお年寄りはそういう思い込みにとらわれることがあるようですわね。もちろん、ほんとうのことじゃないんです。父にはたいへんな収入があり、実際にはその四分の一もつかっているかどうか——もっとも、このごろは所得税が高くなりましたけれどね。かなりの金額を貯金しているのは確かです」彼女は言葉を切り、それから続けた。「あとの兄二人にも話しました。アルフレッドはいたずらだとおもしろがったようでしたが、それでも、かたりに間違いないだろうと考えました。セドリックはちっとも関心を示しませんでした——彼は自己中心的になりがちなんです。わたしたちとしては、家族でマルティーヌを迎え、そのときに弁護士のミスター・ウィンボーンにも同席するよう頼もう、と決めました」

「ミスター・ウィンボーンは手紙をどう考えましたか?」

「その話をするところまで至らなかったんです。そうしようとしていたとき、マルティーヌからの電報が届いたので」

「それ以上の措置は取らなかった?」

「取りました。ロンドンの住所あてに手紙を出し、〝ご転送ください〟と封筒に書いておきましたが、なんの返事もありませんでした」

「おかしな話ですね……ふむ……」

彼はエマに鋭い視線を向けた。

「あなたご自身はどうお考えですか？」

「どう考えたものやら、わかりませんわ」

「そのときはどう反応なさいましたか？　手紙は本物だと思った――それとも、おとうさまやおにいさまたちに同意された？　そういえば、義理の弟さんはいかがです、彼はどう考えましたか？」

「ああ、ブライアンは手紙は本物だと考えました」

「で、あなたは？」

「わたしは――よくわかりませんでした」

「お気持ちはいかがでしたか――この女性が実際にエドマンドおにいさまの未亡人だったとすれば？」

エマの顔がほころんだ。

「わたしはエドマンドがとても好きでした。お気に入りの兄だったんです。手紙は、マルティーヌのような女性がこういう状況のもとでまさに書きそうなものだと思えました。

彼女が書いてきたような事態の展開はごく自然です。戦争が終わったとき、彼女は再婚したか、彼女と子供を保護してくれる男性といっしょにいたのだろうと、わたしは思いました。それから、きっとその人が亡くなるか、彼女のもとを去るかして、それならエドマンドの家族に頼るのがいいだろうと思えた——彼自身、彼女にそうさせたがっていたのですから。手紙は本物で、自然に書かれたもののようにわたしは思いました——でももちろん、これがぺてん師のしわざなら、書き手はマルティーヌと知り合いの女で、事実関係にすっかり通じていて、だからいかにもそれらしい手紙が書けるのだと、ハロルドは指摘しました。それはそのとおりだと認めざるをえませんでした——それでも……」

彼女は話をやめた。

「あなたはそれが真実だといいと思っておられた？」クラドックは優しく言った。

彼女は感謝をこめて彼を見た。

「ええ、真実だといいと思いました。エドマンドが息子を遺していたら、どんなにかうれしかった」

クラドックはうなずいた。

「おっしゃるとおり、この手紙は見たところ本物らしく書かれています。驚くのはむしろ、その後の出来事です。マルティーヌ・クラッケンソープはだしぬけにパリに帰り、以後なんの連絡もない。あなたは親切な返事を出し、彼女を歓迎するつもりでいた。たとえ彼女がフランスへ戻らなければならなかったとしても、どうしてもう一度手紙をよこさないのでしょう？ それは彼女が本物だったとしてのことですが。もちろん、もし彼女がマルティーヌをかたるぺてん師だったのなら、説明はずっと簡単になります。ひょっとすると、あなたがミスター・ウィンボーンに相談され、彼が調べを始めたために、女が警戒したのではないかと思ったのですが、そうではないということですね。しかし、おにいさまの一人か二人が同じようなことをされたという可能性はまだあります。このマルティーヌという女性が、調べられては困る背景を持っていたという可能性もある。自分が相手にしているのはエドマンドの愛情深い妹だけで、まさか抜け目のない、疑り深いビジネスマンまで出てくるとは思わなかった。子供のために（今では子供とはいえませんね――十五、六の少年でしょうから）金をもらおうという魂胆だった、あまり質問されずにね。ところが、はからずも予想とはだいぶ違うむずかしい状況になってしまった。なんといっても、法律上、深刻な問題が生じるでしょう。もしエドマンド・クラッケンソープが正式に結婚して息子を遺していたとすれば、その子はあなたのおじいさまの財産の相続人の一人になるでしょう？」

エマはうなずいた。

「そのうえ、聞くところによれば、いずれその子はラザフォード・ホールとその敷地を相続することになる――今では宅地としておそらく非常に価値があるでしょう」

エマはややびっくりした顔になった。

「ええ、そこまで考えが及びませんでした」

「まあ、心配することはないでしょう」クラドック警部は言った。「ここまで出向いてお話しくださったのはよいことでしたよ。調べてみます。でも、手紙を書いた（そしておそらくはぺてんで金を巻き上げようとしていた）女性と、石棺の中から死体で見つかった女性とのあいだにはなんの関係もない、それは充分にありそうだとわたしには思えますね」

エマはほっとため息をついて立ち上がった。

「お話ししてよかった。ご親切に、ありがとうございました」

クラドックは彼女をドアまで送った。

それから、彼はウェザロル部長刑事を呼びだした。

「ボブ、仕事を頼みたい。北十区のエルヴァーズ・クレズント一二六番地まで行ってくれ。ラザフォード・ホールの女の写真を持ってね。ミセス・クラッケンソープと自称する女について、わかることがないか調べてみてくれ。ミセス・マルティーヌ・クラッケンソープだ——十二月十五日から月末ごろまでのあいだ、そこに住んでいたか、あるいはそこで郵便物を受け取っていた」

「わかりました、警部」

クラドックはデスクに積まれたさまざまな未決書類に目を通した。午後には友人である劇場のエージェントに会いに出かけた。聞き込みは徒労に終わった。

そのあと自室に戻ると、デスクにパリからの電報がのっていた。

ご一報の諸点にあてはまる人物はマリツキー・バレエ団のアナ・ストラヴィンスカか。おいで乞う。パリ警視庁《プレフエクチユール》、デッサン

クラドックはほっと大きく安堵のため息をつき、明るい顔になった。

ようやくだ！　マルティーヌ・クラッケンソープの一件は、やっぱり追いかけるほどのものではなかった……彼は夜行の連絡船でパリへ行くことに決めた。

第十三章

1

「お茶にお誘いくださいまして、ほんとうにご親切に」ミス・マープルはエマ・クラッケンソープに言った。

ミス・マープルはこの日、ことのほかふわふわと毛糸にくるまれ、かわいらしいおばあさんを絵に描いたようだった。彼女はにっこり笑ってあたりを見まわした――仕立てのいいダーク・スーツを着たハロルド・クラッケンソープ、チャーミングな微笑を浮かべてサンドイッチを渡してくれるアルフレッド、くたびれたツイードの上着を着てマントルピースのわきに立ち、苦い顔で家族を見ているセドリック。

「お越しいただいて、わたくしたち、とてもうれしく思っておりますわ」エマは上品に答えた。

その日の昼食後、一騒ぎあったとはつゆほども感じさせなかった。エマははっとして叫んだのだった。「あらたいへん、すっかり忘れていた。ミス・アイルズバロウに、今日はお年寄りの伯母さまをお茶に連れてきてかまわないと言ってあったんだったわ」

「またにしろよ」ハロルドはぶっきらぼうに言った。「まだ話すことがたくさんある。他人に割り込まれては困る」

「台所かどこかで、あの子といっしょにお茶を飲んでもらったらいいさ」アルフレッドは言った。

「あら、そんなことできません」エマはきっぱり言った。「それじゃあんまり失礼よ」

「いいじゃないか、来させろよ」セドリックは言った。「すばらしいルーシーのことをちょっとは聞き出せる。あの子のことは、正直いって、もっと知りたいね。信頼できる相手かどうか、よくわからない。ああ頭がいいとやりにくい」

「彼女ならすごく上流のコネがあるし、いかがわしいところはない」ハロルドは言った。「ぼくは勝手ながら調べてみたんだ。確実に知っておきたいと思って。なにしろ、あんなふうに覗きまわって死体を見つけたりする女だからな」

「例のいまいましい死人が誰だかわかりさえすりゃいいんだが」アルフレッドは言った。

ハロルドがきつい口調で言い加えた。

「はっきりいって、エマ、ばかなことをしてくれたもんだ、あの死んだ女がエドマンドのフランス人のガールフレンドかもしれないと警察に教えるなんて。きっと警察は彼女がここに来て、おそらくはぼくらのうちの誰かに殺されたんだと信じ込むね」

「いやだわ、ハロルド。大げさに言わないで」

「ハロルドの言うとおりさ」アルフレッドは言った。「どういう魔がさしたんだか。ぼくはなんだか、行く先々で私服警官につけられているみたいな気がする」

「ぼくはやめろと言ったんだ」セドリックは言った。「そうしたら、クインパーが後押しした」

「あいつなんかの出る幕じゃない」ハロルドは怒って言った。「あいつは丸薬、粉薬、国民健康保険だけ扱ってりゃいいんだ」

「もう、お願いだから、口論はやめて」エマはうんざりして言った。「あのお年寄りのミス・なんとかがお茶に来てくれるので、ほんとにうれしいわ。赤の他人が来て、わたしたちが同じことを繰り返し巻き返し話さないですめば、みんなのためになによりよ。じゃ、ちょっと失礼して、身支度をしてきますから」

彼女は部屋を出ていった。

「あのルーシー・アイルズバロウだけど」ハロルドは言い、ふと言葉を切った。「セドリックが言うように、彼女が納屋をうろうろして石棺をあけてみたっていうのは、確かに妙だ――ヘラクレスなみの力がいる大仕事なのにさ。なにか処置をとったほうがいいかもな。昼めしのとき、彼女の態度はかなり反抗的だと思った――」

「ぼくにまかせろ」アルフレッドは言った。「あの女が何をたくらんでいるのか、すぐに暴いてやる」

「それにしても、どうしてあの石棺をあけたりしたんだ？」

「彼女はルーシー・アイルズバロウなんかじゃないのかもしれないぜ」セドリックは言った。

「だけど、なんのためにそんな――？」ハロルドはすっかり動転した様子だった。「ちぇっ、くそ！」

兄弟は心配顔で目を見交わした。

「よりによって、厄介なばあさんがお茶に来るとはな。考えなきゃってときに」

「今夜みんなで話し合おう」アルフレッドは言った。「それまでは、その年寄りの伯母さんからルーシーのことを探り出すさ」

というわけで、ミス・マープルはルーシーに連れてこられ、暖炉のそばにすわらされて、今はサンドイッチを渡してくれたアルフレッドに向かってほほえんでいるのだった。

美男子が相手だといつも見せる満足の表情を浮かべて。

「ありがとうございます……ちょっとうかがっても……？　ああ、卵とサーディンね、おいしそう。わたし、お茶というとつい欲張ってしまいますの。年ですわね……それにもちろん、夜はごく軽いものしか……気をつけませんとね」彼女はまたホステスのほうを向いた。「ここはなんて美しいおうちなんでしょう。それに、いろいろときれいなものがあって。あのブロンズですけれど、そう、似ていますわ、わたしの父が買ったものに――パリの万国博覧会（一八七八年開催）でね。あら、おじいさまが？　古典主義様式、というんですね？　とても堂々として。こうしておにいさまがたがいっしょにいてくださって、ほんとによろしいですわね。家族というのはおうおうにして散らばってしまいますからね――インド、まああそこはもう切れてしまいましたけど（インドは一九四七年に独立）――それにアフリカ――西海岸は気候が悪くてねえ」

「兄二人はロンドンに住んでおります」

「あら、けっこうですわね」

「でも、セドリックは画家で、イビサに住んでいますの、バレアレス諸島の」

「画家というのはほんとうに島が好きですのね」ミス・マープルは言った。「ショパン――あれはマリョルカでしたでしょう？　でも、彼は音楽家だわ。わたしが考えていたのはゴーギャンです。悲しい生涯——あんな生き方をしなければよかったのにねえ。わたしは島の女たちの絵がどうしても好きになれませんの——ゴーギャンがとても高く評価されているのは存じていますけれどね——あのけばけばしい芥子《からし》色がいやで。あの人の絵を見ていると、黄疸になりそう」

彼女はやや批判的な雰囲気を漂わせて、セドリックに目をやった。

「ルーシーの子供のころの話を聞かせてくださいよ、ミス・マープル」セドリックは言った。

彼女はいかにもうれしそうに彼を見上げて微笑した。

「ルーシーは昔から頭がよくて」彼女は言った。「ええ、そうでしたとも——ほら、口出ししないで。算数がびっくりするほどできたんです。そう、わたしが牛肉のロースを買って、肉屋が請求してきた金額が高すぎたとき……」

ミス・マープルはルーシーの子供時代の思い出話に全速力で突入し、そこから今度は自分の村の生活体験に移っていった。

思い出話の勢いがそがれたのは、ブライアンたちが入ってきたときだった。少年二人は熱心に手がかりをさがしていたあとで、全身がかなり湿っぽく汚れていた。お茶が運び込まれ、いっしょにドクター・クインパーも入ってきた。医師は老婦人に紹介され、挨拶をすませたあと、あたりを見まわしてわずかに眉を上げた。

「おとうさまは具合が悪いんじゃないだろうね、エマ？」

「あら、いいえ――その、今日はちょっと疲れていて――」

「訪問客を避けていらっしゃるんでしょう」ミス・マープルはいたずらっぽい微笑を浮かべて言った。「わたしの父のこと、よくおぼえていますよ。〝ばあさんがおおぜい来るんだって？〟なんて、母に申しますの。〝わたしのお茶は書斎に運ばせてくれ〟。ほんとにわがままでしたわ、父は」

「どうかあまりお気になさいませんよう――」エマが言いかけたが、セドリックが割って入った。

「かわいい息子たちが来ると、かならずお茶は書斎だ。心理学的に見て、予期されることですかね、ドクター？」

ドクター・クインパーは、いかにもふだんは食事になどかまっていられない男らしく、ありがたそうにサンドイッチとコーヒーケーキをがつがつむさぼっていたが、答えて言った。

「心理学は心理学者にまかせておくことだね。このごろはみんなが素人心理学者を気取っているから困る。患者たちはどういうコンプレックスやらノイローゼやらで悩んでいるのか、むこうから正確に言ってくるから、こっちは教えてやるチャンスがない。ありがとう、エマ、お茶のお代わりをいただくよ。今日は昼ぬきだった」

「お医者さまというのは、ほんとうに気高くて自己犠牲を惜しまないものだと、いつも思うんですよ」ミス・マープルは言った。

「医者をあまりたくさんご存じないようですね」ドクター・クインパーは言った。「昔は蛭《リーチ》と呼ばれたものだ（リーチは古英語で医者のこと）。実際、今でも人の血ならぬ金を搾り取る医者が多いですがね！　もっとも、このごろはちゃんと金が入るようになりましたよ、国家が面倒をみてくれるおかげでね（一九四八年から国民健康保険制度により医療費は国家が負担するようになった）。支払いが来ないとわかっている請求書を送るってことがなくなった。困るのは、みんなが〝政府から〟取れるものは取ってやろうと決めていることだ。おかげで、ジェニーちゃんが夜中に二度咳をした、トミーちゃんが青リンゴを二つばかり食った、そのたびに気の毒な医者は夜の夜中に往診だ。やれやれ！　すごくうまいケーキだ、エマ。あなたは料理上手だな！」

「わたしじゃありませんわ。ミス・アイルズバロウが作ってくれましたの」

「あなただって勝るとも劣らないよ」クインパーは忠実なところを見せて言った。

「父を診ていただけます？」

彼女は立ち上がり、医師はあとに従った。ミス・マープルは二人が部屋を出ていく姿を見守っていた。

「ミス・クラッケンソープはおとうさまにとてもお尽くしになっているようですね」彼女は言った。

「あの親父をどうやって我慢しているんだか、ぼくにはわからないな」無遠慮なセドリックは言った。

「この家は妹にとってすごく居心地がいいし、父は彼女をかわいがっていますから」ハロルドは急いで言った。

「エマはあのとおり」セドリックは言った。「生まれながらのオールド・ミスなんですよ」

ミス・マープルはかすかに目をきらめかせて言った。

「あら、そう思われますの？」

ハロルドはあわてて言った。

「兄はオールド・ミスという言葉を悪い意味でつかったわけじゃないんですよ、ミス・マープル」

「いえ、気を悪くしてはおりませんわ」ミス・マープルは言った。「ただ、こちらのおっしゃるとおりかどうかと思って。わたしは、ミス・クラッケンソープがオールド・ミスになるとは思いませんね。あのかたは遅く結婚なさりそうなタイプですよ――そして幸福になられる」

「ここに住んででちゃむずかしいな」セドリックは言った。「結婚相手になりそうな男と出会わないもの」

ミス・マープルの目がさっきよりはっきり、きらりと光った。

「いつだって、牧師さんがいますよ――それにお医者さんもね」

優しく茶目っ気のある目が一人ひとりに向けられた。

彼女がほのめかしたことは、兄弟たちの誰も今まで考えも及ばず、しかもあまりうれしくないことなのは明らかだった。

ミス・マープルは腰を上げ、そのひょうしに数枚の小さい毛糸のスカーフとバッグを取り落とした。

兄弟三人は紳士らしく即座にそれを拾い集めた。

「まあ、ご親切に」ミス・マープルは歌うように言った。「ああ、はい、それに青いマフラーも。はい――さっきも申しましたけど――お招きいただいて、ほんとうにありがとうございました。どんなお宅かしらと、心に描いておりましたのよ――ルーシーがこちらで働く様子を思い浮かべられるようにね」

「申し分のない家庭ですよ――おまけに殺人事件までくっついてね」セドリックは言った。

「セドリック！」ハロルドが怒った声を出した。

ミス・マープルはセドリックに微笑を向けた。

「あなたを見ていると、思い出す人がいるんですよ。トマス・イード青年、うちの銀行の支店長だったかたの息子さんですけど。いつもわざと人をぎょっとさせるのが好きで。そりゃ、銀行のような世界では、それは通用しませんでしたよ。それで西インド諸島へ行って……おとうさんが亡くなると帰ってきて、たいそうなお金を相続しました。よかったこと。昔から、お金は稼ぎ出すよりつかうほうが得意でね」

2

ルーシーはミス・マープルを家まで送った。帰ってきて、裏道に入ろうとしたとき、暗がりから人影があらわれ、ヘッドライトのまぶしい光に照らされて立ちはだかった。男が片手を上げると、アルフレッド・クラッケンソープだとルーシーにはわかった。

「助かった」彼は言いながら車に乗り込んできた。「はーっ、寒い！　寒さに負けず、散歩で気分を爽快に、と思ったけど、負けた。伯母さんは無事に送り届けた？」

「ええ。お茶の会をとても楽しんでいましたわ」

「それはわかった。おばあさんというのは、どんなに退屈な相手でも、会っておしゃべりするのが好きなんだ、おかしいよな。実際、ラザフォード・ホールくらい退屈な場所はそうはないのにさ。ぼくはここにいるのは二日が限度だ。きみはどうやって我慢しているの、ルーシー？　ルーシーと呼んでもかまわないだろう？」

「ええ、どうぞ。わたしは退屈だと思いません。もちろん、永久におつとめするわけじゃありませんけど」

「観察していたんだけど――きみは頭がいい、ルーシー。その頭があるんじゃ、料理や掃除で人生を無駄にするのは惜しい」

「おそれいります。でも、オフィスのデスクに向かうより、料理と掃除のほうが好きなのよ」

「ぼくもだ。でも、生活のしかたはほかにもある。フリーランスにもなれる」

「わたしはフリーランスよ」

「こういうんじゃなくてさ。その、自分のために働く、知恵を働かせて出し抜いてやる

「――」

「なにを？」

「官憲をさ！　このごろわれわれみんなの邪魔をしてくれるばかげた法規すべてをだ。おもしろいことに、かならず抜け道はあるんだ、それを見つけられる頭さえありゃね。きみには頭がある。どうだい、この考えに惹かれるかな？」

「どうかしら」

ルーシーは車を馬小屋の前の馬場に入れた。

「関わる気はない？」

「もっとよく話を聞かないと」

「率直にいって、ぼくはきみを使いたい。きみの立ち居振る舞いは実にいい――相手を安心させる」

「金塊でも売る仕事をわたしに手伝わせたいの？」

「そんな危険の大きいことはしない。ちょいと法律をよけて進む――それだけだ」彼はルーシーの腕を取った。「きみはすごく魅力的な女性だ、ルーシー。ぼくはきみをパートナーにしたい」

「ありがたいお言葉ですこと」

「つまり、だめって意味？　考えてみろよ。楽しいぜ。謹厳な連中を出し抜く愉快さ。ただ、資本金がいるけどね」

「残念ながら、わたしにはそんなものありません」

「いや、せびろうっていうんじゃないよ！　ぼくにはいずれ金が入ってくる。うちのご尊父さまも永久に生きつづけるってわけにはいかないからな。けちんぼめ。親父が死んだら、ぼくにはちゃんとした金が手に入る。どうだい、ルーシー？」

「どういう条件？」

「望みなら、結婚しよう。女はいまだに結婚したがるみたいだからな、どれだけ進歩的で経済力があってもね。それに、既婚婦人は夫を罪に落とす証言ができない」

「あまりありがたくないお言葉ですこと！」

「いいかげんにしろよ、ルーシー。ぼくがきみに惚れてるってこと、わからないのか？」

　自分でも驚いたことに、ルーシーは妙に心惹かれていた。アルフレッドには一種の魅力がある。おそらくは純粋に動物的な磁力によるものだろう。彼女は笑い、肩にまわってきた彼の腕からするりと抜け出た。

「いちゃついている暇はないわ。夕食のことを考えなきゃ」

「まったくだ、ルーシー。しかもきみは料理上手ときた。夕食は何だい？」

「お楽しみに！　男の子たちとちっとも変わらないのね！」

二人は家に入り、ルーシーは台所へ急いだ。夕食の支度を始めると、ハロルド・クラッケンソープが入ってきたのでびっくりした。

「ミス・アイルズバロウ、ちょっと話があるんですが？」

「あとでもよろしいですか、ミスター・クラッケンソープ？　仕事が遅れてしまって、余裕がないんです」

「ああ、もちろん。夕食後では？」

「はい、けっこうです」

夕食は時間どおりに供され、みんなが楽しんだ。ルーシーが皿洗いをすませてホールに出ると、ハロルド・クラッケンソープが待ち構えていた。

「はい、ミスター・クラッケンソープ？」

「ここに入ろう」彼は客間のドアをあけ、先に入った。彼女も入ると、彼はドアを閉めた。

「ぼくは明朝早く発ちます」彼は言った。「だが、きみの能力にたいへん感心したと言っておきたかった」

「ありがとうございます」ルーシーは驚きを隠して言った。

「きみの才能はここでは無駄に使われていると思う――まったく無駄だ」

「そうですか？　わたしはそんなふうに思いませんけど」

ともかく、この人は結婚の申し込みはできないわ、とルーシーは思った。もう奥さんがいるんだもの。

「この嘆かわしい危機をわれわれが乗り越えるまでここにいてくれたら、そのあと、ロンドンにぼくを訪ねてきてくれないか。秘書に指示を与えておくから、電話して時間を決めてくれればいい。こんなことをお願いするのは、うちの会社がきみのようなめざましい能力の持ち主を必要としているからなんだ。きみの才能をどういう分野で生かしたらいちばんいいかは、あとでよく話し合おう。ミス・アイルズバロウ、うちは非常にいい給料をお支払いするし、将来も実に有望だ。きっといい意味で驚かれると思いますよ」

彼は太っ腹な笑顔を見せた。

ルーシーは遠慮がちに言った。

「ありがとうございます、ミスター・クラッケンソープ。考えてみます」

「あまり時間をかけすぎないように。道をひらき、出世しようと努力している若い女性には見逃せない機会だからね」

また彼の歯がきらめいた。

「それじゃ、ミス・アイルズバロウ、おやすみなさい」

「おやまあ」ルーシーはひとりごちた。「なんだか……おもしろいことになってきた……」

寝室へ上がる途中、ルーシーは階段の上でセドリックに会った。

「なあ、ルーシー、きみに言いたいことがあるんだ」

「あなたと結婚して、イビサへ行って、面倒をみてほしいっていうの？」

セドリックはぎょっとして、やや警戒の色を見せた。

「そんなこと、考えもしなかったね」

「ごめんなさい。わたしの思い違い」

「うちに時刻表があるかどうか、知りたかっただけだ」

「それだけのこと？　ホールのテーブルにあるわ」

「おい」セドリックは非難がましく言った。「みんながきみと結婚したがってるなんて思い込むなよ。きみはきれいだけどさ、そうすごい美人ってわけじゃない。そういう思い上がりを呼ぶ心理学用語があったな――だんだんひどくなって、そのうち手に負えなくなるんだ。実のところ、きみはぼくにとって、世界でいちばん結婚したくない女だね。ナンバーワンだ」

「あらそう?」ルーシーは言った。「そう力をこめて言ってくれなくてもいいのよ。じゃ、わたしは継母になるほうがいい?」

「なんだって?」セドリックは呆然として彼女を見つめた。

「お聞きのとおりよ」ルーシーは言い、自室に入るとドアを閉めた。

第十四章

1

ダーモット・クラドックはパリ警視庁《プレフェクチュール》のアルマン・デッサンと親しく語り合っていた。二人は以前一、二度会ったことがあり、気心が知れていた。クラドックはフランス語を流暢に話すので、会話はほとんどフランス語だった。

「思いつきにすぎませんが」デッサンは警告した。「ここにバレエ団の写真があります――これが彼女だ、左から四番目――なにかぴんときますか？」

クラドック警部はぴんとこないと答えた。絞殺された若い女性の元の人相はわかりにくいし、この写真では若い女性全員が濃い舞台化粧をして、派手な鳥のかぶり物をつけているのだ。

「可能性がなくはないが」彼は言った。「それ以上は断定できませんね。どういう女性だったんです？　何をご存じですか？」

「ほとんどゼロ以下ですよ」相手は陽気に言った。「重要人物ではなかった。それに、マリッキー・バレエ団——これも重要ではない。郊外の劇場で公演するほかは巡業です——名の知られた人も、スターも、有名バレリーナもいない。しかし、経営者のマダム・ジョワレに会いに連れていってあげますよ」

マダム・ジョワレはきびきびと事務的な態度のフランス女性で、抜け目のない目、小さい口ひげがあり、体は脂肪がたっぷりだった。

「あたし、警察は嫌いですよ！」彼女は嫌悪を隠そうともせず、二人をにらみつけた。「警察が来ると、いつだって困った目にあわされる」

「いえいえ、マダム、そんなふうにおっしゃらないでください」デッサンは言った。彼は背が高く、やせぎすで、陰気な顔つきの男だった。「わたしがいつあなたを困った目になんかあわせました？」

「あのおばかさんが石炭酸を飲んだとき」マダム・ジョワレは即座に答えた。「それも、オーケストラの指揮者に恋をしたばっかりにね——相手は女嫌いで、あっちの趣味だっていうのに。あのとき、警察は大騒ぎしたじゃありませんか！　あたしの美しいバレエ団に傷がつきましたよ」

「それどころか、おかげで公演は大成功だったでしょう」デッサンは言った。「どっちみち、あれは三年も前だ。いつまでも恨まないでくださいよ。ところで、例の女の子、アナ・ストラヴィンスカのことですがね」

「ええ、どうかしました？」マダムは気をつけて言った。

「彼女はロシア人ですか？」クラドック警部は訊いた。

「いいえ。ああいう名前だから？　でも、あの子たちはみんなああいう芸名をつけてますもの。彼女はたいした団員じゃなかったわ。踊りはうまくないし、顔もぱっとしない。まあまあだったというだけ《エレテ・アセ・ビアン、セ・トウ》ね。群舞はこなしましたけど——ソロはだめでした」

「彼女はフランス人でしたか？」

「たぶんね。フランスのパスポートを持っていました。でも、イギリス人の夫がいると、一度あたしに話したことがあるわ」

「イギリス人の夫がいると言っていたんですか？　生きている人ですか——それとも、死んだ？」

マダム・ジョワレは肩をすくめた。

「死んだか、彼女を棄てたのね。どっちなのか、あたしにわかるはずはないでしょ。こういう女の子たちは——いつだって男と問題を起こしていて——」

「最後に彼女を見たのはいつでしたか？」

「バレエ団を率いて、イギリスに六週間行きました。公演はトーキー、ボーンマス、イーストボーン、もう一つ、名前を忘れたどこかと、あとはロンドンのハマースミス。それからフランスに戻りましたけど、アナは――いっしょに帰国しませんでした。伝言を残しただけで、バレエ団をやめる、夫の家族と暮らすことになった――そんなふうなわごとでしたよ。ほんとうだとは思いませんでしたね。どうせ新しい男でも見つけたんでしょ」

クラドック警部はうなずいた。マダム・ジョワレはかならずそう考えるのだと彼は察した。

「それでこちらの損になるってものじゃなし。かまいませんよ。同じくらいか、もっとましな女の子を雇って踊らせればいいんですから、肩をすくめて忘れるだけ。こだわってもしょうがないでしょ？　ああいう子たちはみんなおんなじ、男ぐるい」

「それはいつのことでしたか？」

「フランスに帰ってきた日？　ええと――そうだわ――クリスマスの前の日曜日。アナが出ていったのはその二日――いや、三日――前だったかしら？　はっきりとはおぼえていませんね……でも、ハマースミス公演のあった週の終わりには、彼女ぬきで踊らなけりゃならなかった——それで、振り付けを変えたりして……迷惑だったらありませんよ——でも、ああいう子たちは——男に出会ったとたん、おんなじことになる。あたしはみんなに言うんですよ。〝ふん、あんな子は戻ってきたってもう入れてやりませんからね！〟」

「たいした迷惑をこうむりましたね」

「あら！　あたしはどうだっていいんです。きっと彼女は知り合った男とクリスマス休暇を過ごしたんでしょ。知ったことじゃないわ。あたしはほかの子を見つければいい——マリッキー・バレエ団で踊れるチャンスに飛びついてくる子、アナと同じ程度か——もっとうまく踊れる子をね」

マダム・ジョワレは言葉を切り、それからふいに好奇心に駆られた様子で訊いた。

「どうして彼女を見つけたいんです？　彼女に大金でも転がり込みましたの？」

「それどころか」クラドック警部は上品に言った。「わたしどもは彼女が殺されたのではないかと考えているのです」

マダム・ジョワレはまた関心を失った。

「かもしれませんね《サ・ス・ブー》！　ありうることですよ。まあ、しょうがないわ！　彼女はまじめなカソリック教徒でした。日曜日にはミサに行って、きっと告解もしていたでしょう」

「彼女から息子のことをお聞きでしたか、マダム？」

「息子？　彼女には子供がいたとおっしゃるの？　さて、それはありそうにないと思いますね。こういう女の子たちはみんな——みんな、いざというとき行くべき場所を知っていますもの。ムッシュー・デッサンもよくご存じですわ」

「舞台に立つようになる前に子供をもうけたかもしれません」クラドックは言った。

「たとえば、戦争中とか」

「ああ、戦争中《ダン・ラ・ゲール》！　それはありえますわね。でも、そうだとしても、あたしはなにも知りません」

「ほかのダンサーたちのあいだで、誰がいちばん親しい友達でしたか？」

「二、三の名前は教えてあげられます——でも、彼女は誰ともあまり親しくしていませんでしたね」

　それ以上、マダム・ジョワレから役立つ情報は引き出せなかった。

　コンパクトを見せられると、アナはこんなのを持っていたが、ほかの子たちもたいてい同じようなのを持っている、とマダム・ジョワレは言った。アナはロンドンで毛皮のコートを買ったかもしれない——あたしは知らない。「リハーサルやら、舞台照明やら、この仕事にはむずかしいことがたくさんありますからね。頭がいっぱいで、ダンサーたちが何を着ているかなんて、気づく余裕はありませんよ」

マダム・ジョワレのあと、警察官たちは名前をもらった女の子たちから話を聞いた。一人か二人はアナをわりあいよく知っていたが、彼女は自分のことをすすんで話すような人ではなかった、とみんなが口をそろえた。それに、話せばたいてい嘘だった、と一人は言った。

「ふりをするのが好きでね――大公の愛人だったとか――イギリスの立派な銀行家の愛人だったとか――戦争中はレジスタンスのために働いたとか。自分はハリウッドの映画スターだっていう話まであったわ」

別の女の子は言った。

「ほんとは彼女、ごく平凡なブルジョワの生活をしてたんだと思う。バレエ団に入ったのは、ロマンティックだと思ったからだけど、踊りはうまくなかった。わかるでしょ、〝うちのおとうさんはアミアンで服地屋をやっていた〟なんて、ロマンティックじゃないわ！　だから彼女はいろんなことをでっち上げたの」

「ロンドンでも」と最初の女の子は言った。「すごいお金持ちが彼女を世界一周の船旅に連れていってくれるって、さんざんほのめかしていたわ。自動車事故で死んだその人の娘に彼女が似てるからですって。うそばっかり《ケル・ブラーグ》！」

「彼女、あたしにはスコットランドの裕福な貴族のところに泊まるって言ったわ」二番目の女の子は言った。「そこで鹿撃ちをするんだって」

こんな話はどれも役に立たなかった。そこから浮かび上がってきたのは、アナ・ストラヴィンスカがたいした嘘つきだったということだけだった。彼女はスコットランドで貴族といっしょに鹿撃ちなどしていないし、世界一周の客船のデッキで日に当たっているとも思えない。しかし、ラザフォード・ホールの石棺から見つかった死体が彼女だと信じるべき、これという理由もまたなかった。女の子たちもマダム・ジョワレも、写真から彼女と認めるほどの確信はなく、ためらった。アナに似ていなくもない、とみんなが言った。でもねえ！　こう膨れ上がっていちゃ——誰であってもおかしくないわ！

はっきりした事実は一つだけだった。十二月十九日にアナ・ストラヴィンスカはフランスに戻らないと決め、十二月二十日には彼女に似た外見の女性が四時三十三分の汽車でブラックハンプトンへ向かい、絞殺された。

もし石棺の中の女がアナ・ストラヴィンスカではないとすれば、アナは今どこにいるのだ？

その疑問に対するマダム・ジョワレの答えは単純かつ不可避のものだった。

「男といっしょですよ！」

たぶん、それが正解だろう、とクラドックは悲しく考えた。

もう一つ、考慮しなければならない可能性があった——アナが自分にはイギリス人の夫がいると話したことがある、とマダム・ジョワレはぽろりと口にした。

その夫というのは、エドマンド・クラッケンソープだったのか？

彼女を知っていた人たちから聞かされたアナの人物像からすれば、その可能性はあまりないようだった。むしろ、アナはかつてマルティーヌとかなり親しくしていたために、必要な詳細に通じていたのではないか。エマ・クラッケンソープあてにあの手紙を書いたのはアナだったかもしれないし、そうだとすれば、なんらかの調べが及ぶと思っただけで恐れをなすのは当然だろう。それで、マリッキー・バレエ団とのつながりを切ったほうが利口だとまで考えたのかもしれない。それにしても、彼女は今どこにいる？

どう考えるにせよ、結局マダム・ジョワレの解答がいちばんそれらしかった。

男といっしょにいる……

2

パリを発つ前に、クラドックはマルティーヌという名の女の問題をデッサンと話し合った。その件はおそらく石棺の女とは関係ないだろうと、デッサンはイギリスの同僚に同意を示した。それでも捜査してみるべきだ、と彼も言った。第四サウスシャー連隊中尉エドマンド・クラッケンソープと、クリスチャン・ネームがマルティーヌであるフランス女性とが結婚した――ダンケルク陥落直前に――というなんらかの記録が実際に残っているかどうか、犯罪捜査課《シュルテ》で全力をあげて調べる、とデッサンはクラドックに約束した。

だが、確答は期待できない、と彼はクラドックに釘をさした。問題の地域はちょうどそのころドイツ軍に占領されていたうえ、その後、フランスのあのあたりは侵攻の際に深刻な被害を受け、建物や記録類は多くが破壊されてしまった。

「しかし、ご安心を。われわれは全力を尽くします」

そこで彼とクラドックは別れた。

3

クラドックが戻ると、ウェザロル部長刑事が待っていて、陰気な顔で詳しく報告した。

「臨時宛先（住所を知られたくない人が郵便物を受け取るために使う住所）です、警部——エルヴァーズ・クレズント一二六番地というのは。ごくまともな場所ですよ」

「身元確認は？」

「だめでした。あの写真が手紙を受け取りに来た女性だとわかった人は一人もいなかった。でも、無理ですよ——もうひと月近くたっているし、あそこを利用する人は数多い。学生用の下宿屋なんです」

「ほかの名前で滞在したかもしれない」

「そうだとしても、誰も写真の女だとは認めなかった」

彼はさらに言った。

「周辺のホテルもまわって聞き込みをしましたが、マルティーヌ・クラッケンソープの名前で登録した客は一人もいなかった。パリのあなたから電話をいただいて、アナ・ストラヴィンスカのことも調べました。彼女はバレエ団のほかの団員といっしょに、ブルック・グリーンのそばの安ホテルに投宿していました。あそこはたいていが芸能関係なんです。彼女は十九日木曜日の夜、公演後に引き払った。その後の記録はありません」

クラドックはうなずいた。さらに調べてはどうかという方向を示してやった——もっとも、そこからなにか出てくるとはあまり期待していなかったが。

しばらく考えてから、彼はウィンボーン・ヘンダソン・アンド・カーステアズ法律事務所に電話し、ミスター・ウィンボーンに面会する約束を取りつけた。

時間が来て、彼はいやにむっとする部屋に通された。ミスター・ウィンボーンは埃っぽい書類の束が所狭しと置かれた大きな古めかしいデスクのむこうにすわっていた。〈サー・ジョン・フォウルズ(故)〉、〈レイディ・デリン〉、〈ミスター・ジョージ・ロウボトム〉等々の名札を貼ったさまざまな捺印証書箱が壁を埋めている。過去の遺物か、現在の法律業務の一部か、警部にはわからなかった。

ミスター・ウィンボーンは礼儀を失しない程度の警戒の目で訪問客をじろりと見た。家族を依頼人として抱える弁護士が警察官を見るときの典型的な目つきだった。

「どんなご用件でしょうか、警部?」

「この手紙ですが……」クラドックはマルティーヌの手紙をテーブルごしに押しやった。ミスター・ウィンボーンはいやそうに指一本でそれに触れたが、取り上げはしなかった。ほんのわずか頬に赤味がさし、唇がぐっと結ばれた。

「はい」彼は言った。「承知しております! 昨日の朝、ミス・エマ・クラッケンソープから手紙を受け取りまして、彼女がスコットランド・ヤードを訪れたこと、それに——
——ええ——この経緯のすべてを知らされました。正直なところ、理解できませんな——途方にくれておりますよ——この手紙が届いた時点で、なぜわたしに相談がなかったのか！　まったくあきれたものだ！　即座にわたしに知らせてくるべきだったのに……」

　クラドック警部はなだめるようにあれこれ月並みな言葉を繰り返し、なんとかミスター・ウィンボーンの気持ちをほぐそうとつとめた。

「エドマンドが結婚していたかもしれないなどと、わたしはすこしも知りませんでした」ミスター・ウィンボーンは傷ついた声で言った。

　クラドック警部は、戦争中のことですし、と言って、あとは漠然と言葉を濁した。

「戦争中！」ミスター・ウィンボーンは辛辣《しんらつ》にずけずけ言った。「ええ、まったくね。わたしどもは戦争が始まったばかりのころ、リンカンズ・イン・フィールズにおりましたが、すぐ隣の建物が直撃されましてね、うちでもたいへんな数の記録が焼けてしまった。もちろん、ほんとうに重要な書類じゃありません。そういうのは安全のために田舎に移してあった。だがそれでも、ひどい混乱が起きましたよ。それはともかく、当時はクラッケンソープ家の仕事は父が扱っていました。父は六年前に亡くなりましたがね。ですから、このエドマンドの結婚うんぬんの話を父は聞いていたということもなくはない――だが見たところ、その結婚というのは、計画があったにせよ、実行に至らなかったようですし、だから父は大事なことだと見なさなかったのでしょう。はっきりいって、この話はくさいと思いますね。これだけ何年もたってから名乗りをあげ、実は結婚していて、嫡子がいると主張するとはね。じつにくさい。どういう証拠を持っていたんでしょう、それを知りたいですな」

「おっしゃるとおりです」クラドックは言った。「その場合、彼女の、あるいは息子の立場はどうなるでしょう？」

「まあ、クラッケンソープ家に自分と息子の生活費を出させようという魂胆だったんでしょうな」

「ええ、でもわたしが言ったのはそういう意味じゃない。法律的に見て、彼女と息子はどういう財産を継ぐことになるのか――もし彼女にそれなりの証拠があればですが？」

「ああ、なるほど」ミスター・ウィンボーンは、さっきいらいらしてはずしてしまった眼鏡を取り上げてかけなおすと、鋭く注意してクラドック警部を見つめた。「ええ、今のところはなにももらえません。だが、もしその少年が正式な結婚のうえで生まれたエドマンド・クラッケンソープの息子であると彼女が証明できれば、少年はルーサー・クラッケンソープの死に際して、ジョサイア・クラッケンソープの財産の一部を相続することになります。それだけではない。彼は長男の息子ですから、ラザフォード・ホールを相続します」

「あの屋敷を相続したいという人はいますか？」

「住むために？　それなら、ぜったいにいませんね。ですが、警部、あれは不動産としてたいへんな金になります。大金ですよ。土地は産業用と宅地に使える。それも、今ではブラックハンプトンの中心だ。ええ、それはもう、たいした相続財産だ」

「ルーサー・クラッケンソープが亡くなると、セドリックがそれを受け取る、とたしかおっしゃっていましたね？」

「彼は不動産を相続する——ええ、生存する息子の中で最年長ですから」

「セドリック・クラッケンソープは金に興味がない、という話ですが」

ミスター・ウィンボーンはクラドックを冷ややかにねめつけた。

「そうですか？　わたしなら、そういう種類の話は、いわゆる話半分に受け取りますがね。そりゃ、金に無関心な浮世離れした人は確かにいるでしょう。わたし自身はお目にかかったことがありませんがね」

ミスター・ウィンボーンはこう言ってのけると、明らかに満足した様子になった。クラドック警部はこの一条の陽光をすぐさま利用した。

「ハロルドとアルフレッド・クラッケンソープは」彼は思い切って言った。「この手紙が来て、ずいぶん動揺したようですね？」

「そうかもしれません」ミスター・ウィンボーンは言った。「そりゃ、そうかもしれない」

「かれらがいずれは相続する分け前が減るからですか？」

「たしかにね。エドマンド・クラッケンソープの息子は――息子がいると仮定してですが――信託財産の五分の一をもらえる」

「そう深刻な損失とは思えませんが？」

ミスター・ウィンボーンは鋭い一瞥を投げた。

「殺人の動機としては、まったく不充分です、そういう意味でおっしゃったのならね」

「しかし、二人ともかなり金に困っているようだ」クラドックはつぶやいた。

彼はミスター・ウィンボーンの鋭い視線を受けても、まったく平然としていた。

「おや！　すると警察で調べられたわけですか？　ええ、アルフレッドはほとんどいつでもどん底だ。たまに羽振りのいいときもあるが、それも短期間で、金はすぐになくなってしまう。ハロルドは、すでにお調べらしいが、いま現在ややあぶない状態です」

「見たところは金銭的に豊かなようでも？」

「うわべだけです。うわべだけ！　事業をやっているところでは、倒産の危機があるのかないのか、自分でわからないようなのがめずらしくない。貸借対照表《バランスシート》くらい、専門家でない者が相手なら、ちゃんとしているように見せられる。だが、資産として記載されたものがほんとうは資産でないとしたら——その資産というのが崩壊寸前だとしたら——どうなります？」

「それでハロルド・クラッケンソープは深刻に金を必要としている、というわけですね」

「まあ、死んだ兄の未亡人を絞め殺したところで、金にはなりませんよ」ミスター・ウィンボーンは言った。「それに、まだ誰もルーサー・クラッケンソープを殺していない。家族の利益になる殺人といえば、それだけなのにね。ですから、警部、あなたのお考えがどういう方向に進んでいくのか、わたしにはよくわかりませんが？」

最悪なのは、自分でもよくわからないことだ、とクラドック警部は思った。

第十五章

1

クラドック警部はハロルド・クラッケンソープと彼のオフィスで会う約束を取りつけ、ウェザロル部長刑事を伴って時間きっかりに到着した。そこは金融街《シティ》の大きなオフィス・ビルの四階だった。中に入ると、すべてが繁栄を示し、モダンなビジネスの場らしく趣味よくしつらえられていた。

きちんとした身なりの若い女が彼の名前を聞き、電話で小声で話していたが、やがて立ち上がり、二人をハロルド・クラッケンソープの私室に通した。

ハロルドは大きな革張りのデスクのむこうにすわり、いつものように隙のない服装で自信たっぷりに見えた。警部は内々に手に入れた情報から彼が破産寸前だと推測していたが、本人はそんなそぶりをみじんも見せていなかった。

彼は率直に歓迎の意と関心をあらわして顔を上げた。

「おはようございます、クラドック警部。ようやくなにか確報が入ったということならうれしいんですが？」

「残念ながら、そうではありません、ミスター・クラッケンソープ。ただいくつかうかがいたいことがありまして」

「まだ質問が？　もう想像のつくかぎりすべてにお答えしたと思いますがね」

「そうお感じなのはわかります、ミスター・クラッケンソープ、しかし、これはわたしどもの通常の捜査手順の一環ですから」

「で、今度はなんです？」彼はいらいらと言った。

「去る十二月二十日の午後から夜にかけて――具体的には、午後三時から深夜十二時までのあいだころ――あなたが何をしていたか、正確にお教えいただけると助かります」

ハロルド・クラッケンソープの顔は怒りのあまり赤紫に染まった。

「とほうもない質問だ。いったいどういう意味か、教えていただきたいものですな」

クラドックは穏やかにほほえんだ。

「その意味は、十二月二十日金曜日の午後三時から真夜中までのあいだに、あなたがどこにおられたかを知りたい、ということです」

「なぜです？」

「それで可能性を狭められますから」

「可能性を狭める？　じゃ、新たに情報が入ったんですか？」

「真相にやや近づきつつあると思います」

「あなたの質問にお答えすべきかどうか、わかりませんね。その、弁護士の同席なしでは」

「もちろん、それは完全にあなたしだいです」クラドックは言った。「どんな質問にも答える義務はありませんし、そうする前に弁護士を同席させる権利はあります」

「それは——はっきりさせておきたいが——ええ——わたしに対する警告というんじゃないでしょうね？」

「とんでもない」クラドック警部はいかにも心外だという表情になった。「そんなものではありません。今あなたにうかがっていることは、ほかにも何人かの人に訊いています。個人的な質問ではない。可能性を消去していくのに必要だというだけです」

「ああ、そりゃもちろん——できる範囲のことならすすんでお手伝いしたいと思っていますよ。さてと。こういうことは準備なしに答えるのは容易でないが、うちではたいへん整然と仕事をしていますのでね。きっとミス・エリスが助けてくれるでしょう」

彼がデスクの上の電話で二言三言なにか言うと、ほとんど即座に、仕立てのいい黒いスーツを着たスタイルのいい若い女が帳面を一冊抱えて入ってきた。

「秘書のミス・エリスです、クラドック警部。さて、ミス・エリス、警部はわたしの行動を知りたいとおっしゃる——ええと、何日の午後から夜でしたかね？」

「十二月二十日金曜日です」

「十二月二十日金曜日だ。記録があるだろう」

「はい」ミス・エリスは部屋を出ると、事務日誌を持って戻ってきて、ページを繰った。

「十二月二十日の午前中はオフィスにおいででした。クロマティーの合併の件でミスター・ゴールディーと話し合いがあり、昼食はロード・フォースヴィルとバークリー・ホテルで——」

「ああ、あの日か、うん」

「オフィスに三時ごろ戻られて、手紙を六通ほど口述。それからサザビーズの競売場にお出かけになりました。その日、競売にかけられる稀覯《きこう》写本に関心がおありでしたので。その後はオフィスに戻られませんでしたが、夜はケイタリング・クラブの晩餐会に出席だと念を押すように、というわたしの覚え書がついています」彼女は物問いたげな表情で顔を上げた。

「ありがとう、ミス・エリス」

ミス・エリスは音もなく部屋から出ていった。

「これではっきり思い出しましたよ」ハロルドは言った。「あの日の午後はサザビーズに行ったんだが、ほしかった品は値がつり上がりすぎたのであきらめた。ジャーミン・ストリートの小さな店でお茶にした――ラッセルズ、というところだったと思います。そのあと、ニュース映画館（ニュースや漫画などの短篇だけを上映する映画館）に三十分ほど寄ってから家に帰った――うちはカーディガン・ガーデンズ四三番地です。ケイタリング・クラブの晩餐会はケイタラーズ・ホールで七時半からだった。そのあとは帰宅して寝ました。これでご質問にお答えしたと思いますが」

「たいへん明確なお答えでした、ミスター・クラッケンソープ。家に帰って着替えをされたのは何時でしたか？」

「正確にはおぼえていませんね。六時ちょっと過ぎだったろうと思います」

「で、晩餐会のあとは？」

「家に戻ったときには十一時半になっていたと思います」

「召使が戸をあけたのですか？　それとも、レイディ・アリス・クラッケンソープ（貴族の子女は平民と結婚後もレイディの称号で呼ばれる）が――」

「家内のレイディ・アリスは海外です。十二月の初めから南フランスに行っている。わたしは自分の鍵を使って家に入りました」

「すると、あなたがおっしゃった時間に帰宅されたことを裏づける人はいないのですね？」

ハロルドは冷ややかに相手をねめつけた。

「召使たちはわたしが入ってくる音を聞きつけたでしょうがね。夫婦者を置いています。しかし、警部――」

「すみません、ミスター・クラッケンソープ、こういった質問は気にさわるものですが、もうすぐ終わりますから。あなたは自家用車をお持ちですか？」

「ええ、ハンバー・ホークです」

「ご自分で運転される？」

「ええ。週末以外はあまり使いませんが。このごろではロンドンで運転するのは不可能といっていい」

「ブラックハンプトンにおとうさまと妹さんを訪ねる際には、車をお使いでしょうね？」

「あっちにしばらく滞在するときだけです。一晩泊まりなら――たとえば、あの検死審問の日みたいにね――いつも汽車で行きます。汽車の便はとてもいいし、車で行くよりずっと速い。妹が頼んだハイヤーが駅で出迎えてくれます」

「車はどこに置いてありますか？」

「カーディガン・ガーデンズの裏のうまや《ミューズ》（都心の路地の両側に並んだ、もと厩舎だった建物群）にあるガレージを借りています。ほかにご質問は？」

「今のところ、これだけだと思います」クラドックは言い、微笑して立ち上がった。

「お手間をとらせて申し訳ありませんでした」

外に出ると、ウェザロル部長刑事は何にでも暗い疑念を抱いてばかりいる男だったから、意味ありげに言った。

「あいつ、質問が気に入りませんでしたね――まるで気に入らなかった。むっとしていましたよ」

「殺人犯でないのに、誰かにそう思われているみたいだとすれば、腹が立って当然だ」クラドック警部は穏やかに言った。「ハロルド・クラッケンソープのような超ご立派な男なら、なおさら苛立つだろう。それはどうというほどのことじゃない。これから調べなければならないのは、あの日の午後、ハロルド・クラッケンソープを競売場で実際に見かけた人物がいるかどうか、それに喫茶店も同様だ。彼は楽に四時三十三分の汽車に乗り、女を車輌から押し出し、ロンドンへ戻る汽車をつかまえて、晩餐会に顔を出すだけの余裕があった。同じように、あの晩、車で出かけ、死体を石棺に移してから車で戻ってくることもできた。うまや《ミューズ》で聞き込みをしてくれ」

「はい、警部。それが彼のしたことだと思われますか？」

「さあね」クラドック警部は言った。「彼は長身で黒っぽい髪の男性だ。あの汽車に乗ることが可能だったし、ラザフォード・ホールとつながりがある。この事件で、彼は容疑者だ。それじゃ、次はアルフレッドだ」

2

アルフレッド・クラッケンソープは西ハムステッド（ロンドン北西部）にフラットを持っていた。やや安普請《やすぶしん》の大きなモダンな建物で、広い中庭があり、そこにフラットのオーナーたちはそれぞれ好き勝手に駐車していた。

フラットはモダンな作りつけタイプで、明らかに家具つきで賃借しているものだった。壁から伸びている長い合板のテーブル、寝椅子、それに信じられない大きさの椅子がいろいろ置いてあった。

アルフレッド・クラッケンソープは愛想よく、友好的に二人を迎えたが、緊張しているようだ、と警部は思った。

「興味津々ですよ」彼は言った。「飲み物はいかがですか、クラドック警部?」彼は誘うようにあれこれのボトルを掲げてみせた。

「いや、けっこうです、ミスター・クラッケンソープ」

「そこまで悪いニュースですか?」彼は自分のちょっとした冗談に笑い、それからどういう用件かと訊いた。

クラドック警部は用意の台詞を述べた。

「十二月二十日の午後から夜にかけて、わたしが何をしていたか。知るわけないですよ。だってもう——ええと——三週間以上前だ」

「おにいさまのハロルドはとても正確に教えてくださいましたよ」

「兄のハロルドならそうだろうな。だが、弟のアルフレッドはだめですよ」彼はさらに続けたが、そこにはなにかの感情がこもっていた——悪意ある嫉妬心だったかもしれない。「ハロルドはうちの出世頭だ——忙しく、役に立ち、仕事に身をささげている——なんでも予定に入れ、すべきときにすべきことをこなす。たとえあいつが——殺人、と言っておきましょうか？——そんなことをするとしても、かならず慎重に頃合をみはからって、正確にやってのけるでしょうよ」

「そういう例を挙げられたことに、特別な理由がありますか？」

「ああ、いや。ふと頭に浮かんだだけです——最高にばかげた例としてね」

「で、あなたご自身ですが」

アルフレッドは両手を広げた。

「申し上げたとおりですよ——わたしは時間や場所がてんで記憶できない。これがたとえばクリスマス当日なら——まあお答えできるでしょう——思い出すとっかかりがありますからね。クリスマスの日にどこにいたかはわかっている。みんなで父といっしょにブラックハンプトンで過ごすならわしですからね。どうしてかはわからないが。父は息子たちを泊めると金がかかるといってこぼす——そのくせ、みんなが来なければ、ちっとも寄りつかないといってこぼすんだ。われわれが集まるのは、妹を喜ばせるためですよ」

「それで、今年もそうなさった？」

「ええ」

「でも、運悪くおとうさまは病気になられたんでしたね？」

クラドックはわざと針路を逸らした。この仕事をしていると、一種の勘が働いて、方向が決まることがよくあるのだ。

「父は病気になった。倹約だ倹約だと、いつも雀なみの生活をしているのに、急に腹いっぱい飲み食いすれば、そりゃてきめんですよ」

「それだけのことだったんですか？」

「もちろんです。ほかに何が考えられます？」

「主治医は――心配していたようですが」

「ああ、あのクインパーの阿呆か」アルフレッドは早口で、軽蔑するように言った。「あいつの話なんか、まともに受け取っちゃだめですよ、警部。人騒がせな心配屋だ、最悪の種類のね」

「そうですか？　わたしには分別のある人のように思えましたが」

「まるで阿呆だ。父はほんとは病人なんかじゃない、心臓に悪いところなんかないんだ。だが、クインパーの言うことをうのみにする。当然、実際に具合が悪くなると、父は大騒ぎして、クインパーが出たり入ったり、質問してまわっては、父が食べたもの、飲んだもの、すべてをほっくりかえす。ばかばかしいったら！」アルフレッドはいつになく熱をこめて言った。

クラドックはしばらく黙っていた。それが効を奏した。アルフレッドはもじもじし、彼にさっと一瞥を投げ、それからいらいらと言った。

「で、いったいなんだっていうんです？　三週間だか四週間だか前のある金曜日にわたしがどこにいたか、なぜ知りたいんですか？」

「では、それが金曜日だったとおぼえていらっしゃるんですね？」

「あなたがそうおっしゃったんじゃありませんか」

「そうでしたかな」クラドック警部は言った。「とにかく、うかがったのは二十日の金曜日のことです」

「なぜです？」

「通常の捜査手順の一環です」

「ナンセンス。あの女について、さらになにかわかったんですか？　どこから来たのかとか？」

「こちらの情報はまだ完全ではありません」

アルフレッドは鋭い目つきで彼を見た。

「エマの言い出したとんでもない説に惑わされていないといいですがね。あの女が兄エドマンドの未亡人だったかもしれないとかいう。まったくのたわごとですよ」

「その――マルティーヌという人は、あなたには接触してきませんでしたか？」

「わたしに？　まさか、とんでもない！　そんなことがあったら、笑っちゃいますよ」

「むしろ、ハロルドのところに行くだろうと思われますか？」

「ずっとありそうですね。彼の名前はよく新聞に出る。彼は裕福だ。彼に金を無心しようというなら驚かないな。まあ、やってみたって無駄だったでしょうがね。ハロルドは親父に負けず劣らずのけちだから。エマはもちろん、家族の中でいちばん心が優しいし、エドマンドに気に入られていた。それでも、エマはやすやすと信じ込む人間じゃない。この女が偽者かもしれないという可能性はじゅうじゅう承知していましたよ。家族全員が集まるように手配して――しっかりした弁護士も同席させることにしていた」

「たいへん賢いやりかたです」クラドックは言った。「その集まりは具体的に日を決めてありましたか？」

「クリスマスの直後のはずだった――週末の二十七日……」彼は言葉を切った。

「ああ」クラドックは明るく言った。「なるほど、意味のある日付けもあるようですね」

「言ったでしょう――確実な日は決めていなかった」

「しかし、話はしたでしょう――何日を予定していたんですか？」

「で、あなたご自身が十二月二十日金曜日に何をしていたか、教えられませんか？」

「思い出せない」

「すみませんね――頭の中が真っ白だ」

「予定表はつけていらっしゃらない？」

「ああいうのは耐えられない」

「クリスマス前の金曜日ですよ――そうむずかしくはないはずだ」

「見込みのある投資家とゴルフをやった日があったな」アルフレッドは首を振った。

「いや、あれはその前の週だった。おそらくはぶらぶらして過ごしただけだったでしょう。そういう時間が多いんだ。ビジネスはどこよりバーでかたづくもんですからね」

「近所の人か、お友達が助けてくれるんじゃありませんか？」

「かもしれない。訊いてみます。できることはやります」

アルフレッドは自信を取り戻したようだった。

「あの日に何をしていたのかは言えませんが」彼は言った。「何をしていなかったのかは言えますよ。長納屋で人殺しをしていなかった」

「どうしてそうおっしゃるのですか、ミスター・クラッケンソープ？」

「よしてくださいよ、警部。あなたはこの殺人事件を捜査している、そうでしょう？

そのあなたが〝これこれの日のこれこれの時間にどこにいましたか?〟と尋ねはじめたら、可能性が狭まってきたということだ。二十日の金曜日——何時でしたっけ? 昼どきから真夜中?——その時間帯にたどりついたのはなぜか、ぜひ知りたいですね。医学的証拠ではないでしょう、こんなに時間がたってからじゃ。故人があの日の午後、納屋に忍び込むところを誰かが見ていた? 入っていったのに出てこなかった、とかいう証言があった? そうなんですか?」

鋭い黒い目にじっと見つめられたが、クラドック警部は年季が入っていたから、そんなことではぴくりとも反応しなかった。

「残念ながら、その点はご明察におまかせするしかありません」彼は愛想よく言った。

「警察は秘密が好きだ」

「警察だけではありませんよ。ミスター・クラッケンソープ、その気になれば、あの金曜日に何をしていたか、思い出せるのではないですか? もちろん、思い出したくない理由がおありかもしれない——」

「そうやってはめようたってだめですよ、警部。そりゃ、すごく怪しげだ、じつに怪しい、わたしが思い出せないというのはね——でも、しかたない! いや、まてよ——あの週にはリーズへ行ったんだ——市庁舎のそばのホテルに泊まった——名前は思い出せないな――でも、調べは簡単につくでしょう。あれが金曜日だったかもしれない」

「確かめてみましょう」警部は感情をあらわさずに言った。

彼は立ち上がった。「もうすこし協力していただけなくて、遺憾です、ミスター・クラッケンソープ」

「運が悪いのはこっちですよ！　セドリックはイビサにいたからアリバイがあるし、ハロルドはビジネスのアポイントメントやら公的な晩餐会が毎時間詰まっていたに決まっている――ところが、わたしにはまるっきりアリバイがない。困ったものだ。ばかばかしい。申し上げたように、わたしは人殺しなんかしません。そもそも、なんで知りもしない女を殺さなきゃならないんです？　なんのために？　たとえあの死体が実際にエドマンドの未亡人の死体だったとしても、どうしてわれわれがその人を消そうなんて考える？　そりゃまあ、彼女が戦争中にハロルドと結婚していて、急にまた現われたとしたら――ご立派なハロルドにとってはまずいだろうな――重婚やらなにやらで。しかし、エドマンドですよ！　われわれみんな、親父が彼女になにがしかの手当を出してやり、男の子をちゃんとした学校に入れてやらざるをえなくなるところを、楽しんで見物しますよ。親父はかんかんになるだろうが、体面上、断わるってわけにいきませんからね。お帰りになる前に一杯いかがですか、警部？　そうですか？　お役に立てなくて、すみませんでした」

3

「警部、たいへんです」

　クラドック警部は興奮気味の部長刑事を見た。

「ああ、ウェザロル、なんだね？」

「思い出したんです、あの男が誰だったか。ずっと考えていたんですけど、ふいにわかった。あいつ、ディッキー・ロジャーズの缶詰商売にかかりあっていたんですよ。警察ではあいつの罪状は結局ひとつも挙げられなかった——用心深い男なんだ。それに、ソーホーの連中とつるんだことも一度か二度。時計と、例のイタリア金貨の件で」

　そうだった！　どうしてアルフレッドの顔が最初から漠然と見覚えがあるように思えたのか、今になってクラドックは悟った。どれも小規模な不正だった——証拠立てられるようなものは絶対にない。アルフレッドはいつも闇商売の周辺にいて、罪もないのに巻き込まれてしまったという、それらしい理由を用意していた。だが、少額ながら安定した利益が彼の懐に入っていると、警察では確信していた。

「これで、だいぶ状況が明らかになったな」クラドックは言った。

「彼が犯人だと思われますか？」

「人を殺すようなタイプとは言えないな。だが、ほかのことはこれで説明がつく――彼がアリバイを出せない理由がね」

「ええ、まずいと思ったでしょうね」

「そうでもないさ」クラドックは言った。「利口な方針だ――断固として、思い出せないと言い張る。たいていの人は、ほんの一週間前だって、自分がどこで何をしていたかなんて思い出せないものだ。だから、どういうことに時間をつかっていたかに注目されたくないなら、その方針はことのほか役に立つ。たとえば、トラック休憩所でディッキー・ロジャーズの仲間と会っていたとかいう興味深い行動があったのならね」

「じゃ、彼は怪しくないと思われるんですか？」

「誰も怪しくないと言い切るつもりはまだないね」クラドック警部は言った。「さらに努力が必要だよ、ウェザロル」

デスクに戻ると、クラドックは腰かけて眉根にしわを寄せ、目の前のメモ用紙にあれこれ書き連ねていった。

殺人犯（と彼は書いた）……長身で黒っぽい髪の男!!!

被害者?……マルティーヌの可能性あり。エドマンドのガールフレンドないし未亡人。

あるいは
アナ・ストラヴィンスカの可能性あり。犯行のあったころ失踪。年齢、外見、服装等あてはまる。知られているかぎりではラザフォード・ホールとの関係はない。

ハロルドの最初の妻か！　重婚！

アルフレッドの昔の愛人か。恐喝！

アルフレッドと関係があるなら、恐喝かもしれない。彼を刑務所送りにするような情報を握っていた？

セドリックなら――海外で関係していたかも――パリ？　バレアレス諸島？

あるいは

被害者はマルティーヌのふりを装ったアナ・Sかもしれない。

あるいは

被害者は未知の犯人に殺された未知の女性！

「おそらくは、この最後のやつだな」クラドックは声に出して言った。
状況を陰鬱《いんうつ》な気持ちで見直してみた。動機がわからないうちは、あまり先へ進めない。
これまでに挙げられた動機は、どれも不充分か突拍子もないもののように思えた。
だが、これがもしクラッケンソープ老人の殺害なら……動機はたっぷりある……
記憶の中でなにかがうごめいた……
彼はメモ用紙にさらに書きつけた。

ドクター・Qにクリスマス中の病気について訊く。
セドリック——アリバイ。

ミス・Ｍに最新の噂話を教えてもらう。

第十六章

クラドックがマディソン・ロード四番地におもむくと、ルーシー・アイルズバロウがミス・マープルといっしょにいた。

作戦を実行に移すべきか、ちょっとためらったが、ルーシー・アイルズバロウは貴重な味方になるかもしれないと判断した。

挨拶をすませたあと、彼は厳粛な態度で札《さつ》入《い》れを取り出し、一ポンド札を三枚抜いて、さらに三シリング加えると、その金をテーブルごしにミス・マープルのほうへ押しやった。

「これはなんですの、警部？」

「相談料です。あなたは顧問医《コンサルタント》（専門分野で助言を与える格の高い医師）です――殺人事件に関してね！　この殺人という患者の脈拍、体温、局部反応、根深い病因として何が考えられるか、教えてください。わたしはくたびれた地元の一般医《GP》にすぎませんよ」

ミス・マープルは彼を見て、目をきらめかせた。警部はにやりとした。ルーシー・アイルズバロウはかすかに息をのみ、それから笑った。

「あら、クラドック警部——あなたもやっぱり人間でしたのね」

「いやまあ、今日こうして来たのは、厳密には仕事じゃありませんから」

「前にお会いしたことがあると言ったでしょう」ミス・マープルはルーシーに言った。「サー・ヘンリー・クリザリングがこちらの名づけ親なの——わたしのとても古いお友達」

「お聞きになりたいですか、ミス・アイルズバロウ、わたしの名づけ親が——初対面のとき——このかたのことをなんと言っていたか？　彼女は神が創りたもうた最良の探偵だ——生まれつきの天才が適切な土壌に養われた、そう描写したんですよ。そして、わたしはこう諭された」——ダーモット・クラドックは〝ばあさん猫《オールド・プッシー》〟の類義語をさがして、ふと言いよどんだ——「ええと、老婦人を決してあなどるな。老婦人というのはしばしば、こうだったかもしれないこと、こうだったに違いないこと、それに実際こうだったということまで教えてくれるものだ！　それに」彼は言った。「なぜこうなったかもね。彼はさらに、こちらの——ええ——老婦人は——中でもぴかいちだと言いました」

「まあ！」ルーシーは言った。「たいへんな推薦の言葉ですわね」

ミス・マープルは顔をピンクに染め、どぎまぎして、いつになくうろたえていた。

「サー・ヘンリー」彼女はつぶやいた。「いつもそれはご親切でねえ。ほんとうはわたし、ちっとも利口でなんかありませんの――まあたぶん、ほんのちょっと人間の本性を知っているというだけで――だって、村で暮らしていますとね――」

彼女は落ち着きを取り戻してつけ加えた。

「そりゃ、ハンディはありますよ、現場に行かれませんからね。いつも感じるんですけど、人を見てほかの誰かを思い出すというのが、とても助けになりますわ――人のタイプというのはどこでも同じでしょう、だから貴重な手引きになるんです」

ルーシーはやや戸惑い顔だったが、クラドックはわかったというようにうなずいた。

「でも、あそこにお茶によばれたのではありませんか？」彼は言った。

「ええ、そうなんです。とっても楽しかったわ。ご老人のミスター・クラッケンソープにお目にかかれなくてがっかりでしたけど――でも、なにもかもとはいきませんよね」

「もし殺人をおかした人に出会ったら、それとわかる、とお感じですの？」ルーシーは訊いた。

「あら、そこまでは申しませんよ。つい見当をつけたくなるものだけれど――殺人のような深刻なことを問題にしているときに、当て推量なんて、してはいけません。できるのは、関係者を――あるいは関係があったかもしれない人たちを――観察すること――そして、その人たちが誰を思い出させるか、考えてみるの」

「セドリックと銀行支店長みたいに？」

ミス・マープルは訂正してやった。

「銀行支店長の息子ですよ。ミスター・イード本人は、ミスター・ハロルドのほうにずっと似ていました――とても保守的な男性でね――でも、お金を好きなのがちょっと行き過ぎていたかしら――スキャンダルを避けるためならなんでもやりかねない男性でもあったわね」

クラドックは微笑して言った。

「で、アルフレッドは？」

「自動車修理工場のジェンキンズ」ミス・マープルは即座に答えた。「工具をくすねるとまではいかないんですよ――でも、壊れているとか、どこか悪いジャッキをいいのと取り換えてしまうの。それに、バッテリーについてもあまり正直ではなかったみたい――もっとも、そういったことはわたしにはよくわかりませんけどね。レイモンドはあそこを使うのをやめて、ミルチェスター・ロードの修理工場に行くことにしてしまいましたよ。そう、エマは」ミス・マープルは考えながら続けた。「ジェラルディーン・ウェブによく似ています——いつもとても物静かで、ほとんどやぼくさいくらい——それで、年取ったおかあさんにずいぶんいいようにこき使われていたの。そうしたら、みんな驚いたことに、そのおかあさんがぽっくり亡くなって大金を相続すると、ジェラルディーンは髪をカットしてパーマをかけて、船旅に出かけたと思ったら、帰ってきたときには、とてもすてきな弁護士さんと結婚していました。それから二人子供ができてね」

相似点は明らかだった。ルーシーはおずおずと言った。「あのとき、エマが結婚するかもしれないなんて、おっしゃらないほうがよかったんじゃありません？　あれでおにいさんたちはずいぶん動揺していたみたい」

ミス・マープルはうなずいた。

「ええ」彼女は言った。「男の人って、そうなのね——すぐ目の前で起きていることが見えないの。あなたも気づいていなかったでしょう」

「ええ」ルーシーは認めた。「そんなこと、考えてもみませんでした。あの二人はなんだか——」

「年取っている？」ミス・マープルはわずかに微笑して言った。「でも、ドクター・クインパーは四十そこそこでしょう、まあ、こめかみのあたりに白いものが混じっていますけれどね。あの人がなにかしらの家庭生活にあこがれているのは明らかですよ。それに、エマ・クラッケンソープは四十前だわ——結婚して子供を産むのに遅すぎはしません。ドクターの奥さまはかなり若いとき、お産で亡くなったと聞いています」

「そうだと思います。エマからそんな話を聞いたことがあるわ」

「ドクターは寂しくていらっしゃるのね」ミス・マープルは言った。「忙しい、仕事熱心なお医者さまには奥さんが必要——同情心があって——あまり若すぎない人がね」

「いやだわ、ミス・マープル」ルーシーは言った。「わたしたち、犯罪の捜査をしているの、それとも縁結びをしているの？」

ミス・マープルは目をきらめかせた。

「わたしはどうもロマンティックでね。たぶん、自分がオールド・ミスだからでしょう。ね、ルーシー、わたしからすれば、あなたはこれでもう契約を履行してくださったわ。次の仕事に就く前にぜひ海外で休暇を取りたいなら、まだ小旅行程度の時間はありますよ」

「ラザフォード・ホールを離れて？　だめだめ！　わたしもう、完全に探偵になってしまいました。男の子たちを悪く言えないわ。あの二人、朝から晩まで手がかりをさがしまわっているの。昨日はごみ容器をすっかり調べました。きたないったら——しかも、何をさがしているのか、まるでわかっていないんです。クラドック警部、もしあの子たちが〝マルティーヌ――命が惜しければ長納屋に近づくな！〟なんて書いてある紙切れを持って、意気揚々とあなたのところに来たら、それはわたしがかわいそうに思って豚小屋に隠しておいたものだと考えてくださいね！」

「どうして豚小屋なの？」ミス・マープルは興味を示して訊いた。「あそこでは豚を飼っているの？」

「ああ、いいえ、今は飼っていません。ただその――わたし、ときどきそこへ行くもので」

なぜかルーシーは顔を赤くした。ミス・マープルはますます興味を持って彼女を見た。

「今、屋敷には誰がいますか？」クラドックは訊いた。

「セドリックがいますし、ブライアンも週末を過ごしています。ハロルドとアルフレッドは明日来る予定です。今朝、電話がありました。なんだか、あなたが鳩の群れに猫をけしかけて騒がせているという印象を受けたんですけど、クラドック警部」

クラドックは微笑した。

「ちょっと揺さぶりをかけてやりました。十二月二十日金曜日の行動を明らかにするようにと言ったんです」

「で、明らかにできた？」

「ハロルドはね。アルフレッドはできなかった――あるいは、しようとしなかった」

「アリバイというのは、すごくむずかしいものでしょうね」ルーシーは言った。「時間、場所、日にち。調べて裏づけを取るのもたいへんでしょう」

「時間と忍耐がいります――でも、なんとかやってのけますよ」彼は腕時計に目をやった。「わたしはもうじきラザフォード・ホールに行って、セドリックと話をするつもりですが、まずドクター・クインパーをつかまえたい」

「ちょうどいいころですわ。夕方の診療が六時に始まって、たいてい六時半には終わります。わたしも戻って夕食の支度にかからないと」

「あなたのご意見をうかがいたいことがあるんですがね、ミス・アイルズバロウ。家族はこのマルティーヌの件をどう見ていますか――かれらのあいだでは？」

ルーシーは即答した。

「エマがこの話をあなたに知らせたというので、みんなかんかんです――ドクター・クインパーも憤慨の種にされていますわ、彼女にそうするようすすめたというのでね。ハロルドとアルフレッドは、あれはかたりで、本物ではなかったと思っていますが、エマはそう思えない。セドリックもぺてんだったと思っていますが、あとの二人ほど深刻に受けとめていません。逆にブライアンは本物だったと確信しているみたいです」

「どうしてかな？」

「ええ、ブライアンはそういう人なんです。物事を額面どおりに受け取る。彼の考えでは、手紙の差し出し人はエドマンドの妻——というか、未亡人——で、彼女はふいにフランスへ戻らなければならなくなったが、またいつか連絡してくるだろう。彼女が今に至るまで手紙もなにもよこさないのは、彼にしてみればごく自然なことらしいんです、自分が手紙なんか書かないから。ブライアンはかわいいところがあります。散歩に連れ出してもらいたがっている犬みたい」

「それで、あなたは彼を散歩に連れ出すの、ルーシー？」ミス・マープルは訊いた。

「豚小屋へ？」

ルーシーは鋭い視線を投げた。

「あのおうちには、なんてまあたくさん紳士がいて、出たり入ったりしていることでしょう」ミス・マープルは考えながらつぶやいた。

ミス・マープルが〝紳士〟という言葉を口にするときには、いつもそこにヴィクトリア朝の味わいがたっぷりこもっていた——実際には彼女自身の時代より前の時代のなごりだ。これを聞くと、すぐにさっそうとして血気盛んな（そしておそらくは頬ひげをたくわえた）男性が頭に浮かぶ。ときには悪さもするが、つねに勇敢な男性だ。

「あなたはほんとに器量よしだわ」ミス・マープルはルーシーを評価して続けた。「みんながあなたにかなり目をつけているのじゃなくて？」

ルーシーはわずかに頬を染めた。さまざまな思い出の切れ端が頭をよぎった。豚小屋の塀にもたれたセドリック。寂しげに台所のテーブルにすわったブライアン。コーヒーカップを集めるのを手伝ってくれたとき、ふと触れたアルフレッドの指。

「紳士というのは」ミス・マープルは異質で危険な種族の話でもするような口調で言った。「みんなある部分ではよく似ているものですよ――たとえだいぶお年のかたでもね……」

「ミス・マープル」ルーシーは叫んだ。「百年前なら、あなたは魔女だと思われて、かならず火あぶりにされていたところだわ！」

そこで彼女はミスター・クラッケンソープから条件つき結婚の申し込みを受けた話をした。

「実際」ルーシーは言った。「全員がわたしにいわば言い寄ってきたんです。ハロルドの申し出はとても穏当で――金融街《シティ》の会社で金銭的に有利な地位を約束するというものでした。わたしの容姿が魅力的だなんてことじゃないと思います――わたしがなにかつかんでいると、みんなで考えているんだわ」

彼女は笑った。

だが、クラドック警部は笑わなかった。

「用心してくださいよ」彼は言った。「次は言い寄られるかわりに殺されるかもしれない」

「そのほうが簡単でしょうね」ルーシーは同意した。

それから、ぶるっと体を震わせた。

「つい忘れてしまいますね」彼女は言った。「男の子たちがああして楽しそうにやっているから、これはただのゲームなんだと思ってしまいがち。でも、ゲームなんかじゃありませんよね」

「ええ」ミス・マープルは言った。「殺人はゲームじゃありません」

彼女はしばらく黙っていたが、それから言った。

「男の子たちは、もうじき学校に戻るんじゃなくて？」

「ええ、来週ね。二人は明日、ジェイムズ・ストッダート-ウェストの家に行って、あちらで休暇の最後の数日を過ごします」

「よかった」ミス・マープルはまじめな口調で言った。「二人があそこにいるあいだに、なにか起きてはいやですからね」

「クラッケンソープご老人の身に、ということですか？　次はあの人が殺されるとお考えなの？」

「あら、いいえ」ミス・マープルは言った。「あの人なら大丈夫ですよ。わたしが言ったのは、子供たちのこと」

「子供たち？」

「まあ、アレグザンダーね」

「でも、まさか――」

「ほうぼうつつきまわっているでしょう――手がかりをさがして。男の子というのはそういうのが好きですからね――でも、それはとても危険なことかもしれませんよ」

　クラドックは考えるように彼女を見た。

「ミス・マープル、これは未知の女性が未知の男性に殺された事件だとは、お信じにならないんですね。確実にラザフォード・ホールとつながりがあると思われますか？」

「絶対に関係があると思います、ええ」

「殺人犯についてわかっているのは、長身で黒っぽい髪の男、という点だけです。あなたのお友達はそう言い、それ以上は言えない。ラザフォード・ホールには長身で黒っぽい髪の男が三人いる。検死審問の日、わたしは三人兄弟が車が来るのを待って歩道にたたずんでいるところを見ました。わたしのほうに背中を向けていましたが、そろって厚地のオーバーを着た後ろ姿がそっくりで、はっとするほどだった。長身で黒っぽい髪の男三人。そのくせ、実際には三人はおよそ違うタイプなんだ」彼はため息をついた。「おかげですごくむずかしい」

「そうですね」ミス・マープルはつぶやいた。「考えていたんですけど――あるいは思ったよりずっと単純なのかもしれませんよ。殺人というのは、たいていとても単純なものです――明らかな、かなりあさましい動機があって……」

「謎のマルティーヌの存在はお信じになりますか、ミス・マープル？」

「エドマンド・クラッケンソープがマルティーヌという女性と結婚していたか、あるいは結婚するつもりだったことは、充分信じられます。エマ・クラッケンソープはあなたにおにいさんからの手紙を見せたでしょう。それに、わたしが見たところとルーシーから聞いたところを合わせると、エマ・クラッケンソープはそういう種類のことをでっち上げるなんて、まったくできない人物ですわ――そもそも、どうしてそんなことをしなきゃなりません？」

「それじゃ、マルティーヌが存在するとして」クラドックは考えながら言った。「それなら動機らしきものは確かにあります。マルティーヌが息子を伴って現われると、クラッケンソープ家の相続分が減る——もっとも、殺人のきっかけになるほどのことではなさそうですがね。まあ、かれらは全員が金に困っているから——」

「ハロルドまで？」ルーシーは信じられないという様子で訊いた。

「見るからに羽振りのいいハロルド・クラッケンソープすら、見かけどおりのまじめで保守的な金融業者ではない。借金をたっぷり抱え、望ましからざる投機に手を出している。すぐに大金が入れば、なんとかつぶれずにすむかもしれないが」

「でも、それなら——」ルーシーは言いかけて、やめた。

「なんですか、ミス・アイルズバロウ——」

「わかっていますよ」ミス・マープルは言った。「殺す相手を間違えている、というんでしょう」

「ええ。マルティーヌが死んでも、ハロルドは——あるいはほかの誰でも——得をしないわ。いずれ、いずれ——」

「いずれ、ルーサー・クラッケンソープが死ぬまではね。そのとおり。それはわたしも気がつきました。それにおとうさまのミスター・クラッケンソープは、お医者さまのお話では、他人には想像も及ばないほどお丈夫だそうで」

「あのかたはまだ何年も長生きしますわ」ルーシーは言い、それから眉根を寄せた。

「なんです？」クラドックは励ますように言った。

「ミスター・クラッケンソープはクリスマスのころ、具合を悪くしたんです」ルーシーは言った。「ドクターがさんざん心配したそうです――〝あの騒ぎようじゃ、誰だってわたしが毒を盛られたとでも思うところだった〟。そうおっしゃっていました」

彼女は尋ねるようにクラドックを見た。

「ええ」クラドックは言った。「わたしがドクター・クインパーに訊きたいのは、まさにそのことなんです」

「あら、もう行かなくちゃ」ルーシーは言った。「たいへん、遅くなってしまったわ」

ミス・マープルは編み物をおろし、やりかけのクロスワード・パズルの載っている《タイムズ》を取り上げた。

「ここに辞書があればいいんだけれど」彼女はつぶやいた。「トンティーン（Tontine）とトーケイ（Tokay）――この二つがいつもごっちゃになってしまって。一つはハンガリー産のワインのはずだけど」

「それならトーケイです」ルーシーはドアのところから振り返って言った。「でも、一つは五文字、もう一つは七文字だわ。どういうカギなんですか？」

「ああ、クロスワードじゃないのよ」ミス・マープルは漠然と言った。「頭に浮かんだだけ」

クラドック警部は彼女をじっと見つめた。それから、さようならを言って立ち去った。

第十七章

1

クラドックはクインパーが夕方の診療を終えるまで医院で数分待たなければならなかったが、やがて医師は彼のところにやって来た。疲れて沈んだ様子だった。

彼はクラドックに飲み物をすすめ、警部がもらうと答えると、自分用にも一杯つくった。

「かわいそうな人たちだ」彼は言い、ぼろぼろの安楽椅子にどさりと体を沈めた。「おびえるばかりで知恵が働かない——道理ってものがないんだ。今日はつらいケースがありましてね。女性の患者だが、一年前にわたしのところに来るべきだった。来てさえいれば、手術で完治したかもしれないのに、今ではもう手遅れだ。腹が立ちますよ。実のところ、人は勇敢でいながら臆病で、驚くばかりだ。この女性は激しい痛みに苦しみながら、一言もなく耐えてきた。医者を訪ねて恐れていたことが真実だったとわかるのがこわいばっかりにね。反対にわたしの時間を無駄にするだけの人もたくさんいる。小指にいやな腫れ物ができて痛い、癌かもしれないと思う。ところが診察すると、ありきたりのしもやけとわかる！　いやまあ、気にしないでください。もう怒りもおさまりましたから。それで、どんなご用です？」

「まずはあなたにお礼を申し上げなければならないと思います。ミス・クラッケンソープに、おにいさんの未亡人から届いたとされる手紙を持ってわたしのところに来るよう、助言してくださったそうで」

「ああ、あれですか？　なにかの手がかりになりましたか？　わたしが行くようにすすめたってほどじゃないんです。彼女は行きたがっていた。心配していた。だがもちろん、兄貴たちはみんなでやめさせようとしていた」

「どうしてでしょう？」

医師は肩をすくめた。

「例の女性が本物だとわかるのがこわかったんでしょう」

「手紙は本物だとあなたは思われましたか？」

「わかりません。実際に見たわけじゃないので。たぶん、事実関係を知っている人が金をせびり取ろうとしたんじゃないですか。エマの情に訴えてね。そいつは思い違いもはなはだしい。エマはばかじゃない。実務的な質問をひとつもしないで、見も知らぬ義理のねえさんを無邪気に歓迎したりしませんよ」

彼は好奇心を見せて、つけ加えた。

「でも、どうしてわたしの意見なんかを訊くんです？　わたしにはなんの関係もないが」

「こうしてお訪ねしたのは、まったく別のことをうかがうためです——でも、どうお話ししたものやら、よくわかりません」

ドクター・クインパーは興味をそそられたようだった。

「しばらく前——クリスマスのころだったと思いますが——ミスター・クラッケンソープがかなり具合を悪くされたそうですね」

警部の目の前で医師の顔つきが即座に変化し、表情がこわばった。

「ええ」

「胃腸障害のようなことだったとか？」

「ええ」

「言いにくいのですが……ミスター・クラッケンソープは健康が自慢で、家族の誰より長生きしてみせるとまで豪語しておられる。彼はあなたのことを――失礼をお許しいただきたいのですが、ドクター……」

「ああ、気にしないでください。わたしは患者になんと呼ばれようと、びくともしませんから！」

「彼はあなたのことを口うるさい心配屋だと言っていました」クインパーはにやりとした。「あなたはあれこれ質問なさった、何を食べたかだけではなく、誰がそれを準備して出したかまで。そうおっしゃっていました」

医師はもう微笑していなかった。その顔はふたたびこわばっていた。

「続けてください」

「彼はこんな言い方をしていました――〝誰かがわたしに毒を盛ったと信じているような口ぶりだった〟」

間があった。

「あなたは――その種の疑いをお持ちでしたか？」

クインパーはすぐには答えなかった。彼は立ち上がり、行きつ戻りつした。それからくるりと向きを変え、クラドックを見た。

「いったいどういう答えを期待しておられるんです？　医者がちゃんとした証拠もなし

に、人が毒を盛られたなどとあちこちで言いふらせると思いますか？」

「オフレコでうかがいたいのですが——そういう疑いは——頭をよぎりましたか？」

ドクター・クインパーは確答を避けて言った。

「クラッケンソープ老人はかなり倹約な生活をしています。家族の面々が集まると、エマは食べ物をふやす。結果は——ひどい胃腸炎だ。徴候はみなその病気に特有のものだった」

クラドックはくいさがった。

「なるほど。それで満足されましたか？　まったく——その——めんくらった、ということはなかった？」

「わかりましたよ。はいはい、わたしは完全にめんくらいました！　これで気がすみましたか？」

「おもしろいとは思いますね」クラドックは言った。「実際には何を疑った——あるいは恐れたのですか？」

「むろん、消化器系の病気は場合によっていろいろですが、いくつか、そうですね、ただの胃腸炎よりむしろ砒素中毒の症状に近いものがありました。もっとも、その二つは非常に似ています。わたしより上等な医者でも、砒素中毒を見分けられなかった例はいくらもあります――それで、疑いもせずに死亡証明書を書いてしまったことがね」

「で、お調べになった結果はどうだったんですか？」

「わたしが怪しんだようなことは、まああり̇えないと思われました。わたしがかかりつけになる前にも同様の病気に見舞われたことがある――原因も同じだった、とミスター・クラッケンソープは言われた。脂っこい食べ物があるとそうなるのだそうです」

「それは家に人がおおぜいいるときですか？　家族が来たとき？　あるいは客が？」

「ええ。それは筋が通ると思いました。でも率直なところ、クラドック、わたしは納得できなかった。ドクター・モリスに手紙を書いたほどですよ。彼はわたしの先輩で、医院の共同経営者だったが、わたしが入ってまもなく退職した。クラッケンソープはもとは彼の患者だったんです。わたしは老人の過去の胃腸病について尋ねました」

「で、どんな答えが返ってきましたか？」

クインパーはにやりとした。

「叱られましたよ。とんでもない馬鹿者だと言われたようなもんです。まあ」――肩をすくめて――「おそらくはほんとうにとんでもない馬鹿者だったんでしょうがね」

「どうでしょうか」クラドックは考えながら言った。

それから率直に切り出そうと決めた。

「慎重なものいいはさておき、ドクター、ルーサー・クラッケンソープが死ねばかなりの利益になる人がいるんですよ」医師はうなずいた。「彼は老人だ――だが、健康そのものだ。九十いくつまで生きてもおかしくない？」

「そのくらい、楽にいくでしょう。自分の体に気をつけるだけの生活だし、生まれつき丈夫だ」

「ところが、息子たち――それに娘は――みんな年取ってきて、しかもみんなで金に困っている？」

「エマは除外していいですよ。彼女は毒薬魔なんかじゃない。老人の具合が悪くなるのはほかの人たちがいるときだけで、彼女と二人だけのときじゃない」

「基本的な用心だろう――もし彼女が犯人なら」警部は考えたが、思慮深く口には出さなかった。

彼は間を置き、慎重に言葉を選んだ。

「それにしても――わたしはこういうことには無知ですが――仮定として、食べ物に砒素が混入していた、としますね――その場合、クラッケンソープが死なずにすんだのは、非常に幸運だったんじゃありませんか？」

「まさに」医師は言った。「そこが妙なんですよ。だからこそ、われながらモリスの言うとおり、とんでもない馬鹿者だったと思えるわけです。だって明らかに、少量の砒素が定期的に投与されていたというんじゃない――それなら、砒素による毒殺のいわば古典的な方法です。だが、クラッケンソープは慢性的な消化不良に悩まされたことはない。ある意味では、だからこういう急病がおかしいと思われるんです。もしこれが自然な病因によるものでないとすれば、毒薬魔は毎回へまをやっていることになる――それでは筋が通らない」

「不充分な量を投与している、という意味ですか？」

「ええ。でも、クラッケンソープは体が頑健だから、ほかの人間なら充分な量でも、彼は死に至らないのかもしれない。かならず個人差を計算に入れなければなりませんからね。それにしても、今ごろは毒薬魔だって――よほど気の小さいやつならともかく――投与量をふやしそうなものでしょう。どうしてそうしないのか？」

「それは」彼は言い加えた。「もし毒薬魔なんてものがいればの話で、おそらくはいない！　たぶん最初から最後まで、わたしのいまいましい想像力の産物だったんですよ」

「おかしな問題ですね」警部は同意した。「どうも筋が通らない」

2

「クラドック警部!」

熱をこめたささやき声がして、警部はびくっと飛び上がった。

玄関ドアの呼び鈴をまさに鳴らそうとしていたところだった。アレグザンダーと友達のストッダート-ウェストが用心しい暗がりから現われ出てきた。

「警部の車の音が聞こえたんで、呼び止めようと思ったんです」

「じゃ、中に入ろう」クラドックの手はまた呼び鈴のそばまで伸びたが、アレグザンダーはじゃれつく犬のような熱心さで彼のコートを引っ張った。

「手がかりを見つけたんです」彼はささやいた。

「ええ、手がかりを見つけたんです」ストッダート-ウェストも同じ言葉を繰り返した。

「あの女、やってくれたな」クラドックはむっとして考えた。

「それはいい」彼はお義理で言った。「じゃ、中に入って見せてもらおうか」

「だめです」アレグザンダーは応じなかった。「かならず誰かに邪魔されます。馬具室に来てください。ご案内しますから」

不承不承、クラドックは少年たちの案内にまかせて家の角を曲がり、馬場まで行った。

ストッダート‐ウェストは重いドアを押しあけ、背伸びして、かなり頼りない電灯をつけた。馬具室は、ヴィクトリア時代にはぴかぴかの馬具がきれいに並んでいたのだろうが、今では誰もほしがらないがらくたの置き場になりさがっていた。壊れた庭椅子、錆《さ》びついた古い園芸用具、使いものにならなくなった巨大な芝刈り機、錆の出たスプリング・マットレス、ハンモック、破れたテニス用ネット。

「ぼくたち、よくここに来るんです」アレグザンダーは言った。「ここなら邪魔が入らないから」

二人がここを使っているというしるしがいくつか見受けられた。ぼろぼろのマットレスは積み重ねられて一種の寝椅子になり、古くて錆びついたテーブルの上にはチョコレート・ビスケットの大きな缶がのっている。リンゴ一山、トフィー一缶、それにジグソーパズルもあった。

「ほんとに手がかりなんですよ、警部」ストッダート‐ウェストは熱をこめて言い、眼鏡の奥の目を輝かせた。「今日の午後、見つけたんです」

「何日もさがしつづけたんです。繁みの中――」

「木のほらの中――」

「ごみ容器も調べたし――」

「あの中にはすごくおもしろいものがいろいろありましたよ――」

「それからボイラー室へ行ったんです――」

「ヒルマンじいさんはあそこにでかいブリキ缶を置いて、紙屑《かみくず》をためている――」

「ボイラーが消えちゃって、つけ直さなきゃならないときのためにね――」

「どんな紙でも散らかっていれば、じいさんは拾ってあそこにつっこむ――」

「そこで、ぼくたちは見つけた――」

「な、に、を見つけたって？」クラドックは二重唱に割り込んだ。

「手がかりですよ。気をつけろよ、ストッダーズ、手袋をはめるんだ」

もののしい態度で、ストッダート－ウェストは探偵小説の伝統にのっとり、かなりきたならしい手袋をはめると、ポケットからコダックの写真フォルダーを取り出した。その中に手袋をはめた指をさし入れ、汚れてしわくちゃの封筒をごく慎重に引き出すと、おごそかに警部に手渡した。

少年たちは二人とも、興奮して息を詰めていた。

クラドックはそれなりにしかつめらしく受け取った。彼は少年たちを気に入っていたから、探偵ごっこに加わってやるつもりだった。

手紙は郵送されたもので、中身はなく、破れた封筒だけだった――宛先はロンドン北十区、エルヴァーズ・クレズント一二六番地、ミセス・マルティーヌ・クラッケンソープ。

「ほらね？」アレグザンダーは息を切らせて言った。「彼女が確かにここに来たって証拠ですよ――エドマンド伯父さんのフランス人の奥さんがね――あの人のことで騒いでいるんでしょう。彼女はほんとにここまで来て、それからどこかへ消えたらしい。とすると――」

ストッダート-ウェストが割り込んだ。

「殺されたのは彼女だったみたいだ――だって、警部、石棺の中から見つかったのは彼女だったとしか考えられないんじゃありませんか？」

二人はどきどきして答えを待った。

クラドックは演技した。

「そうだな、それは充分ありうる」彼は言った。

「これ、重要な手がかりですよね？」

「指紋を調べるでしょう、警部？」

「もちろんだ」クラドックは言った。

ストッダート-ウェストは深いため息をついた。

「すっごく、ついてたよね」彼は言った。「しかも、ぼくらの最後の日にさ」

「最後の日？」

「ええ」アレグザンダーは言った。「ぼくは明日ストッダーズのうちへ行って、休暇の最後の数日を過ごすんです。ストッダーズの家はすごくかっこいいんだ――アン女王時代（一七〇二～一四年）の建物だったよな？」

「ウィリアムとメアリ（一六八九～一七〇二年。ウィリアム三世とメアリ二世の共同王位時代）だよ」ストッダート－ウェストは言った。

「でも、きみのおかあさんの話じゃ――」

「ママはフランス人だ。イギリスの建築のことはたいしてよく知らないんだ」

「でも、きみのおとうさんは、あれが建てられたのは――」

クラドックは封筒を調べていた。

利口なまねをしたな、ルーシー・アイルズバロウ。どうやって消印を偽造したんだろう？　じっと見たが、光が弱すぎた。もちろん少年たちにとってはうれしい大発見だが、彼にはやりにくい。ルーシーめ、そういう角度には考えが及ばなかったのだ。もしこれが本物なら、行動を取る必要が生じるが……

横では、建築の歴史について学問的議論がたたかわされていたが、彼の耳には入らなかった。

「おいで、二人とも」彼は言った。「家に戻ろう。きみたちはとても役に立ってくれたよ」

第十八章

1

クラドックは少年たちに導かれ、裏口から家に入った。これがかれらの通常の入り方らしかった。台所は明るく、楽しげな雰囲気だった。ルーシーは大きな白いエプロンをかけ、パイ生地をのしていた。食器戸棚にもたれて、犬のように目を離さずに見守っているのはブライアン・イーストリーだった。彼は片手で金色の大きな口ひげをいじっていた。

「やあ、パパ」アレグザンダーは明るく言った。「また来たの？」

「ここが好きなんだ」ブライアンは言い、それからつけ加えた。「ミス・アイルズバロウは気にしないでいてくれるしね」

「ええ、べつにかまいません」ルーシーは言った。「こんばんは、クラドック警部」

「台所に探偵しにいらしたんですか？」ブライアンは興味を示して言った。

「いや、そういうわけじゃない。ミスター・セドリック・クラッケンソープはまだこちらにおいでですね？」

「ええ、セドリックならいますよ。お会いになりたいんですか？」

「ちょっと話がしたい――ええ、お願いします」

「家にいるかどうか、見てきます」ブライアンは言った。「近所のパブに出かけたかもしれない」

彼は食器戸棚から背中を離した。

「どうもすみません」ルーシーは彼に言った。「手がこう粉だらけでなかったら、わたしが行くんですけど」

「何を作ってるの？」ストッダート－ウェストが心配そうに訊いた。

「ピーチ・フランよ」

「いいぞ《グッドウ》」ストッダート－ウェストは言った。

「もうすぐ夕ごはん？」アレグザンダーは訊いた。

「まだよ」

「ええっ！　おなかぺこぺこ」

「食料貯蔵室にジンジャー・ケーキの残りがあるわ」

少年たちは同時に駆け込み、ドアのところで衝突した。

「まるでイナゴね」ルーシーは言った。

「あなたには、よくやった、と言わせてもらいますよ」クラドックは言った。

「何をやりましたかしら?」

「たいした工夫だ——これはね!」

「これって、なんですか!」

クラドックは手紙の入ったフォルダーを見せた。

「じつによくできている」彼は言った。

「いったい、なんのお話?」

「これですよ、お嬢さん——これ」彼は手紙を半分引き出した。

彼女はぽかんとした顔で警部を見つめた。

クラドックはふいにめまいを感じた。

「あなたがこの手がかりをこしらえて——少年たちが見つけるようにと、ボイラー室に置いておいたんじゃないんですか? さあ——正直に教えてください」

「なんのお話か、さっぱりですけど」ルーシーは言った。「えっ、それじゃ——?」

クラドックはフォルダーをすばやくポケットにすべりこませた。ブライアンが戻ってきたのだ。

「セドリックは図書室にいます」彼は言った。「どうぞ、いらしてください」

彼は食器戸棚の前の位置に戻った。クラドック警部は図書室へ行った。

2

セドリック・クラッケンソープは警部が来たのでうれしそうだった。

「またこの家で探偵ですか？」彼は訊いた。「進展はありましたか？」

「やや先へ進んだ、と言えると思いますよ、ミスター・クラッケンソープ」

「死人が誰だかわかったんですか？」

「身元は確定してはいませんが、ほぼ見当はつきました」

「たいしたものだ」

「最新の情報に基づいて、わたしどもとしてはいくつか供述を取りたい。まずはあなたからです、ミスター・クラッケンソープ、今ここにいらっしゃるのでね」

「それも長くはありませんよ。あと一日か二日でイビサへ帰ります」

「では、なんとか間に合ったわけだ」

「どうぞ、なんなりと訊いてください」

「詳しく述べていただきたいのです、十二月二十日金曜日にあなたがどこにいて、何をしていたか、正確にね」

セドリックは相手にすばやい一瞥を投げた。それから椅子の背にゆったりもたれ、あくびをして、いかにものんきな雰囲気を漂わせながら、思い出そうと集中している様子をつくった。

「ええと、すでに申し上げたように、ぼくはイビサにいました。どの日を取ってもたいして違いがないから困るな。午前中は絵を描いて、午後三時から五時まで昼寝《シエスタ》。光の具合がよければ、ちょっと写生。それからアペリティフ、相手は市長だったり、医者だったり、ピアッツァ・ホテルのカフェでね。そのあとはなにかありあわせの食事。夜はたいていスコッティのバーで、もうちょっと下層の友達と過ごします。これでいいですか？」

「真実を教えていただきたいですね、ミスター・クラッケンソープ」

セドリックは背を伸ばしてすわりなおした。

「ずいぶん失礼ないいぐさですね、警部」

「そう思われますか？　ミスター・クラッケンソープ、あなたは十二月二十一日にイビサを発って、同じ日にイギリスに着いたとおっしゃっていましたね？」

「ええ、そうですよ。エマ！　おい、エマ？」

エマ・クラッケンソープが隣の小さな居間に続くドアを抜けて入ってきた。彼女は物問いたげな表情でセドリックから警部に視線を移した。

「なあ、エマ。ぼくはクリスマスにここに来たとき、クリスマス前の土曜日に着いたんだったよな？　空港からまっすぐ来ただろう？」

「ええ」エマはふしぎそうに言った。「おひるごろ、ここに着いたわ」

「ほらね」セドリックは警部に言った。

「わたしどもをよほどばかだと思っておいでのようですね、ミスター・クラッケンソープ」クラドックは愛想よく言った。「こういうことは調べがつくんですよ。パスポートを見せてくだされば――」

彼は期待をこめて言葉を切った。

「いまいましいことに、見つからないんだ」セドリックは言った。「今朝さがしていたんですよ。クック旅行社に送ろうと思って」

「見つかると思いますよ、ミスター・クラッケンソープ。だが、べつに必要はありません。記録によれば、あなたは実際には十二月十九日の夕刻に入国した。では、そのときから、ここに来られた十二月二十一日のひるどきまでのあいだの行動を説明していただきましょうか」

セドリックは見るからにぷりぷりしていた。

「これだから、いまどきの生活はやりにくい」彼は怒って言った。「面倒な手続き、書面に記入。官僚主義国家のなせるわざだ。行きたいところに行って、したいことをするなんて、もうできなくなった！　かならず誰かが質問にくる。とにかく、二十日がどうしたっていうんです？　二十日のどこがそんなに特別なんです？」

「わたしどもとしては、その日に殺人があったと信じているものですからね。もちろん、答えを拒否することはできますが――」

「答えを拒否するなんて、誰が言いました？　時間をくださいよ。だいたい、検死審問では殺人のあった日は漠然としていたじゃありませんか。その後、何が出てきたんですか？」

クラドックは答えなかった。

セドリックはエマを横目で見てから言った。

「むこうの部屋へ行きましょうか？」

エマは急いで言った。「わたし、失礼しますわ」ドアのところで立ち止まり、振り返った。

「深刻なことよ、セドリック。もし殺人のあったのが二十日なら、その日に何をしていたのか、クラドック警部にきちんとお教えしなきゃだめよ」

彼女は隣の部屋へ行き、ドアを閉めた。

「まじめなんだからな、エマのやつ」セドリックは言った。「じゃ、いいですか。ええ、ぼくは確かにイビサを十九日に発ちました。パリに寄って、左岸に住む古い友達を引っ張り出して二日ばかり過ごそうという計画だった。ところが、飛行機の中にすごく魅力的な女性がいて……たいした美人だった。飾らずに言うと、彼女とぼくは親密になった。彼女はアメリカへ向かう途中で、なにか用事をかたづけるのでロンドンに二泊しなきゃならなかった。ぼくたちは十九日にロンドンに着いた。泊まったのはキングズウェイ・パレス・ホテルですよ、おたくのスパイたちがまだ調べ出していないんならね！　ジョン・ブラウンという名前を使った——こういう機会に本名を使うわけにはいかないから」

「で、二十日は？」

セドリックは渋い顔になった。

「午前中はひどい二日酔いでぐったりしていた」

「では午後ですが。三時以降は？」

「ええと。ぶらぶらして過ごしたな。国立絵画館に行った――それはまともだ。映画を観た。『峠のロウェンナ』。昔から西部劇が大好きでしてね。いい映画だったな……それからバーで一、二杯飲んで、部屋に戻って寝て、十時ごろガールフレンドと外に出た。いろんなはやりの店をまわりましたよ――名前はほとんどおぼえていないな――〈跳ね蛙〉というのがあったと思います。彼女はどれもよく知っていた。すっかり酔っ払って、正直なところ、それから翌朝目を覚ますまでのことは記憶にない――起きたら、またまたひどい二日酔いでね。ガールフレンドは出ていってアメリカ行きの飛行機をつかまえ、ぼくは頭に水を浴びせて、薬屋へ行って二日酔いの薬をもらった。それからここへ向けて出発し、ヒースロウに着いたばかりだというふりをした。エマを心配させることはないと思ったもんでね。女ってのはそういうもんでしょう――まっすぐ家に帰ってこないと、かならず傷つく。ぼくはタクシー代を払うのに、彼女から金を借りなきゃならなかった。すっからかんでね。親父に頼んでもしょうがない。金なんか絶対に出さないんだから。けちんぼの意地悪じじいめ。さて、警部、これで満足がいきましたか？」

「お話の内容で、裏づけが取れるものはありますか、ミスター・クラッケンソープ？たとえば、午後三時から七時のあいだで？」

「まず無理でしょうね」セドリックは明るく言った。「国立絵画館では、案内係がどんよりした目で客を見るだけ、それに映画館は混んでいた。ええ、無理ですね」

エマがまた入ってきた。彼女は小さなダイアリーを手にしていた。

「十二月二十日にみんなが何をしていたか、それをお知りになりたいんですね、クラドック警部？」

「ええ――まあ――はい、ミス・クラッケンソープ」

「ダイアリーを見てみましたの。二十日には、わたしは教会修復基金の会合があって、ブラックハンプトンへまいりました。それが一時十五分前ごろ終わって、そのあと、やはり委員をつとめているレイディ・アディントンとミス・バートレットといっしょに、カディーナ・カフェでお昼を食べました。昼食後は買い物、クリスマス用の食料品や、プレゼントを買いました。行った店は、グリーンフォーズ、ライアル・アンド・スウィフツ、ブーツ、そのほかにもたぶん何軒か。五時十五分前ごろにシャムロックのティールームでお茶にして、それからブライアンが汽車で来るので駅まで迎えにいきました。家に帰ったのは六時ごろで、父がとても機嫌を悪くしていました。父のために昼食の用意はしていったのですが、午後仕事に来て父にお茶を出してくれるはずだったミセス・ハートが現われなかったんです。父はすっかり腹を立てて自室にとじこもり、わたしを入れてくれないばかりか、口もきいてくれませんでした。わたしが午後外出するのがいやなんです。でも、わたしとしてはときどき出ることに決めていますの」

「それはたぶん賢明ですよ。ありがとうございました、ミス・クラッケンソープ」

あなたは女で、身長は五フィート七インチだから、あの日の午後の行動はさして重要ではない、とはとても言えなかった。そのかわり、こう言った。

「ほかの二人のおにいさまは、もっとあとでみえたんですね？」

「アルフレッドは土曜日の晩遅くにまいりました。あの午後、電話で連絡しようとしたと言いますが、わたしは出かけていましたでしょう――父は機嫌が悪いと絶対に電話に出ませんの。兄のハロルドはクリスマス・イヴまでまいりませんでした」

「ありがとうございます、ミス・クラッケンソープ」

「こんなことをうかがっちゃいけないんでしょうけれど」――ためらいがちに――「新たにどんなことが出てきて、こういう質問をなさっていますの？」

クラドックはポケットからフォルダーを出した。指先を入れ、封筒を抜き出した。

「どうぞさわらないでください。これに見覚えがありますか？」

「あら……」エマは戸惑って彼を見つめた。「それはわたしの筆跡です。わたしがマルティーヌに書いた手紙ですわ」

「そうではないかと思いました」

「でも、どうやって手に入りましたの？　彼女が――警察では彼女を見つけたんですか？」

「彼女を見つけた――どうやらそう言えそうです。この空の封筒はここ、ここで発見されました」

「家の中で？」

「敷地内で」

「じゃ――ほんとうにここに来ていたんですね！　あの人……あら――マルティーヌだったんですか――石棺の女性は？」

「その可能性が高そうです、ミス・クラッケンソープ」クラドックは穏やかに言った。

彼がロンドンに戻ると、その可能性はさらに高まったようだった。アルマン・デッサンから連絡が届いていた。

女友達の一人がアナ・ストラヴィンスカから葉書を受け取った。どうやら船旅の話は本当だったらしい！　彼女はジャマイカに到着し、英語の言い回しを使えば、すばらしいとき《ワンダフル・タイム》を過ごしている！

クラドックはその紙をくしゃくしゃに丸めて、屑籠に放り込んだ。

3

「ほんと」アレグザンダーは言った。ベッドの上で半身を起こし、考えにふけりながら、チョコレート・バーを食べているのだった。「今日は最高だったな。実際に本物の手がかりを見つけるなんてさ！」

すっかり感動したような声だった。

「今度の休暇はぜんぶよかった」彼はうれしげにつけ加えた。「もう二度とこんなことは起きないだろうな」

「わたしには二度と起きてほしくないわね」ルーシーは言った。床に膝をついて、アレグザンダーの衣類をスーツケースに詰めているところだった。「この宇宙小説、ぜんぶ持っていくつもり？」

「いちばん上の二冊はいらない。もう読んじゃったから。サッカーボールとサッカー用の靴、それにゴム長は別にしてね」

「男の子って、たいへんな荷物を持って旅行するのね」

「かまわないんだ。ロールス・ロイスが迎えにくるから。あそこのうちには、かっこいいロールス・ロイスがあるんだよ。メルセデス・ベンツの新車もね」

「お金持ちなのね」

「お金がうなってる！　いいよねえ。でも、ぼくはここを離れたくないな。また死体が出てくるかもしれないもの」

「そんなのいやだわ」

「でも、本ではよくそうなるよ。ほら、なにかを見たとか聞いたとかいう人も殺されるんだ。次はきみかもしれないよ」彼は二本目のチョコレート・バーの包みをむきながら言った。

「おそれいります！」

「ぼくはきみが死体になるといいなんて思っちゃいないよ」アレグザンダーは彼女を安

心させた。「ぼくはきみのこと大好きだし、ストッダーズもそう思ってる。ぼくたち二人とも、きみは超料理上手だと思うんだ。なんでもすごくうまい。それに、きみはものわかりがいい」

この最後の一言は、明らかに高い評価をあらわすものだった。ルーシーはそう受け取って言った。「ありがとう。でも、わたしはあなたを喜ばせるために殺されるつもりはありませんからね」

「うん、じゃあ、気をつけたほうがいいよ」アレグザンダーは言った。

彼はまた黙ってもぐもぐ食べていたが、それから無造作な調子で言った。

「パパがときどきここに来たら、面倒をみてくれるね？」

「ええ、もちろんよ」ルーシーはやや驚いて言った。

「パパの問題はね」アレグザンダーは教えた。「ロンドンの生活が性に合わないんだ。なんかさ、ふさわしくないタイプの女の人とばっかりつきあって」彼は心配そうに首を振った。

「ぼくはパパのことが好きだよ」彼はつけ加えた。「でも、パパには世話をしてくれる人が必要なんだ。ふらふらして、ふさわしくない人たちと仲よくなるからね。ママがあして早く死んじゃったのが残念なんだよな。ブライアンにはまともな家庭が必要なんだ」

彼はまじめな顔でルーシーを見てから、次のチョコレート・バーに手を伸ばした。

「四本なんて、だめよ、アレグザンダー」ルーシーは言った。「気持ち悪くなるから」

「いや、そうは思わないな。一度、六本続けざまに食べたことがあるけど、気持ち悪くはならなかった。むかつきやすい体質じゃないんだ」彼は言葉を切り、それから言った。

「ブライアンはきみのことを気に入ってるよ」

「それはうれしいわ」

「パパはばかなところもちょっとはあるけどさ」ブライアンの息子は言った。「昔は立派な戦闘機パイロットだったんだよ。すごく勇気がある。それに、すごく人がいい」

彼は黙った。それから、目を天井に向け、やや自意識過剰気味に言った。

「思うんだけどさ、ほんと、また結婚してくれればいいのにな……誰かちゃんとした人……ぼくは継母ができたって、ちっともかまわない……その、もしちゃんとした人だったらね……」

アレグザンダーの会話にははっきりした目的があると気づいて、ルーシーはどきっとした。

「継母とうまくいかないとかいうのは」アレグザンダーはまだ天井を見たまま、続けた。

「時代遅れな話さ。ストッダーズとぼくが知ってる中で、継母がいる子はたくさんいる――離婚やなんかでね――みんな、仲よくやってるよ。そりゃ、継母にもよるけどさ。もちろん、外出の日とか、運動会のときなんか、ちょっとややこしいよ。だって、親が二組いるんじゃね。だけど、うまく利用しちゃえばいいんだ！」彼は現代生活の問題に直面して、ふと黙った。「自分の家があって、自分の両親がいるのがいちばんさ――でも、おかあさんが死んじゃってたら――ね、ぼくの言うこと、わかるでしょ？　相手がちゃんとした人ならな」アレグザンダーがその表現を使ったのは三度目だった。

ルーシーは心を動かされた。

「あなたこそものわかりがいいと思うわ、アレグザンダー」彼女は言った。「わたしたち、おとうさまにすてきな奥さんを見つけてあげなくちゃね」

「うん」アレグザンダーはどっちつかずの答えを返した。

それから、無造作につけ加えた。

「言うだけ言っとこうと思ったんだ。ブライアンはきみのことをとても好きだよ。そう言ってた……」

「ほんとに」ルーシーは考えた。「縁結びをしたがる人がいっぱいいで困るわ。最初はミス・マープル、今度はアレグザンダー！」

なぜか、豚小屋が頭に浮かんだ。

彼女は立ち上がった。

「じゃあね、アレグザンダー。あとは明日の朝、洗面用具とパジャマを入れるだけよ。おやすみなさい」

「おやすみ」アレグザンダーは言った。ベッドにもぐりこみ、枕に頭をつけて目をつぶると、眠る天使を絵に描いたようだった。そしてすぐに眠りに落ちた。

第十九章

1

「決定的、というやつじゃないですね」ウェザロル部長刑事はいつものように陰気に言った。

クラドックはハロルド・クラッケンソープの十二月二十日のアリバイに関する報告書を読んでいた。

彼は三時半ころサザビーズで姿を見られていたが、その直後に退出したものと考えられる。ラッセルズ喫茶店で彼の写真を見せたが、それと認めた店員はいなかった。もっとも、ティータイムには店が混むし、彼は常連客ではないから、これは驚くにあたらない。自宅の召使は、彼が七時十五分前ごろカーディガン・ガーデンズに戻り、晩餐会のために着替えをしたと証言した——会は七時半からなので、これではぎりぎりだ。それでミスター・クラッケンソープはやや苛立っていた。夜、主人が帰宅した物音を聞いたおぼえはないが、しばらく前のことなので、正確な記憶はないし、どちらにせよ、ミスター・クラッケンソープが家に入ってくる音を耳にしないのはめずらしくない。召使と妻は事情がゆるすかぎり、早く床に入る習慣だ。ハロルドが車を置いているうまや《ミューズ》の私設ガレージは独立して鍵のかかるもので、彼はそれを賃借している。出入りは目につかず、ある晩がことのほか人の記憶に残る理由もなかった。

「すべてだめか」クラドックはため息まじりに言った。

「彼がケイタラーズの晩餐会に出席していたのは確かですが、早めに、スピーチが終わらないうちに席を立ったそうです」

「鉄道の駅はどうだった？」

ブラックハンプトンからもパディントンからも、なにも出てこなかった。もう四週間近く前だから、なにかが記憶されている可能性はまずなかった。

クラドックはため息をつき、セドリックの情報に手を伸ばした。これも否定的だった。ただし、その日の午後、パディントンまで客を乗せたというタクシー運転手が、怪しげながら彼の顔を認めた。「その男とまあ似ていたな。きたないズボンに髪はぼさぼさでさ。なんだかんだ、ひとしきり悪態をついてたよ、このまえイギリスに来たときより運賃が上がってるとかってね」運転手がこの日をおぼえていたのは、二時半の競馬でクローラーという名前の馬が勝ち、彼はかなりの金を賭けていたからだった。この客を駅で降ろした直後、彼は車のラジオで結果を聞き、そのまま家に帰って祝杯を上げたのだった。

「競馬があったのがありがたい！」クラドックは言い、報告書をわきへ置いた。

「こっちがアルフレッドです」ウェザロル部長刑事は言った。

その声にあるニュアンスがこめられていたので、クラドックははっと目を上げた。ウェザロルはおいしい部分を最後までとっておいたという、うれしそうな表情を見せていた。

だいたいにおいて、調べは満足のいかないまま終わった。アルフレッドはフラットに一人暮らしで、決まった時間に出入りしない。隣人たちは詮索《せんさく》好きではなく、どのみち、みんな昼じゅう外に出ている会社員だった。だが、報告書の終わりに近づくと、ウェザロルの太い指が最終段落をさし示した。

トラックから物が盗まれるという事件を担当していたリーキー部長刑事は、数人のトラック運転手を監視して、ウォディントンからブラックハンプトンに続く街道沿いのトラック休憩所〈レンガの積み荷〉にいた。彼は隣のテーブルにディッキー・ロジャーズの一味のチック・エヴァンズがいるのに気づいた。彼といっしょに、アルフレッド・クラッケンソープがすわっていた。ディッキー・ロジャーズの裁判で証言したのを見ていたから、部長刑事はこの男を顔だけ知っていた。つるんで何をたくらんでいるのだろうと思った。時間、十二月二十日金曜日、午後九時三十分。アルフレッド・クラッケンソープはその数分後にブラックハンプトン方面へ向かうバスに乗った。ブラックハンプトン駅の改札係ウィリアム・ベイカーは、ミス・クラッケンソープの兄の一人だと顔を知っている紳士の切符に鋏を入れた。パディントン行き十一時五十五分の汽車が出発する間際だった。日をおぼえているのは、どこかの頭のおかしい老女がその日の午後に汽車の中で人殺しを目撃したと騒いだ、という話を聞いていたからだ。

「アルフレッド？」クラドックは報告書を置いて言った。「アルフレッド？　どうかな」

「時間はぴったりですよ」ウェザロルは指摘した。

クラドックはうなずいた。そうだ、アルフレッドは四時三十三分の汽車でブラックハンプトンへ行き、その途上で殺人をおかすことができた。それからバスで〈レンガの積み荷〉へ。そこを九時半に出れば、ラザフォード・ホールへ行って、死体を土手から石棺に移し、ブラックハンプトンへ戻って、ロンドン行き十一時五十五分の汽車をつかまえる余裕は充分あった。ディッキー・ロジャーズの一味の一人が死体の移動に手を貸したとさえ考えうるが、クラドックはそれはなさそうだと思った。あいつらは悪い連中だが、殺人者ではない。

「アルフレッドか?」彼は思いをめぐらしながら、繰り返した。

2

ラザフォード・ホールではクラッケンソープ一家が集まっていた。ハロルドとアルフレッドがロンドンからやって来たのだが、まもなくみんなの声が高くなり、感情が熱してきた。

自分なりの判断でルーシーはカクテルをつくり、氷といっしょに水差しに入れて、図書室へ運んだ。声はホールでもはっきり聞こえ、厳しい批判がエマに向けられていることがわかった。

「すべておまえの責任だぞ、エマ」ハロルドの低音が怒りを含んで響き渡った。「どうしてそう目先の利かないばかなことをしたのか、理解に苦しむね。おまえがあの手紙をスコットランド・ヤードになんか持っていかなければ――そもそもこんなことには――」

アルフレッドの甲高い声が言った。「分別ってもんがない！」

「エマをいじめるのはよせ」セドリックは言った。「してしまったことはしかたない。もし警察があの女を失踪したマルティーヌだと確認して、ぼくらが彼女から連絡を受けたことをみんなで黙っていたとわかったら、よっぽど怪しまれる」

「おまえはいいさ、セドリック」ハロルドは怒って言った。「警察は二十日のことを訊いてまわっているようだが、その日には国内にいなかったんだから。だが、アルフレッドとぼくはまずい立場だ。運よく、ぼくはあの午後にどこで何をしていたか、思い出せたがね」

「そうだろうよ」アルフレッドは言った。「おまえが殺人を手配するなら、ハロルド、アリバイだって周到に用意するに決まってる」

「おまえはそれほど運がよくなかったみたいだな」ハロルドは冷ややかに言った。

「考えようによるね」アルフレッドは言った。「警察に鉄壁のアリバイを提供するくらいばかなことはない、もしそれが実は鉄壁でないんならね。むこうはそんなもの、わけなく崩してみせるさ」

「ぼくがあの女を殺したとほのめかしているつもりなら――」

「もう、やめてちょうだい、みんな」エマが叫んだ。「誰もあの人を殺してなんかいません」

「それに、教えておくがね、ぼくは二十日にイギリスの外にいたわけじゃない」セドリックは言った。「しかも警察はそれを知っている！　だから、ぼくらみんなが疑われているのさ」

「エマがあんなことをしなければ――」

「ああ、それを蒸し返すのはよしてちょうだい、ハロルド」エマは叫んだ。

ドクター・クインパーが書斎から出てきた。クラッケンソープ老人を診ていたのだった。彼はルーシーの手の水差しに視線を落とした。

「それはなに？　お祝い？」

「むしろ、騒ぎを鎮める潤滑油ですね。すごい勢いでやりあっていますわ、あそこで」

「非難の応酬？」

「おもにエマがいじめられているんです」

ドクター・クインパーの眉毛がつり上がった。

「そうなんですか？」彼はルーシーの手から水差しを取り、図書室のドアをあけて中に入った。

「こんばんは」

「ああ、ドクター・クインパー、ちょっとお話ししたいと思っていたんだ」ハロルドの声だった。いらついた大声になっていた。「私的な、家族内の問題に口をさしはさみ、妹にスコットランド・ヤードへ行くようにすすめるとは、どういうつもりだったのか、教えていただきたいですね」

ドクター・クインパーは冷静に言った。

「ミス・クラッケンソープが助言を求めてきたんです。わたしは助言を与えた。わたしの意見では、彼女はまったく正しいことをしたと思いますね」

「つまり――」

「むすめ《ガール》！」

クラッケンソープ老人のいつもの呼び方だった。彼はルーシーの背後にある書斎のドアから顔をのぞかせていた。

ルーシーはいやいやながら振り向いた。

「はい、ミスター・クラッケンソープ？」

「今夜の夕飯はなんだ？　わたしはカレーが食いたい。あんたはうまいカレーを作る。

もうずいぶんカレーを食っていない」

「男の子たちがカレーをあまり好きじゃないので」

「男の子——男の子。あいつらがどうした？　大事なのはこのわたしだ。それにどのみち、子供たちはいなくなった——やれやれだ。わたしは辛いカレーが食いたい、いいかね？」

「かしこまりました、ミスター・クラッケンソープ、そういたします」

「そうこなくちゃな。あんたはいい子だ、ルーシー。わたしの面倒をみてくれれば、わたしもあんたの面倒をみてやるぞ」

ルーシーは台所へ戻った。予定していたチキンのフリカッセをやめて、カレーの下ごしらえを始めた。玄関ドアがばたんと閉まる音が聞こえ、窓の外に目をやると、ドクター・クインパーがぷりぷりと大股で家から車まで歩いていき、運転して去っていくのが見えた。

ルーシーはため息をついた。男の子たちが恋しかった。ある意味ではブライアンがいないのも寂しかった。

ま、しょうがないわね。彼女はすわってマッシュルームをむきはじめた。

ともかく、一家全員にすごくおいしいものを食べさせよう。

3

ドクター・クインパーが車をガレージに入れて扉を閉め、ぐったりした様子で家に入り、玄関ドアを閉めたのは午前三時だった。ミセス・ジョッシュ・シンプキンズは健康な双子を産み、現在八人の家族をさらにふやした。ミスター・シンプキンズはこれをちっとも喜ばなかった。「双子か」彼は暗い声で言った。「なんになるっていうんです？　これが四つ子ならまだしもだ。いろんなお祝いがくるし、記者が取材に来て、新聞に写真が載って、しかも女王陛下から祝電が届くって話だ。だけど双子じゃ、食べさせる口が二つ、そのほかに何があります？　おれの家族にも、女房の家族にも、今まで双子なんていなかった。不公平だったらないね」

ドクター・クインパーは二階へ上がり、寝室に入ると、服を脱ぎちらかした。時計を見た。三時五分。あの双子をこの世界に出してやるのは思いのほかむずかしかったが、すべてうまくいった。彼はあくびをした。疲れた――くたくただ。ありがたいと思いながらベッドを見た。

そこで電話が鳴った。

ドクター・クインパーは悪態をつき、受話器を取った。

「ドクター・クインパーですか？」

「そうです」

「ラザフォード・ホールのルーシー・アイルズバロウです。すぐおいでいただいたほうがいいと思います。みんなが病気のようなんです」

「病気？　どういう症状ですか？」

ルーシーは詳しく話した。

「すぐ行きます。それまでのあいだ……」彼は簡潔に指示を与えた。

それから服を着なおし、救急かばんにいくつかのものを加えて、車へと急いだ。

4

三時間ほどして、くたびれきった医師とルーシーは台所のテーブルを前にすわり、大きなカップでブラック・コーヒーを飲んでいた。

「はあ」ドクター・クインパーはカップを干し、がちゃんと音を立ててソーサーに置いた。「これで一息ついた。それじゃ、ミス・アイルズバロウ、当面の問題に入りましょう」

ルーシーは彼を見た。疲労じわがはっきり顔に出て、四十四歳という年齢より老けて見えた。黒っぽい髪はこめかみのあたりに白髪が混じり、目の下にくまができていた。

「わたしに判断できるかぎりでは」医師は言った。「みんな、もう大丈夫でしょう。しかし、どうしてこんなことになったんです？　そこを知りたい。夕食の支度をしたのは誰ですか？」

「わたしです」ルーシーは言った。

「で、献立は？　詳しく」

「マッシュルーム・スープ。チキン・カレーとライス。シラバブ（クリームとワインを混ぜた冷たいデザート）。チキン・レバーとベーコンのおつまみ」

「カナペ・ディアンヌ」意外にもドクター・クインパーは言った。

ルーシーはかすかに微笑した。

「ええ、カナペ・ディアンヌです」

「わかった——じゃ、一つずつ確認しよう。マッシュルーム・スープ——缶詰だろうね？」

「とんでもない。わたしが作りました」

「あなたが作った。材料は？」

「マッシュルーム半ポンド、チキン・ストック、牛乳、バターと小麦粉で作ったルー、それにレモン汁」

「ああ。それなら、〝マッシュルームのせいだ〟というのがふつうだが」

「マッシュルームのせいではありませんね。わたしもそのスープをいただきましたけれど、なんともありませんもの」

「ええ、あなたはなんともない。それは忘れていませんよ」

ルーシーは頬を紅潮させた。

「どういう意味で——」

「どういう意味もなにもない。あなたは非常に頭のいい女性だ。今ごろは自分も二階で呻《うめ》いているところでしょうよ、もしそういう意味だったんならね。とにかく、あなたのことはすっかり知っている。調べさせてもらったのでね」

「いったいどうしてそんなことを？」

ドクター・クインパーは厳しい表情で口を結んだ。

「この家に来て落ち着く人たちについて、調べ上げるのはわたしの責任だと思っているんだ。あなたはちゃんとした若い女性で、こういう仕事で生活している。それに、クラッケンソープ一家とは、ここに来る前に接触はなかったらしい。だから、あなたはセドリックかハロルドかアルフレッドのガールフレンドではない――ゆえに、かれらの悪事に手を貸しているのではない」

「本気でお考えなんですか――？」

「わたしが考えることはいろいろある」クインパーは言った。「でも、慎重にならないとね。それが医者という職業のいちばん困るところだ。じゃ、次にいこう。チキン・カレー。あなたはこれも食べましたか？」

「いいえ。カレーを作ると、においでおなかがいっぱいになってしまって。もちろん、味見はしました。わたしはスープとシラバブをいただいただけです」

「シラバブはどんなふうに出しました？」

「では、一人ぶんずつグラスによそって」

「食事の後、どこまでかたづけました？」

「洗い物、ということなら、すべて洗ってかたづけました」

ドクター・クインパーは唸った。

「がんばりすぎだ」

「ええ、わかります、こういうことになったあとではね。でも、やってしまったんですから、しかたないですわ」

「まだ残っているものはありますか？」

「カレーがすこし残っています――食料貯蔵室のボウルの中に。今夜、マリガトーニ・スープ（カレー風味のスープ）を作るときのベースにするつもりだったんです。マッシュルーム・スープもいくらか残っていますわ。シラバブとおつまみはもうありません」

「カレーとスープはもらっていこう。チャツネはどうかな？　チャツネを添えたかね？」

「ええ。あそこの陶器の壺に入っています」

「それもすこしもらっていこう」

彼は立ち上がった。「二階へ行って、もう一度みんなの様子を見てきます。そのあとは、朝まであなた一人でなんとかやってもらえるかな？　全員に目を配っていられる？　八時までには、すっかり指示を与えたうえで、看護婦をよこそう」

「はっきりおっしゃっていただけませんか？　食中毒だと思われますの――それとも――

ば――その――毒を盛られた？」

「もう言ったでしょう。医者は考えただけでどうこう言えない――確実なものがないとね。この食べ物の標本からこれという結果が出れば、次の段階に進める。さもなければ――」

「さもなければ？」ルーシーはおうむ返しに言った。

ドクター・クインパーは彼女の肩に手を置いた。

「とくに二人の面倒をよくみてください」彼は言った。「エマのことをよろしく。エマにもしものことがあっては……」

その声には隠しようのない感情がこもっていた。「彼女の人生はまだ始まってもいない」彼は言った。「わかるでしょう、エマ・クラッケンソープのような人は地の塩だ……エマ――ええ、エマはわたしにとって大切な人だ。今まで彼女に打ち明けたことはなかったが、これからそうしよう。どうか、エマをよろしく」

「おまかせください」ルーシーは言った。

「それに、ご老人も頼む。好きな患者とはいえないが、わたしの患者です。この世から追い立てられて出ていかれるのは困る。どら息子の一人が――いや、三人そろって、かもしれないが――財産に手をつけるためにあの人を消そうとした結果でね」

彼はふいに妙な目つきで彼女を見た。

「やあ」彼は言った。「つい言いすぎてしまったな。だが、しっかり目をひらいていてくださいよ。それに、口はつぐんでいること」

5

ベーコン警部は動揺した様子だった。

「砒素《ひそ》?」彼は言った。「砒素ですって?」

「ええ。カレーの中に混入していました。カレーの残りはここにあります――警察で調べてみてください。わたしは少量を取って、ごくおおざっぱな試験をしただけですが、それでも結果は明らかだった」

「じゃ、毒薬魔がいるってことですか?」

「そのようですね」ドクター・クインパーは無感情に言った。

「それで、全員がやられた、というんですね――あのミス・アイルズバロウを除いて」

「ミス・アイルズバロウを除いてね」

「すると彼女が怪しく思える……」

「あの人にどういう動機がありえます？」

「頭がおかしいのかもしれない」ベーコンは言った。「見たところはふつうだ、それはよくある。でも、実はまるで狂っている」

「ミス・アイルズバロウは狂ってなんかいませんよ。医者として申しますがね、ミス・アイルズバロウはあなたやわたしと同様に正気です。もしミス・アイルズバロウがカレーに砒素を混ぜて家族に食べさせたのなら、理由があるはずだ。それに、非常に知的な若い女性なんだから、自分ひとりがなんともない、ということにならないよう、気をつけるでしょう。彼女なら、というか、知性のある毒薬魔なら誰だって、毒を入れたカレーをすこし食べて、症状を大げさに見せるでしょう」

「そうすれば、あなたにはわからない？」

「彼女がほかの人たちよりすこししか食べなかったかどうか？　たぶん、わかりませんね。そもそも、みんなが毒に対して同じ反応を示すわけではない――同じ量でも、ほかの人より具合が悪くなる人もいます。もちろん」ドクター・クインパーは明るくつけ加えた。「患者が死んでしまえば、どのくらいの量を摂取したのか、かなり正確に見積もれますがね」

「そうすると……」ベーコン警部は考えをまとめた。「今、家族の中に、必要以上に具合の悪いふりをしているやつが一人いるのかもしれない――疑いをそらすために、いわば、みんなといっしょになって騒いでいる？　それでどうです？」

「それはわたしも考えました。だからご報告に来たんです。これで、問題はあなたの手に移った。患者たちには信頼できる看護婦をつけてありますが、彼女とて全員を一度に見ていられるわけじゃない。わたしの意見としては、致死量を摂取した人はいませんね」

「間違ったんでしょうかね、毒薬魔が？」

「いいえ。むしろ、食中毒の症状が出る程度の量をカレーに混ぜておくつもりだったんでしょう――そうすれば、たぶんマッシュルームが悪いということになる。みんなキノコは中毒するものだと思い込んでいますからね。すると、おそらく一人の病状がふいに悪化して、彼は死ぬ」

「もう一度毒を盛られて？」

医師はうなずいた。

「それで、わたしはすぐさまあなたにご報告したし、特別な看護婦をつけたんです」

「彼女は砒素について知識がある？」

「もちろんです。彼女も、ミス・アイルズバロウも知っています。あなたのお仕事にとやかく口を出す気はないが、わたしならすぐにあそこへ行って、原因は砒素中毒だとみんなにはっきり教えますね。そうすれば、たぶん犯人はこわくなって、計画を実行に移す勇気がなくなるでしょう。そいつはきっと、食中毒説が通るだろうと期待していますからね」

警部のデスクの電話が鳴った。彼は受話器を取って言った。

「わかった。つないでくれ」彼はクインパーに言った。「あなたの看護婦からですよ。はい、もしもし――わたしです……なんですって？　深刻なぶり返し……ええ……ドクター・クインパーならここにおられます……話をなさりたいなら……」

彼は受話器を医師に渡した。

「クインパーです……なるほど……ええ……そのとおり……ええ、そうしていてください。すぐ行きます」

彼は受話器を置き、ベーコンに顔を向けた。

「誰なんです？」

「アルフレッドです」ドクター・クインパーは言った。「死にました」

第二十章

1

電話から、およそ信じられないというクラドックの声が鋭く響いてきた。

「アルフレッド？」彼は言った。「アルフレッドだって？」

ベーコン警部は受話器を耳からすこしずらして言った。「予想外でしたか？」

「ああ、まったくね。実をいうと、彼を殺人犯だと決めたところだった！」

「彼が改札係に顔を見られていたという話は聞きました。いかにも怪しげでしたよね。ええ、やっと犯人を挙げてやったという感じだった」

「まあ」クラドックは抑揚なく言った。「こちらの間違いだったわけだ」

しばらく沈黙があった。それからクラドックは訊いた。

「看護婦がついていたろう。どうしてこんなことになった？」

「彼女のせいじゃありません。ミス・アイルズバロウは疲れきっていたので、すこし睡眠を取ろうと部屋にさがった。看護婦は患者五人をまかされた。ご老人、エマ、セドリック、ハロルドにアルフレッドです。一人で一時に五カ所にいるわけにはいきませんよ。どうもクラッケンソープ老人が騒ぎ立てたらしいんです。死にそうだと言って。看護婦は部屋に入り、老人を落ち着かせてから戻ると、グルコース入りのお茶をアルフレッドのところに運んだ。彼はそれを飲んで、それっきり」

「また砒素か？」

「らしいです。もちろん、ぶり返したということもあるが、クインパーはそう考えていないし、ジョンストンも同意見です」

「そうすると」クラドックは疑わしげに言った。「アルフレッドは狙われて殺されたんだろうか？」

ベーコンは興味を示した。「つまり、アルフレッドが死んでも誰も一銭も得をしないが、老人が死ねば全員が得する、ということですか？　手違いだったかもしれないですね——お茶は老人のところに運ばれるものと思ったやつがいたかもしれない」

「毒がお茶に入っていたことは確かなのか？」

「いいえ、はっきりしていません。看護婦は良心的で、使ったものをすっかり洗ってしまいました。カップ、スプーン、ティーポット——なにもかもね。だが、実行可能な方法はそれだけのように思えます」

「つまり」クラドックは考えながら言った。「患者の一人はほかの人たちほど具合が悪くなかった？　チャンスだと思ってカップに毒を入れた？」

「まあ、これ以上おかしなことにはなりませんよ」ベーコン警部はにこりともせずに言った。「今は看護婦を二人つけてあります。ミス・アイルズバロウもいますしね。それに警官も二人派遣しました。あなたも来られますか？」

「大急ぎでね！」

2

ルーシー・アイルズバロウはホールのむこうから歩いてきて、クラドック警部を迎えた。青ざめて、やつれた顔をしていた。

「たいへんでしたね」クラドックは言った。

「長いいやな悪夢みたいです」ルーシーは言った。「ゆうべはほんとにみんなが死ぬのかと思いました」

「そのカレーですが――」

「やっぱりカレーでしたの？」

「ええ、砒素がしっかり混じっていました――ボルジア家ふうにね」

「それがほんとうなら」ルーシーは言った。「犯人は――どうしたって――家族の一員になりますね」

「ほかの可能性はない？」

「ええ、あのいまいましいカレーを作りはじめたのは、ずいぶん遅かったんです――六時すぎですわ――ミスター・クラッケンソープがぜひカレーをとおっしゃったので。わたしは新しいカレー粉の缶をあけなければなりませんでした――だから、それがいじくられていたはずはないんです。きっと、カレーだと味がごまかせるんでしょうね？」

「砒素には味はない」クラドックはぼんやりと言った。「では、機会だ。料理中にカレーに手をつけられた人は？」

ルーシーは考えた。

「そうですね」彼女は言った。「わたしがダイニングルームでテーブルを整えているあいだに、誰でも台所に忍び込むことはできました」

「なるほど。では、家には誰がいましたか？　クラッケンソープ老人、エマ、セドリック――」

「ハロルドにアルフレッドです。二人は午後、ロンドンから来ましたの。ああ、それにブライアン――ブライアン・イーストリーもいました。でも、夕食前に帰りました。ブラックハンプトンで人に会う用事があるとかで」

　クラドックは考えながら言った。「クリスマスに老人の具合が悪くなったのとつながるな。クインパーはあれが砒素だったのではないかと怪しんでいた。ゆうべはみんなが同じ程度の病状でしたか？」

　ルーシーは考えた。「クラッケンソープ老人がいちばん悪かったと思います。ドクター・クインパーは大車輪で治療にあたらなければなりませんでした。たいしたお医者さまですわ。セドリックは誰よりいちばんうるさく騒ぎ立てました。もっとも、丈夫で健康な人にかぎってそうなんですよね」

「エマはどうでした？」

「彼女も悪かったですね」

「どうしてアルフレッドがやられたんだろう？」クラドックは言った。

「ええ」ルーシーは言った。「アルフレッドは狙われた相手だったんでしょうか？」

「妙だな――わたしも同じ質問をした！」

「なんだか、まるで意味がないみたいで」

「この事件の動機さえわかればいいんだが」クラドックは言った。「どうもうまくつながらない。石棺の中から見つかった絞殺死体はエドマンド・クラッケンソープの未亡人マルティーヌだった。そう仮定しよう。それはもうほぼ立証されたといっていい。それと、アルフレッド毒殺とのあいだには、どうしたってなにか関連がある。ここ、この家族の中にあるんだ。家族の一人が気が狂っていると言ってみてもしかたないしな」

「ええ、そうですね」ルーシーは同意した。

「まあ、気をつけてくださいよ」クラドックは警告を与えた。「この家の中には毒薬魔がいることを忘れないように。二階で寝ている患者たちの一人は、見た目ほど重症ではない」

クラドックが出ていったあとで、ルーシーはゆっくりまた二階へ上がった。クラッケンソープ老人の部屋の前を通ると、病気でやや弱まったとはいえ尊大な声が彼女を呼んだ。

「むすめ《ガール》――むすめ《ガール》――あんたか？ ここに来なさい」

ルーシーは部屋に入った。ミスター・クラッケンソープはたくさん重ねた枕を背にしてベッドに横たわっていた。病人にしては驚くほど明るい表情だ、とルーシーは思った。

「家じゅう看護婦だらけだ」ミスター・クラッケンソープは不平を言った。「偉そうな態度でしゃかしゃか歩きまわっては、体温を測り、わたしの食いたいものは食わせてくれん――これでたいそうな出費だろうよ。追っ払えとエマに言ってくれ。わたしの面倒なら、あんたがちゃんとみてくれる」

「みなさんがご病気になられたんです、ミスター・クラッケンソープ」ルーシーは言った。「わたし一人で全員のお世話はできませんわ」

「マッシュルームだ」ミスター・クラッケンソープは言った。「危険きわまりないな、マッシュルームは。ゆうべのあのスープだ。あんたがこしらえたんだろう」彼は非難がましくつけ加えた。

「マッシュルームはなんでもありませんでした、ミスター・クラッケンソープ」

「あんたが悪いと言ってるんじゃない、いいな、あんたが悪いとは言っていない。前にもあったんだ。毒キノコが一本でも混じっていれば、もうだめだ。誰にもわからない。あんたはいい子だ。わざとそんなことはしない。エマの具合はどうだ？」

「今日はだいぶよくなられたようです」

「ああ、それでハロルドは？」

「あちらもよくなられました」

「アルフレッドがくたばったというのはほんとうか？」

「そのことは誰もあなたにお知らせしてはいけないことになっていたんですが、ミスター・クラッケンソープ」

ミスター・クラッケンソープは笑った。愉快このうえないといった、甲高い、馬がいななくような笑い声だった。「耳に入ってくるのさ」彼は言った。「この老人に隠しごとはできん。みんな隠そうとするがな。じゃ、アルフレッドは死んだんだな？　これでもうわたしにぶらさがることはできなくなったし、遺産ももらえなくなった。あいつらはみんなでわたしが死ぬのを待っていた――中でもアルフレッドがな。ところが、あいつのほうが死んじまった。なんともおもしろい冗談じゃないか」

「それはずいぶん意地悪なおっしゃりようですね、ミスター・クラッケンソープ」ルーシーは厳しく言った。

ミスター・クラッケンソープはまた笑った。「誰よりも長生きしてみせるぞ」彼は勝ち誇って言った。「ぜったいだ、いいな、見ていろよ」

ルーシーは自室に行き、辞書を取り出して、〝トンティーン〟を引いてみた。それから辞書を閉じ、思いをめぐらしながら宙を見つめた。

3

「どうしてわたしのところになんか来られたのか、わかりませんな」ドクター・モリスはいらいらと言った。

「クラッケンソープ一家をながらくご存じですから」クラドック警部は言った。

「ええ、ええ、クラッケンソープ一家ならみんな知っていますよ。先代のジョサイア・クラッケンソープもおぼえている。扱いにくい男だった――だが、目先が利いてね。たいへんな財産を築いた」彼は老体を椅子の上でもぞもぞ動かし、げじげじ眉毛の下からクラドック警部をじっと見た。「すると、あなたはあの青二才、クインパーの話をまともに受け取ったわけだ」彼は言った。「熱心な駆け出し医者というのはしょうがない！すぐよけいなことを考え出すんだ。彼の場合は、誰かがルーサー・クラッケンソープを毒殺しようとしていると思い込んだ。ばかばかしい！メロドラマもいいところだ！もちろん、前に胃腸炎に見舞われたことはある。わたしもその治療をしてやった。しょっちゅう起きることではなし――おかしなところはなにもなかった」

「ドクター・クインパーは」クラドックは言った。「おかしいと考えたようですが」

「医者は証拠もなく考えてはいかん。だいたい、砒素中毒の症状なら、見ればわかるはずだ」

「著名な医師でも、見てわからなかったケースはたくさんあります」クラドックは指摘した。「たとえば」――彼は記憶をたどった――「グリーンバロウ事件、ミセス・ティーニー、チャールズ・リーズ、ウェストベリー家の三人、みんな、担当医がすこしも疑念を持つことなく、きれいさっぱり埋葬されてしまった。どれも立派な、評判のいい医者でした」

「わかりました、わかりましたよ」ドクター・モリスは言った。「わたしでも見立て違いはありうる、というわけですな。まあ、わたしとしてはそう思いませんがね」彼はしばらく間を置いてから言った。「クインパーは、誰がやったと思ったんですか――もしそんなことがあったとしたら？」

「彼にはわかりませんでした」クラドックは言った。「ただ、心配していたんです。なにしろ」彼はつけ加えた。「大金がからんでいますから」

「ええ、ええ、知っています、ルーサー・クラッケンソープが死んだら受け取る金でしょう。しかも、みんなそれを喉から手が出るほどほしがっている。それは確かだが、だからといって、金のために父親を殺すことはないでしょう」

「かならずしもね」クラドック警部は同意した。

「とにかく」ドクター・モリスは言った。「わたしは充分な理由なしに疑うな、というのを方針にしています。充分な理由なしにね」彼は繰り返した。「あなたのお話でちょっと動揺したことは認めます。砒素を多量に使ったらしい――だがそれにしても、なぜあなたがわたしのところに来られたのか、わかりませんな。わたしは砒素中毒など怪しまなかった、それしか言えません。そりゃ、気づくべきだったかもしれない。ルーサー・クラッケンソープの過去の胃腸炎をもっとずっと深刻に受けとめるべきだったかもしれない。でも、今はもうそんなことではすまないでしょう」

クラドックは同意した。「わたしとしては」彼は言った。「クラッケンソープ一家について、もうすこし知る必要があります。家族のあいだに、なにか精神的にかかわったところ――遺伝的な問題はありますか？」

げじげじ眉毛の下の目が彼を鋭く見た。「ええ、そういう方向でお考えなのはわかります。まあ、ジョサイア老人は正気だった。冷酷で、最後まで頭ははっきりしていた。奥さんは神経質で、鬱病の傾向があった。代々血族結婚をしてきた家庭の出でしたからね。彼女は次男が生まれてまもなく亡くなった。そうだな、ルーサーはある種の――精神不安定、といったらいいかな——それを母親から受け継いでいると思う。若いころはごく平凡な男だったが、父親とはいつも角《つの》突き合わせていた。父親は彼に失望し、彼はそれを恨んで気に病み、しまいにはそのことが一種の強迫観念になったんだな。結婚生活にもそれが入り込んだ。ルーサーと話をすると、彼が自分の息子たちを徹底的に嫌っているとすぐわかるでしょう。娘たちのことは好きだった。エマもイーディーもね——イーディーは亡くなったほうの娘です」

「どうして息子たちをそう嫌っているんでしょう?」クラドックは訊いた。

「それを知りたいなら、今はやりの心理学者のところへ行かないとね。わたしに言えるのは、ルーサーは自分が男として合格点に達したと感じることなく生きてきたということ、それに、自分の金銭的状況を非常に恨んでいるということだな。彼には収入はあるが、元本の指定権はない。もし彼に息子たちの相続権を奪う力があれば、かれらをここまで嫌わないだろう。その点で無力だから、彼は屈辱感を感じているんだ」

「それで、誰よりも長生きするというのがあんなに楽しみなんですか?」クラドック警部は言った。

「かもしれない。それは彼の吝嗇《りんしょく》の根源でもあると思うね。今ごろは、豊かな収入からかなりの額を貯め込んでいるだろう——もちろん、大半は所得税が今のようなとんでもない高さに上がる前のものだろうがね（一九四五〜五一年の労働党内閣は社会福祉制度確立のため税率を上げた）」

クラドック警部は新しいことを思いついた。「彼はその貯金を遺言で誰かに遺すようにしているでしょうね？　それならできる」

「ああ、それはそうだ。だが、誰に遺すのか見当もつかないな。エマかもしれないが、そうは思えない。彼女は祖父の財産の分け前をもらいますからね。まあ、孫のアレグザンダーかな」

「ルーサーは彼をかわいがっている？」クラドックは言った。

「昔はそうだった。そりゃ、彼は娘の子で、息子の子じゃない。それが違いになったんじゃないかな。それに、イーディーのご主人のブライアン・イーストリーもかなりお気に入りだった。もちろん、わたしはブライアンをよく知らない。家族の誰にももう何年も会っていませんからね。だが、あの男は戦争が終わったら、仕事を失って途方にくれるだろうという印象を受けました。戦争中に必要な資質は持ち合わせているんだ、勇気、胆力、それに明日のことは明日になったら考えるという傾向。しかし、彼には安定性がまるでない。たぶん、ふらふらと転職ばかりすることになるんじゃないかな」

「あなたの知るかぎりで、若い世代には精神的にかわったところはありませんか？」

「セドリックはエキセントリックなタイプだ、生まれつきの反逆者というやつだな。彼が完全に正常だとは言わないが、それなら完全に正常な人間なんかいない、とも言える。ハロルドはかなりオーソドックスだが、人好きのする性格ではない。冷淡で、いつも有利なチャンスを狙っている。アルフレッドはちょっと不良っぽいところがある。いつも一家の厄介者だった。昔、屋敷のホールに置いてあった宣教師献金箱から金を持ち出すところを見たことがある。そういうことをするやつなんだ。まあ、あの子は気の毒にも死んでしまったんだから、悪口を言ってはいかんな」

「では……」クラドックはためらった。「エマ・クラッケンソープはどうでしょう？」

「いい子だ。物静かで、何を考えているのか、かならずしもわからない。自分なりの計画や考えがあるんだが、人には教えない。見かけよりずっと深みのある人物ですよ」

「エドマンドもご存じでしたね、フランスで戦死した？」

「ええ。あの中でいちばんよくできた子だった。思いやりがあって、明るくて、いい青年でしたよ」

「彼が戦死する直前に、フランス人女性と結婚するつもりだった、あるいは結婚した、という話をお聞きになりましたか？」

ドクター・モリスは眉根を寄せた。「おぼろげながら記憶があるようだが」彼は言った。「ずいぶん昔の話だ」

「戦争の初めのころではありませんでしたか？」

「ええ。しかしまあ、外国人女性なんかをめとったら、あとで後悔したでしょうがね」

「彼が実際に外国人女性をめとったと信じられる理由があるんです」クラドックは言った。

彼は最近の出来事を簡潔に説明した。

「石棺の中から女性の死体が見つかったという話を新聞で見たおぼえがある。すると、あれはラザフォード・ホールだったのか」

「そして、その女性はエドマンド・クラッケンソープの未亡人だったと信じられる理由があります」

「いやはや、突拍子もない話だ。実人生というより小説みたいだな。しかし、誰がそのかわいそうな人を殺そうなんて思いますか——その事件と、クラッケンソープ一家の砒素中毒と、どうつながるんです？」

「可能性は二つあります」クラドックは言った。「どちらもかなりありそうにないものですがね。誰かが欲に駆られて、ジョサイア・クラッケンソープの遺産ぜんぶを独り占めしようとしている」

「そうだとすれば、愚かな男だ」ドクター・モリスは言った。「そこから入る収入に課せられる途方もない税金を払うはめになるだけだっていうのに」

第二十一章

「いやなもんですよ、マッシュルームは」ミセス・キダーは言った。

ミセス・キダーはこの数日に同じことを十回は繰り返していた。ルーシーは答えなかった。

「あたしはさわりもしませんよ」ミセス・キダーは言った。「あぶなくて。亡くなったのが一人ですんで、神様のお慈悲ってもんだわ。全員が死んでたかもしれない。あんたもよ。ほんとにあやういところで助かってねえ」

「マッシュルームではなかったのよ」ルーシーは言った。「あれはまったくなんでもなかったの」

「信じちゃだめですよ」ミセス・キダーは言った。「あぶないのよ、マッシュルームは。毒キノコが一本でも混じっていたら、それでおしまい」

「おかしなもんでね」ミセス・キダーは流しの中で食器をがちゃがちゃいわせながら話

を続けた。「悪いことは重ねてやって来る。妹のところの上の子がはしかにかかったと思ったら、うちのアーニーは転んで腕を折るし、うちの人は体じゅうにおできができてさ。どれもこれも同じ週にね！　信じられないでしょ？　ここのお宅も同じですよ」ミセス・キダーは続けた。「まず、恐ろしい人殺し、今度はミスター・アルフレッドがマッシュルーム中毒で亡くなった。次は誰か、知りたいもんですよ」

わたしだって知りたいわ、とルーシーは思い、いやな気持ちになった。

「うちの人はね、あたしがここに来るのをいやがってるの」ミセス・キダーは言った。「縁起でもないって。でも、あたしはミス・クラッケンソープを長いこと知っているし、あの人はいい人で、あたしを頼りにしておいでだって言ってやるのよ。それに、かわいそうなミス・アイルズバロウも放っておけないって言ったの。この家の仕事をなにもかも一人でやらされるなんてねえ。たいへんでしょう、あんなにお盆ばっかりいくつも」

今のところ、盆に追われる生活だと、ルーシーも同意せざるをえなかった。彼女はいろいろな病人に届けるための食事をそれぞれの盆にのせているところだった。

「あの看護婦さんたちったら、横のものを縦にもしない」ミセス・キダーは言った。「ただもう、濃いお茶をいれてちょうだいって、それぱっかり。食事の支度もこっちがするんだし。くたくたですよ、まったく」どうだ、そのとおりだろうといわんばかりの口調だったが、実際には彼女はふだん午前中にする仕事よりよけいなことはほとんどなにもしていなかった。

ルーシーはもっともらしく言った。「骨惜しみなさらないから、ミセス・キダー」

ミセス・キダーはうれしそうな顔をした。ルーシーは最初の盆を取り、階段へ向かった。

「なんだこれは？」ミスター・クラッケンソープは非難をこめて言った。

「ビーフ・ティー（牛肉エキスに湯を加えた滋養飲料）とカスタード・プディングです」ルーシーは言った。

「下げてくれ」ミスター・クラッケンソープは言った。「そんなものはほしくない。わたしはビーフ・ステーキが食いたいとあの看護婦に言ってやったんだ」

「ドクター・クインパーは、まだステーキにはすこし早いとお考えです」ルーシーは言った。

ミスター・クラッケンソープは鼻を鳴らした。「わたしはもう回復したも同然だ。明日は起きる。ほかのやつらはどうだ？」

「ミスター・ハロルドはだいぶよくなられました」ルーシーは言った。「明日はロンドンにお帰りになります」

「せいせいするな」ミスター・クラッケンソープは言った。「セドリックはどうだ――

明日、島に帰る見込みはあるか?」

「無理ですね」

「残念だ。エマはどうしている? なんでわたしのところに来ない?」

「まだ床に就いていらっしゃいますから、ミスター・クラッケンソープ」

「女というのはいつも自分を甘やかしすぎる」ミスター・クラッケンソープは言った。

「だが、あんたは頑丈な娘だ」彼は満足げにつけ加えた。「一日中、駆けずりまわっているな?」

「たっぷり運動していますわ」ルーシーは言った。

クラッケンソープ老人はうれしそうにうなずいた。「あんたは頑丈な娘だ」彼は言った。「前に話したことをわたしが忘れたとは思うなよ。そのうちわかる。エマの思いどおりにいかないことも出てくる。それに、ほかのやつらがわたしのことをけちなじいさんだと言っても、耳を貸すな。わたしにはそれなりの蓄えがあるし、そのときが来たら、その金を誰のためにつかうかは決めてある」彼はルーシーを愛情をこめてじろりと見た。

ルーシーは彼につかまれるのを避け、そそくさと部屋を出た。

次の盆はエマに届けた。

「ああ、ありがとう、ルーシー。もうずいぶん元気を取り戻したわ。おなかがすいているの、それっていい徴候でしょう？　ねえ」ルーシーが膝の上に盆をのせるあいだ、エマは話を続けた。「あなたの伯母さまに、なんとも申し訳なく思っているのよ。会いにいく暇がぜんぜんなかったでしょう？」

「ええ、ありませんでした」

「きっと寂しがっていらっしゃるわ」

「あら、ご心配なく、ミス・クラッケンソープ。わたしたちがたいへんな目にあったと、伯母なら理解してくれていますから」

「電話をかけた？」

「いいえ、最近はしばらく」

「じゃ、どうぞそうして。毎日かけたらいいわ。消息が耳に入るのは、お年寄りにとってほんとにうれしいことですもの」

「ご親切に、ありがとうございます」ルーシーは言った。次の盆を取りに階下へおりるとき、彼女はやや良心のとがめを感じた。家に病人が出たおかげで、その忙しさにとりまぎれ、ほかのことを考える余裕がなかったのだ。セドリックに食事を運んだらすぐ、ミス・マープルに電話しようと決めた。

今、看護婦は家に一人しかおらず、彼女は踊り場でルーシーとすれ違い、挨拶した。

信じられないほどきれいに身づくろいを整えたセドリックはベッドに半身を起こし、せわしなく紙になにか書いていた。

「やあ、ルーシー」彼は言った。「今日はどういう地獄の煎じ薬だい？　あのひどい看護婦をお払い箱にしてくれたらうれしいんだがな。たまらないよ。ぼくのことをなぜか〝わたしたち〟なんて呼ぶんだ（看護婦は患者を〝あなた〟のかわりに〝わたしたち〟と呼ぶ習慣がある）。〝今朝はわたしたち、ご機嫌いかが？　わたしたち、よく眠れましたか？　あらあら、わたしたちはいけませんね、ふとんをこんなふうにはいだりして〟」彼は甲高い裏声で看護婦の上品なアクセントをまねた。

「ばかにご機嫌ね」ルーシーは言った。「せっせと何をしているの？」

「計画さ」セドリックは言った。「親父が死んだらこの屋敷をどうするか、計画を練っているんだ。すごくいい土地だからな。自分で一部を開発するか、それとも区画に分けて一度にすっかり売ってしまうか、まだ決めかねている。産業用としてすごく価値がある土地だ。屋敷は老人ホームか学校にでもすればいい。土地を半分売って、その金を利用してあとの半分でなにかとんでもないことをするって案もある。どう思う？」

「まだ手に入っていないでしょう」ルーシーはぶっきらぼうに言った。

「でも、かならずぼくのものになるんだ」セドリックは言った。「ほかの財産みたいに分配されない。ぼくがそっくりもらう。それに、これをいい値で売れば、その金は資本であって収入ではないから、税金がかからない。掃いて捨てるほどの金だ。考えてみろよ」

「あなたはお金を軽蔑しているんだとばかり思っていたけど」ルーシーは言った。

「もちろん金なんか軽蔑しているさ、自分の懐にないときはね」セドリックは言った。

「格好をつけておくにはそれしかない。きみはなんて美人なんだ、ルーシー。それとも、長いことみめうるわしい女性を目にしていないからそんなふうに思うだけかな？」

「きっとそうよ」ルーシーは言った。

「まだ人と家をきれいにしておくんで忙しいの？」

「あなたのことは誰かがきれいにしてくれたみたいね」ルーシーは彼を見て言った。

「あのいまいましい看護婦さ」セドリックはむっとして言った。「アルフレッドの検死審問はまだ？　どうなったんだ？」

「審問は延期になりました」ルーシーは言った。

「警察が慎重になっているんだな。こう大規模な中毒が起きると、ぎょっとするよな。精神的に動揺する。もっと明らかな肉体的症状とは別にね」彼はつけ加えた。「きみも気をつけろよ」

「ええ」ルーシーは言った。

「アレグザンダーはもう学校に戻ったの？」

「まだストッダート－ウェスト家にいるはずよ。学校が始まるのはあさってだと思うわ」

自分の昼食を取りにいく前に、ルーシーはミス・マープルに電話をかけた。

「ずっとお目にかかれなくて、ほんとうに申し訳ありません。このところひどく忙しくて」

「わかりますよ、ええ、もちろん。それに、今のところ、できることはなにもないわ。待つだけよ」

「ええ、でも何を待っているんですか？」

「エルスペス・マギリカディがもうすぐ帰国するはずなの」ミス・マープルは言った。「すぐに飛行機で帰っていらっしゃいと、手紙を出したのよ。市民としての義務だからって。だから、あまり心配しないでね」彼女の声は優しく、心のなごむものだった。

「まさか……」ルーシーは言いかけてやめた。

「また人が死ぬと思うか？　まあ、そんなことにならないように祈りますね。でも、わからないものでしょう？　しんそこ悪い人がいるとね。今ここにはたいへんな悪意が満ちていると思いますよ」

「あるいは狂気」ルーシーは言った。

「そりゃ、そんなふうに物事を見るのが現代ふうだとは知っていますけれどね、わたしはそうは思いません」

ルーシーは電話を切り、台所に入って、自分の昼食の盆を取り上げた。ミセス・キダーはエプロンをはずし、帰るところだった。

「一人で大丈夫でしょうね？」彼女は気づかって言った。

「もちろん大丈夫です」ルーシーはぴしりと言った。

彼女は盆を持って、広く陰気なダイニングルームではなく、こぢんまりした書斎に入った。食事を終えようとしていたとき、ドアがあいてブライアン・イーストリーが入ってきた。

「あら」ルーシーは言った。「思いがけないお客さまね」

「そうだね」ブライアンは言った。「みんなの具合はどう？」

「ええ、だいぶよくなりました。ハロルドは明日ロンドンに帰ります」

「このこと、どう思う？　ほんとに砒素だったの？」

「砒素だったのは間違いないわ」ルーシーは言った。

「まだ新聞には出ていないみたい」

「ええ、警察は今のところ伏せているみたい」

「よほどこの一家に恨みを持ったやつがいるんだな」ブライアンは言った。「誰が忍び込んで食べ物に毒を入れたりしたんだ？」

「いちばんの容疑者はわたしでしょうね」ルーシーは言った。

ブライアンは心配そうに彼女を見た。「でも、きみがやったんじゃないだろう？」彼は訊いた。ややぎょっとした声だった。

「ええ、わたしはやらなかったわ」ルーシーは言った。

カレーに毒を入れることができた人間はいなかった。彼女が作ったのだ――台所で、一人で。そしてテーブルに運んだ。そのあと誰かが毒を入れたのなら、それは食卓についた五人のうちの一人でしかありえない。

「だって――きみがそんなことをするはずはないよな？」ブライアンは言った。「かれらはきみにとって特別な人たちじゃないだろう？　そういえば」彼は言い足した。「ぼくがこんなふうに戻ってきても、気にしないでくれるね？」

「ええ、もちろんよ。しばらくお泊まりなの？」

「そうさせてもらいたいな、きみにあまり迷惑がかからなければ」

「あら、そのくらいなんとかなります」

「その、ぼくは今、失業中でね――かなりげんなりしているんだ。ほんとにかまわないの?」

「どっちみち、わたしが気にするしないは問題じゃないわ。エマが決めることよ」

「ああ、エマなら大丈夫さ」ブライアンは言った。「エマはいつもぼくに親切にしてくれる。彼女なりのやり方でね。あの人は口に出さないことがいろいろあるんだ。実際、ダークホースだよ、エマは。ここに住んで親父さんの面倒をみるなんて、たいていの人ならうんざりだけどね。彼女、結婚しなかったのが残念だ。今じゃもう、遅すぎるだろうな」

「遅すぎるなんて思わないわ、ちっとも」ルーシーは言った。

「そうだな……」ブライアンは考えた。「牧師かな、たぶん」彼は期待をこめて言った。「彼女なら教区で役に立つし、母親会《マザーズ・ユニオン》(教会が組織する婦人懇親会)の面々とも如才なくつきあっていく。母親会、というんだよね? どういうものか、ほんとは知らないけどさ、よく本に出てくるから。それに、彼女は日曜日に帽子をかぶって教会へ行く」彼はつけ加えた。

「あまりおもしろそうな将来とは思えないわね」ルーシーは言い、立ち上がって盆を取り上げた。

「ぼくが運ぶよ」ブライアンは言って、盆を彼女から受け取った。二人はいっしょに台所に入った。「皿洗いを手伝おうか？　ぼくはこの台所がほんとに好きだ」彼はさらに言った。「こういうのって、いまどきの人の好みじゃないとはわかってるけど、ぼくはこの屋敷ぜんぶが好きなんだ。ひどい趣味だよな、でもそうなんだからしかたない。この私園なら楽に飛行機を着陸できるし」その言葉には熱がこもっていた。

彼はふきんを取り、スプーンやフォークを拭きはじめた。

「なんだかもったいないな、これがセドリックのものになるのは」彼は言った。「あいつならぜんぶさっさと売り払って、また外国へ行っちまうだろう。どうしてイギリスに満足できない人間がいるのか、ぼくにはわからないね。ハロルドもこの家はほしがらないだろうし、もちろんエマには大きすぎて手に余る。でも、もしアレグザンダーが相続したら、ぼくもあの子もしあわせそのものなんだがな。そりゃ、家には女の人がいてくれたほうがいいけどね」彼は考えをめぐらすような顔でルーシーを見た。「でもまあ、夢みたいなことをしゃべってみたってしょうがない。アレグザンダーがこの屋敷を相続するには、ほかの連中が先に死ななきゃならないけど、そんなことが起きるはずはないものな。もっとも、ぼくの見るかぎりじゃ、親父さんは楽に百まで生きそうだ、みんなを苛立たせるのが生きがいだから。あの人、アルフレッドが死んでもたいして悲しまなかっただろう？」

ルーシーはそっけなく言った。「ええ、そうですね」

「つむじ曲がりのじいさんめ」ブライアン・イーストリーは明るく言った。

第二十二章

「ぞっとしますよ、人の噂話には」ミセス・キダーは言った。「そりゃね、あたしは聞きやしませんよ、耳に入ってきちゃうのは別として。でも、信じられないような話なんですからねえ」彼女は反応を期待して待った。

「ええ、そうでしょうね」ルーシーは言った。

「長納屋で見つかった、例の死体ですけどね」台所の床を拭いているミセス・キダーは、よつんばいでカニのようにあとずさりしながら、話を続けた。「あの女は戦争中にミスター・エドマンドのいい人だったんだけど、ここまで来たところが、嫉妬深いご亭主にあとをつけられて殺されたんですってさ。たしかに外国人ならやりそうなことだけど、でもまさか、こんなに何年もたってからねえ？」

「まるでありそうにない話に思えるわ」

「でも、もっとひどい噂もあるんですよ」ミセス・キダーは言った。「人は勝手になんでも言いますからね。聞いたら驚きますよ。ミスター・ハロルドがどこか外国で結婚していて、相手の女がここまで来てみたら、彼はレイディ・アリスともう結婚しているから重婚だとわかって、女は裁判に訴えようとしたんで、ミスター・ハロルドはここで女に会って殺し、死体をあの石棺とやらに隠した。まったくもう！」

「あきれるわね」ルーシーはうわのそらでぼんやりと言った。

「もちろん、あたしは耳を貸しませんでしたよ」ミセス・キダーはよい子ぶって言った。「あたしはそんな話、ぜんぜん本気にしませんね。どうしてそんなことを考えついて、そのうえ口に出すんだか、わからないわ。こんなのがミス・エマの耳に入らなきゃいいですけどね。そんなことになったら気になさるでしょうし、あたしはそんなのいやですよ。ミス・エマはとってもいいかたですからね、あの人の悪口は誰からもただの一言だって聞いたことがない。それに、ミスター・アルフレッドは亡くなってしまったから、もう誰も悪く言わないわ。裁きが下ったんだとさえね、そんなことなら言いそうなもんだけど。それにしても、いやになりますよねえ、こういう底意地の悪い噂話が飛び交ってると」

ミセス・キダーはいかにも楽しそうだった。

「そんな話を聞くのはつらいでしょう」ルーシーは言った。

「ええ、ほんと」ミセス・キダーは言った。「まったくですよ。あたしはね、うちの人に言ってやるんです、どうしてみんな、あんな話ができるんだかってね」

呼び鈴が鳴った。

「お医者さまですよ。お迎えに出ますか、それともあたしが行きましょうか？」

「わたしが行くわ」ルーシーは言った。

しかし、医師ではなかった。玄関先にはミンクのコートをまとった、背の高いエレガントな女性が立っていた。砂利敷きの車寄せには運転手つきのロールス・ロイスが軽いエンジン音を響かせてとまっていた。

「ミス・エマ・クラッケンソープにお目にかかれますでしょうか？」

Rの音がわずかにぼやけた、魅力的な声だった。本人も魅力的だった。年は三十五くらい、髪は黒っぽく、いかにも金をかけて美しく化粧していた。

「申し訳ありませんが」ルーシーは言った。「ミス・クラッケンソープはご病気でふせっていらっしゃいますので、どなたにもお目にかかれません」

「ご病気とは存じております。でも、とても大事な用件で、どうしてもお目にかからなければなりませんのです」

「申し訳ありませんが」ルーシーは繰り返そうとした。

訪問者は口をはさんだ。「あなたはミス・アイルズバロウでいらっしゃいますわね?」彼女はほほえんだ。魅力的な微笑だった。「息子から聞いております。わたくし、レイディ・ストッダート－ウェストでございます。アレグザンダーは今、宅にお泊まりですわ」

「ああ、そうでいらっしゃいましたか」ルーシーは言った。

「あの、ほんとうにどうしてもミス・クラッケンソープにお会いしなければなりませんの」相手は続けた。「ご病気のことはじゅうじゅう承知しておりますし、社交にお訪ねしたのではありませんからご安心を。ただその、男の子たちが――というより、うちの息子が――口にしたことがありまして。たいへん重大に思われますので、ぜひミス・クラッケンソープとそのことについてお話ししたいのです。お願いです、せめておとりつぎいただけませんか?」

「お入りください」ルーシーは訪問者をホールに通し、客間へ連れていった。それから彼女は言った。「では、ミス・クラッケンソープにうかがってまいります」

彼女は階上へあがり、エマの部屋のドアをノックして中に入った。

「レイディ・ストッダート－ウェストがおみえです」彼女は言った。「ぜひともお目にかかりたいとおっしゃっていますが」

「レイディ・ストッダート－ウェスト？」エマはびっくりしたようだった。その顔に強い警戒の表情があらわれた。「まさか男の子たちに――アレグザンダーに――なにかあったんじゃないでしょうね？」

「いえいえ」ルーシーは安心させた。「二人とも元気だと思います。なにやら、あの子たちがレイディ・ストッダート－ウェストに話したことがあるらしいんです」

「あら、そう……」エマはためらった。「じゃ、お会いしなくちゃいけないわね。わたし、見苦しくないかしら、ルーシー？」

「とてもおきれいですわ」ルーシーは言った。

エマはベッドに半身を起こしてすわっていた。肩にやわらかいピンクのショールをはおっているので、頬がかすかにバラ色に染まって見える。黒っぽい髪は看護婦がブラシングし、きれいに梳《す》いてくれてあった。ルーシーは前日に化粧台の上に木の葉を入れた鉢を置いていた。部屋はこざっぱりして、ちっとも病室のようには見えなかった。

「わたし、ほんとにもうよくなったのよ」エマは言った。「明日は起きていいと、ドクター・クインパーもおっしゃったし」

「すっかり元どおり、お元気そうに見えます」ルーシーは言った。「レイディ・ストッダート－ウェストをお通ししましょうか？」

「ええ、そうして」

ルーシーはまた階下におりた。「ミス・クラッケンソープのお部屋へお上がりいただけますか?」

彼女は訪問者を伴って二階へ上がり、ドアをあけて通してやってから、ドアを閉めた。

レイディ・ストッダート-ウェストは手をさしのべてベッドに近づいた。

「ミス・クラッケンソープ? こんなふうにずかずかと上がり込みまして、お詫び申し上げます。以前、学校の運動会でお目にかかったことがあると思いますわ」

「ええ」エマは言った。「あなたのことは、とてもよくおぼえております。どうぞおすわりになって」

ベッドのわきに具合よく配置された椅子にレイディ・ストッダート-ウェストは腰をおろした。彼女は静かな低い声で言った。

「わたくしがこんなふうにまいりまして、さぞ妙にお思いでしょうが、理由がございますの。重大な理由だと存じます。あの、男の子たちがわたくしにいろいろ話してくれました。ここで起きた殺人事件のことで、二人がとても興奮していましたのは、ご理解いただけますでしょう。白状いたしますと、わたくしはうれしくありませんでした。神経質になりました。ジェイムズをすぐにうちへ連れ帰りたいと思いました。でも、主人は笑いました。あの殺人がこちらのお屋敷やご家族となんの関係もないのは明らかだし、自分の子供のころを思い出しても、ジェイムズの手紙から察しても、あの子とアレグザンダーはめったにないほど楽しくやっているのだから、二人を連れ帰るのは残酷のきわみだ、と申しまして。それで、わたくしは降参し、ジェイムズがアレグザンダーといっしょに帰ってくると前もって決めた日までは、二人ともこちらに泊まらせておくことに同意いたしました」

エマは言った。「息子さんをわたしどもがもっと早くお帰しすべきだった、とお考えですの？」

「いえいえ、そんな意味ではございませんの。ああ、なんてむずかしい！　でも、言うべきことは言わなければ。ええ、あの子たちはずいぶんいろいろと聞き込んでまいりました。あの女性——殺された女性ですけれど——警察では、あなたのいちばん上のおにいさま——戦死なさったかたが——フランスで知り合ったフランス人かもしれないと考えている、と教えてくれました。それは事実なのでしょうか？」

「可能性としては」エマは言った。声がややかすれた。「考えないわけにまいりませんでした。そうかもしれません」

「死体がその女性、マルティーヌのものだと、信じる理由があるのですか？」

「申し上げたとおり、可能性にすぎません」

「でもなぜ――なぜ警察では彼女がマルティーヌだと考えているのでしょう？　なにか手紙とか――証明になる書類でも持っていたのでしょうか？」

「いいえ。そういうものはなにも。でも、わたしがそのマルティーヌという人から手紙を受け取っていたものですから」

「手紙を受け取られた――マルティーヌから？」

「ええ。イギリスにいるので、わたしに会いにきたい、という手紙でした。うちにおいでくださいとご招待したのですが、それから電報が来て、彼女はフランスに戻るということでした。実際に帰国したのかもしれません。わたしたちにはわかりません。でも、そのあとで彼女あての封筒がここで見つかりました。ですから、彼女はここまで来ていたらしいのです。でも、どうして……」彼女は言葉を切った。

レイディ・ストッダート－ウェストは急いで言った。

「どうしてそれがわたくしに関係があるのかおわかりにならない？　それはそうです。わたくしだって、あなたの立場にいればわからないでしょう。でも、この話を――歪《わい》曲《きょく》された形でですが――聞きましたとき、どうしてもこちらにうかがって、真相を確かめなければと思いましたの――」

「はい？」エマは言った。

「では、今までずっと、お話しするつもりではなかったことを申し上げなければなりません。実はわたくしが、そのマルティーヌ・デュボワですの」

エマはまるでその言葉の意味がのみこめないかのように、客を見つめた。

「あなたが！」彼女は言った。「あなたがマルティーヌですって？」

相手は強くうなずいた。「ええ、そうです。驚かれたでしょうが、ほんとうなのです。わたくしは戦争が始まったばかりのころ、おにいさまのエドマンドと出会いました。わたくしの家を宿舎にしていらしたのです。まあ、あとはご想像のとおりです。わたくしたちは恋に落ちました。結婚するつもりでおりましたが、それからダンケルク退却があり、エドマンドは行方不明と知らされました。その後、戦死の報が入りました。当時のことはお話しいたしません。ずっと昔の、もうすんでしまったことですから。でも、わたくしはおにいさまを心から愛していたとだけ、言わせてください……

それから、戦争の厳しい現実に直面することになりました。ドイツ軍がフランスを占領しました。わたくしはレジスタンスのために働きました。イギリス人がフランスを抜けてイギリスに戻る手伝いをするのがわたくしの役目でした。その仕事を通して、今の主人と出会いましたのです。彼は空軍士官で、特殊工作のために落下傘でフランスに落とされたのです。戦争が終わると、わたくしたちは結婚いたしました。一度か二度、あなたにお手紙を差し上げるか、お目にかかろうとも考えたのですが、やはりそうするまいと決めました。古い思い出を蒸し返してもいいことはない、と思いました。わたくしは新しい生活を始めましたし、過去を思い出したくはなかったのです」彼女は言葉を切り、それから言った。「でも、息子ジェイムズの学校の親友がエドマンドの甥とわかったときには、奇妙な喜びをおぼえましたわ。アレグザンダーはエドマンドによく似ています。あなたご自身もきっとお気づきでしょうけれど。ジェイムズとアレグザンダーがこんなにいい友達なのは、とてもうれしいことだと思っております」

彼女は身を乗り出し、エマの腕に手を置いた。「でも、おわかりいただけますでしょう、エマ、この殺人事件のことを聞きましたとき、死んだ女の人がエドマンドの知っていたマルティーヌではないかと疑われているというので、どうしてもこちらにうかがって、あなたに真実をお話ししなければと思いましたの。あなたかわたくしか、どちらかが警察に事実を知らせませんと。死んだ女性が誰であれ、マルティーヌでないことは確かですから」

「なんだかまだよく信じられません」エマは言った。「あなたが、あなたが、エドマンドの手紙にあったマルティーヌだなんて」彼女はため息をついて首を振り、それから当惑して眉根を寄せた。「でも、わかりませんわ。それじゃ、わたしにお手紙をくださったのは、あなただったのですか?」

レイディ・ストッダート゠ウェストは強く首を振った。「いえいえ、もちろんわたくしはお手紙など書きませんでした」

「では……」エマは口をつぐんだ。

「では、マルティーヌのふりをした人がいて、あなたからお金をせびろうとした? きっとそうだったんですわ。でも、誰なんでしょう?」

エマはゆっくり言った。「当時、事情を知っていた人がいましたでしょうね?」

相手は肩をすくめた。「ええ、たぶん。でも、わたくしと親しかった人、ごく親密にしていた人は一人もおりません。あのことは、イギリスにまいりまして以来、口にしたことはありません。それに、どうしてこんなに長いあいだ待ったのでしょう? おかしいですね、とてもおかしい」

エマは言った。「理解できませんね。クラドック警部がどうおっしゃるか、うかがわないと」彼女はふいに優しい目になって訪問者を見た。「ようやくあなたとお知り合いになれて、ほんとうにうれしいですわ」

「わたくしも同じ気持ちです……エドマンドはよくあなたのことを話していました。とてもお気に入りだったんですね。わたくし、今の新しい生活に満足しておりますけれど、それでも忘れることはありません」

エマは枕に背をもたせて、大きなため息をついた。「これでほっとしました」彼女は言った。「死んだ女の人がマルティーヌだと考えると——事件がうちの家族とつながっているように思えましたでしょう。でもこれで——ああ、肩の荷がすっかり下りました。お気の毒な女性が誰だったのかはわかりませんが、わたしたちと関係があるはずはありませんもの！」

第二十三章

スタイルのいい秘書がハロルド・クラッケンソープのところにいつもどおり午後のお茶を運んできた。

「ありがとう、ミス・エリス、今日は早めに帰らせてもらうよ」

「今日はほんとうにおいでになるべきではなかったんですわ、ミスター・クラッケンソープ」ミス・エリスは言った。「まだだいぶ弱っていらっしゃるようにお見受けしますもの」

「大丈夫だ」ハロルド・クラッケンソープは言ったが、弱っているのは自覚していた。ひどい病気にやられたのは確かだ。しかしまあ、やりすごした。

驚くのは、と彼は不機嫌に考えた。アルフレッドが死んでしまったのに、親父は助かったことだ。いくつだ――七十三か？――七十四だったたか？　何年も前から病人だっていうのに。ああいうことで死ぬ人間がいるとすれば、それはまず親父のはずだろう。ところがだ。不運に見舞われたのはアルフレッドだった。ハロルドの知るかぎりで、アルフレッドは頑健な男だった。具合の悪いところなどなかった。

彼は椅子の背にもたれてため息をついた。秘書の言ったとおりだ。まだ仕事をする気力がない。それでもオフィスに来たいと思ったのだった。あれこれの状況をつかんでおきたかった。きわどい。このすべて——彼はあたりを見まわした——贅沢なしつらえのオフィス、淡い色で艶よく輝く木の部分、高価でモダンな椅子、どれもいかにも繁栄を示している、けっこうだ！　アルフレッドはいつもそこを間違っていた。繁栄しているように見えれば、繁栄していると人に思われるものだ。彼の金銭状況が不安定だという噂はまだ立っていなかった。それでも、破産はもうあまり先へ延ばせない。これで、もしアルフレッドではなく父親が死んでいてくれれば。どう考えてもそのほうがありそうな話なのに。砒素でますます元気になるみたいだ！　そう、もし父親が毒にやられていれば——もうなにも心配することはなくなっていたのに。

とはいえ、心配そうに見せないことが大事だった。繁栄しているように見せかける。かわいそうなアルフレッドみたいに、みすぼらしくて無気力な様子はだめだ。もっとも、あの見かけは中身を正確にあらわしていたのだが。三流の山師、決して大胆に大儲けを狙わない。いかがわしい人物とつきあい、怪しげな取引をやって、告発されることはないが、すれすれのところまで行く。それでどうなった？　短期間は金があっても、すぐにまたしょぼくれた生活に逆戻り。視野の広さがなかった。あれこれ考え合わせると、アルフレッドはたいして惜しい人材ではなかった。彼はアルフレッドが昔からあまり好きではなかったし、アルフレッドがいなくなったおかげで、あのけちんぼじいさん、つまり彼の祖父が遺した金の分け前は、いい具合にふえることになった。五人でなく四人のあいだで分配されるからだ。そのほうがずっといい。

ハロルドの顔がすこし明るくなった。彼は立ち上がり、帽子とコートを取ると、オフィスを出た。あと一日か二日は無理をしないほうがいい。まだ力が戻っていない。車が下で待っていて、まもなく彼はロンドンの交通を縫って自宅へ向かっていた。

召使のダーウィンが玄関ドアをあけた。

「奥さまがお戻りでございます、旦那さま」彼は言った。

一瞬、ハロルドは召使を見つめた。アリスだって！　なんてことだ、アリスが帰ってくるのは今日だったのか？　すっかり忘れていた。ダーウィンが警告を与えてくれて助かった。二階へ上がって彼女の姿を見て、あまり愕然としてはみっともないところだった。もっとも、だからどうというほどでもないが。アリスも彼もたがいの気持ちについて幻想は抱いていなかった。アリスは彼を嫌いではないのかもしれないが――彼にはわからなかった。

だいたいにおいて、アリスは彼にとってまったくの期待はずれだった。もちろん、彼はアリスに惚れて結婚したわけではなかったが、美人でないとはいえ、感じのいい女だった。それに、彼女の家族とそのコネが有益だったことは疑いない。まあ、それも期待ほどではなかったか。アリスと結婚するとき、彼は将来できるであろう子供たちの立場を考えた。息子たちにとって、こういう親類がいるのはいいことだ。だが、息子はおろか、娘もできず、今では彼とアリスが二人で年取っていくばかり、話すこともなく、いっしょにいるのもとりわけ楽しくはなかった。

彼女は親類の家に泊まることが多く、冬はたいていリヴィエラに行った。彼女はそれを好み、彼はそれでかまわなかった。

彼は二階の客間へ行き、堅苦しく妻に挨拶した。

「戻ったんだね。迎えにいけなくてすまなかった。でも、金融街《シティ》で抜けられない用事があってね。できるだけ早く帰ってきたんだ。サン・ラファエルはどうだった?」

アリスはサン・ラファエルがどうだったかを話した。彼女はやせぎすで髪は砂色、曲線を描いた高い鼻、ぼんやりした目はハシバミ色だった。育ちのよさを感じさせる、単調でかなり気の滅入る声で話す。帰りの旅は何事もなくすんだ、海峡はやや荒れていた。

ドーヴァーの通関はいつものように面倒だった。

「飛行機にすればいいのに」ハロルドは言った。彼はいつもそうしていた。「そのほうがずっと簡単だ」

「それはそうでしょうけど、わたしは飛行機の旅があまり好きじゃないのよ。昔から。緊張してしまって」

「時間がうんと浮くのに」ハロルドは言った。

レイディ・アリス・クラッケンソープはなにも答えなかった。おそらく彼女の人生の問題は、時間を浮かせることではなく、時間を埋めることなのだろう。彼女は礼儀正しく夫の体調を尋ねた。

「エマから電報が来て、びっくりしましたわ」彼女は言った。「みんなで倒れたんですって？」

「ああ、そうだ」ハロルドは言った。

「このあいだ、新聞で読んだのよ」アリスは言った。「あるホテルで一度に四十人が食中毒で倒れたんですって。冷蔵庫というのが危険だと、わたしは思うわ。おかげでこのごろ、食べ物を長く取っておくようになったでしょう」

「かもしれないな」ハロルドは言った。砒素のことを言うべきかどうか？　アリスを見ていると、なぜかどうしてもそんなことは口にできなかった。アリスの世界では、砒素中毒などありえないのだ、と彼は感じた。それは新聞で読むようなことだ。自分や自分の家族に起きることではない。だが、これは実際にクラッケンソープ家に起きたことなのだ……。

彼は自室に行き、夕食前に一、二時間横になった。着替えて食卓につくと、妻と二人さしむかいで、会話は同じような調子だった。とりとめなく、礼儀正しく。サン・ラファエルの知り合いや友人のこと。

「ホールのテーブルに、あなたあての小包が置いてあるわ、小さいの」アリスは言った。

「そうかい？　気がつかなかったな」

「とんでもない話だけれど、納屋だかなにかから殺された女の死体が見つかったと、人から聞かされたのよ。ラザフォード・ホールですって。きっとどこか別のラザフォード・ホールでしょうね」

「いや」ハロルドは言った。「そのとおりだ。あれはうちの納屋だったんだ」

「なんですって、ハロルド！　ラザフォード・ホールの納屋に殺された女の死体——あなた、なんにも教えてくださらなかったじゃないの」

「まあ、あまり時間がなかったからね」ハロルドは言った。「それに、なんとも不愉快な出来事だった。もちろん、われわれとはなんの関係もない。マスコミに囲まれてね。当然、警察やらなにやらも相手にしなければならなかったし」

「実に不愉快ね」アリスは言った。「犯人はわかりましたの？」彼女はとってつけたように訊いた。

「いや、まだだ」ハロルドは言った。

「その女はどういう人だったの？」

「誰も知らない。フランス人らしいがね」

「ああ、フランス人」アリスは言った。階級差を除けば、ベーコン警部とよく似た口調だった。「一家そろって、ずいぶん迷惑をこうむりましたわね」彼女は同意した。

二人はダイニングルームを出ると、反対側にあるこぢんまりした書斎へ移った。二人きりのときは、たいていここにすわるのだ。ハロルドはもう疲れきっていた。「早く寝よう」と思った。

彼はホールのテーブルから、妻に言われていた小包を取り上げた。きちんとした蠟《ろう》びきの小ぶりの包みで、細心の注意を払ってぴしっと紐がかかっていた。ハロルドはそれを破ってあけながら部屋に入り、暖炉のそばのいつもの椅子に腰をおろした。

小包の中身は小さい薬箱で、〝晩、二錠服用〟と書いたラベルが貼ってあった。いっしょにブラックハンプトンの薬剤師の名前を印刷した紙切れが入っていて、そこには〝ドクター・クインパーの要請により送付〟と書かれていた。

ハロルド・クラッケンソープは眉をひそめた。箱をあけ、錠剤を見た。今まで飲んでいたのと同じ錠剤のようだ。だが、もう飲まなくていいと、クインパーは確かに言っていたではないか？「もういりませんよ」クインパーはそう言ったのだった。

「なんなの、あなた？」アリスは言った。「心配そうなお顔だけど」

「ああ、ただの——錠剤だ。いつも夜に飲んでいた。でも、医者はもう飲まなくていいと言っていたと思ったんだがな」

妻は淡々と言った。「きっと、飲むのを忘れるなとおっしゃったんじゃない」

「そうかもしれないな」ハロルドは疑いながらも言った。

彼は妻を見た。彼女は彼を見守っていた。ほんの一瞬、彼は考えた——アリスのことを考えるなど、めったにないことだったが——彼女は何を思っているのだろうと。その穏やかなまなざしからはなにも読み取れなかった。彼女の目は空家の窓のようだ。アリスは彼のことをどう思い、どう感じているのか？　かつては彼に惚れていたのか？　たぶんそうだろうと思った。それとも、彼女は彼が金融街《シテイ》で成功していると思ったから結婚した、自分が貧乏貴族の生活に疲れていたから？　まあそれなら、彼女はなかなかうまくやったといえるだろう。車とロンドンの家があり、気が向けば海外旅行ができ、高価な服が買える。もっとも、アリスが着るとどんな服もしゃれて見えなかったが。そう、だいたいにおいて、彼女はうまくやった。自分でもそう思っているだろうか、と彼は考えた。もちろん、彼女は彼をそう好きではないが、それは彼のほうも同じことだ。二人に共通点はなく、話題はなく、共有する思い出もなかった。子供がいれば違っていたろうが――子供はできなかった――ふしぎだ、一家じゅうに子供といえばイーディーの息子しかいない。ちびのイーディー。ばかな子だった、戦争中に、あんなふうに無考えに性急な結婚をするなんて。ちゃんと助言を与えてやったのに。

彼はこう言ったのだった。「ハンサムな青年パイロットはけっこうさ、かっこよくて、勇気があってね。だが、平和なときには役に立たないぞ。きっと、おまえを経済的に支えることさえできないだろう」

すると、イーディーは答えた。それがどうだっていうのよ？　わたしはブライアンを愛し、ブライアンはわたしを愛しているし、おそらく彼はすぐ戦死するでしょう。どうしてつかのまの幸福を楽しんではいけない？　今にも爆弾を落とされるかもしれないときに、将来を考えてどうなる？　それに、将来の心配なんかないじゃない、とイーディーは言った。いずれはおじいさんの財産が手に入るのだから。

ハロルドはいやな気分で椅子の上で体をくねらせた。あの祖父の遺言ときたら、困ったものだ！　全員があれに踊らされている。あの遺言を喜んだ人間はいなかった。孫たちは喜ばず、父親は怒り心頭だった。親父は絶対に死んでやるものかと心に決めている。だからあんなに体を大事にしているのだ。だが、いずれ死なないわけにはいかない。いくらなんでも、もうじき死ぬはずだ。さもないと――また心配事のすべてが襲ってきて、ハロルドはむかつき、くたびれ、めまいを感じた。

アリスはまだこちらを見ている、と彼は気づいた。薄茶色の、なにか考えている目。それはなぜか彼を不安にさせた。

「そろそろ寝るよ」彼は言った。「今日は病後初めて仕事に出たから」

「ええ」アリスは言った。「そうなさるといいわ。お医者さまも、初めから無理しないようにと、きっとおっしゃったでしょう」

「医者はかならずそう言うんだ」ハロルドは言った。

「それに、お薬を飲むのを忘れないようにね」アリスは言った。彼女は箱を取り上げ、彼に渡した。

彼はおやすみを言い、二階へ上がった。ああ、やっぱり薬が必要だ。そうすぐに服用をやめるのは間違いだったろう。彼は二錠出し、グラスの水で飲みくだした。

第二十四章

「わたしほどへまばかりする間抜けはいませんね」ダーモット・クラドックは暗い顔で言った。

彼が長い脚を伸ばしてすわった姿は、忠実なフロレンスのやや家具の多すぎる居間には不似合いに見えた。彼はすっかり疲労し、動揺し、意気消沈していた。

ミス・マープルは静かな声で慰めるように異を唱えた。「いえいえ、あなたはとてもいい仕事をなさいましたよ。ほんとうに、とてもいい仕事をね」

「わたしがとてもいい仕事をした、ですって？　わたしは一家全員が毒を盛られるのをゆるした。アルフレッド・クラッケンソープは死に、今度はハロルドまで死んでしまった。いったいどうなっているんだ？　それを知りたいですね」

「毒薬の錠剤ねえ」ミス・マープルは考えながら言った。

「ええ。実にずる賢い。彼がそれまで飲んでいたのと見かけは同じなんですよ。印刷した付箋《ふせん》がついていて、〝ドクター・クインパーの指示により〟と書いてあった。ところが、クインパーはそんなものを注文していない。薬局のラベルが使われていたが、薬剤師もそんなことは知らない。ええ、箱はラザフォード・ホールから来たものだったんです」

「ラザフォード・ホールから来たものと、実際にわかりましたの?」

「ええ。すっかり調べました。実は、エマのために処方された鎮静剤が入っていた箱だったんです」

「あら、そうですか。エマにね……」

「ええ。彼女の指紋がついていました。それに、二人の看護婦と、調合した薬剤師の指紋も。当然ながら、ほかの指紋はありません。送った人間はよく注意していたんです」

「それで、鎮静剤のかわりにほかのものが入れられていた?」

「ええ。もちろん、そこが錠剤の困るところです。どれもまるで同じに見える」

「そのとおりですわ」ミス・マープルは同意した。「わたしの若いころのこと、よくおぼえていますけれどね、液状の黒いお薬、茶色いお薬(それは咳止めでしたけど)、白いお薬、それに誰それ先生のピンクのお薬。混ぜこぜになるなんてことは、めったにありませんでしたよ。実際、わたしの住んでいるセント・メアリ・ミードの村では、今でもそういうお薬に人気があります。みんな、びん詰めの水薬をほしがりますの、錠剤ではなくね。で、なんの錠剤でしたの？」彼女は訊いた。

「トリカブトです。ふつうは劇薬と注意書きのあるびんに入れておいて、百分の一に薄め、外用にするものです」

「それで、ハロルドはそれを飲んで死んだ」ミス・マープルは考えながら言った。ダーモット・クラドックは呻き声のようなものを漏らした。

「あなたを前にしてうっぷんを晴らしていますが、気にしないでくださいね」彼は言った。「ジェーンおばさんにすっかり打ち明けよう、そんな気分なんですから！」

「そんな、恐縮ですわ」ミス・マープルは言った。「ほんとうにありがとうございます。あなたはサー・ヘンリーの名づけ子でいらっしゃるから、わたしとしても、ふつうの警部さんとはまるで違って思えるんですよ」

ダーモット・クラドックはふと微笑を見せた。「しかし、この事件ではわたしはとんでもないへまをしでかした、その事実に変わりはありませんよ」彼は言った。「ここの警察本部長がスコットランド・ヤードを呼び出した。それでどうなりました？　わたしがやって来て、恥をさらした！」

「いえいえ」ミス・マープルは言った。

「そうなんです。わたしには、誰がアルフレッドを毒殺したかわからない、誰がハロルドを毒殺したかわからない、そのうえ、そもそも殺された女の身元すら見当もつかないんだ！　彼女がマルティーヌだというのが、ほぼ間違いないと思えた。それですべてがうまくつながるようだった。ところがどうだ？　本物のマルティーヌが現われて、しかも驚くなかれ、彼女はサー・ロバート・ストッダート－ウェストの夫人とわかった。それじゃ、納屋の女はいったい誰なのか？　お手上げですよ。最初はアナ・ストラヴィンスカだと考えたが、それから彼女はリストからはずされた――」

ミス・マープルが独特の意味ありげな咳をしたので、彼ははっとした。

「でも、そうでしょうかしら？」彼女はつぶやいた。

クラドックは彼女を見つめた。「しかし、あのジャマイカからの葉書が――」

「ええ」ミス・マープルは言った。「でも、確かな証拠とはいえないでしょう？　だって、葉書くらい、たいがいどこからでも送れますわ。思い出しますけれどね、ミセス・ブライアリーがひどい神経衰弱になったことがあって。とうとう、様子をみるために精神病院に入院するようにと言われたんです。彼女はそれを子供たちに知られるのが心配なあまり、葉書を十四枚書きましてね、海外のいろいろな場所から郵送されるように手配して、子供たちにはママは休暇で海外へ行くと言っておいたんですよ」彼女はダーモット・クラドックを見て、つけ加えた。「わたしの言う意味はおわかりでしょう」

「ええ、むろんです」クラドックは彼女を見つめて言った。「あのマルティーヌの話がこううまくあてはまっていなければ、当然、例の葉書をきちんと調べたところなんですがね」

「都合がよすぎますよ」ミス・マープルはつぶやいた。

「うまくつながった」クラドックは言った。「なにしろ、マルティーヌ・クラッケンソープの署名のある手紙をエマが受け取っていた。レイディ・ストッダート－ウェストが書いたものではないが、何者かが書いたはずだ。その人物はマルティーヌを装い、できればそれで一稼ぎしようというつもりだった。そのことは否定できないでしょう」

「ええ、ええ」

「それから、エマがマルティーヌのロンドンの住所あてに出した手紙の封筒が出てきた。ラザフォード・ホールで見つかったのだから、彼女は実際にあそこに行っていたとわかった」

「でも、殺された女の人は、あそこに行ってはいませんよ！」ミス・マープルは指摘した。「あなたがおっしゃる意味ではね。彼女がラザフォード・ホールに来たのは、死んだあとです。汽車から線路沿いの土手に押し出されてね」

「ああ、そうですね」

「封筒が証明したのは、殺人犯があそこに行ったということですわ。おそらく、封筒はほかの書類やなにかといっしょに彼女の持ち物から取って、そのあと間違って落としてしまった——あるいは——どうでしょう、間違いだったのかしら？　だって、ベーコン警部も、おたくのかたがたも、あの場所をくまなく調べたでしょう、それでも見つからなかった。それがあとになって、ボイラー室から出てきたんですよ」

「ふしぎはないですよ」クラドックは言った。「あの庭師のじいさんが散らかっている紙屑を拾っては、あそこにつっこんでいたんですから」

「男の子たちが見つけるのに格好の場所にね」ミス・マープルは考えながら言った。

「つまり、われわれに見つかるように、あそこに置いてあったとお考えなんですか？」

「まあ、どうかしらと思いましてねえ。だって、男の子たちが次にどこをさがすか、知るのはさほどむずかしくないし、二人にあそこへ行ったらどうかとほのめかすことだって……ええ、どうかしらねえ。あの封筒のおかげで、あなたはアナ・ストラヴィンスカのことを考えるのをやめてしまったでしょう？」

クラドックは言った。「それじゃ、やっぱり彼女だったと思われるんですか？」

「あなたが彼女のことを調べはじめたので、誰かが警戒した、そう思うだけですわ……

調べられたくないと思った人がいたんでしょうね」

「何者かがマルティーヌのふりをするつもりだった、という基本的な事実は認めることにしましょう」クラドックは言った。「それなのに、なんらかの理由で——そうしなかった。なぜでしょうか？」

「それはとてもおもしろい質問ですわね」ミス・マープルは言った。

「何者かがマルティーヌはフランスへ帰るという知らせを送り、それからこの女性といっしょに汽車に乗り、途中で彼女を殺すという段取りをつけた。ここまではよろしいですか？」

「すっかりそのとおりとは、どうもねえ」ミス・マープルは言った。「これはもっと単純に見たほうがいいと思うんですよ」

「単純！」クラドックは叫んだ。「わたしの頭をおかしくしようというんですか」彼は文句をつけた。

ミス・マープルはびっくりして、そんなつもりはさらさらない、と言った。

「さあ、教えてください」クラドックは言った。「あの殺された女性が誰だったか、あなたはわかる、あるいはわからないとお考えですか？」

ミス・マープルはため息をついた。「むずかしいですわね」彼女は言った。「これをきちんと言葉にするのは。つまりね、彼女が誰だったか、わたしにはわかりませんけれど、同時に、彼女が誰だったかは、だいたい確信がありますの、おわかりいただけますかしら?」

クラドックは頭を後ろへさっと振った。「わかる? まるっきりわかりませんよ」彼は窓の外に目をやった。「ああ、ルーシー・アイルズバロウが会いにきましたよ」彼は言った。「じゃ、失礼します。わたしの自尊心は、今日はぐんと低いところにあるので、有能で成功している輝くばかりの若い女性といっしょでは、とてもやっていけませんからね」

第二十五章

「〝トンティーン〟を辞書で調べました」ルーシーは言った。

挨拶をすませたあと、ルーシーは部屋の中をあてもなく歩きまわり、こちらで陶器の犬に、あちらで椅子の背おおいに、窓辺でプラスチックの裁縫箱に触れた。

「きっとそうなさると思いましたよ」ミス・マープルは落ち着いて言った。

ルーシーはゆっくりと辞書の定義を引用した。「イタリアの銀行家ロレンゾ・トンティが一六五三年に始めた年金組合の一種で、加入者が死ぬとその出資分からの配当は生存する組合員の利益となる」彼女は言葉を切った。「まさにこれですよね？　そっくりだわ。しかもあなたはあのとき、最近二人が亡くなるより前にもう、このことを考えていらした」

彼女はまたじっとしていられず、部屋の中を無目的に歩きまわりはじめた。ミス・マープルはすわって、それを見守っていた。これはかつて彼女が知っていたのとは別のルーシー・アイルズバロウだった。

「当然のなりゆきですよね」ルーシーは言った。「ああいう遺言じゃあ。生存者が一人しかいなければ、その人がぜんぶもらうことになるなんて。でも——莫大な財産だったんでしょう？　分けたって充分ありそうなのに……」彼女は言葉を濁した。

「問題はね」ミス・マープルは言った。「欲ですよ。欲張りな人がいる。たいていはそんなふうに始まるの。殺人から始まるんじゃないの、最初は殺人なんて考えもしない。ただ欲張って、もらえるものよりよけいほしいと思う、それが始まりなのよ」彼女は編み物を膝に置き、宙を見つめた。「わたしがクラドック警部と初めてお会いしたのも、そんなことでした。田舎の事件でね。メデナム・スパーのそば。始まりは同じでした。弱気な、愛すべき人物が、お金をたくさんほしがったの。自分のものになるお金ではなかったのに、たやすく手に入りそうに見えたのね。そのときは殺人なんて考えていなかったのよ。ただ、ごく手軽く簡単にすむ、悪いとさえ思えないようなことだった。そんなふうに始まるものなのね……ところが、最後には三人が殺されました」

「この事件と同じですね」ルーシーは言った。「ここでも三人殺されました。マルティーヌのふりをして、息子の分け前を要求できたはずの女性、それからアルフレッド、それからハロルド。そうすると、残りは二人だけになりますね？」

「つまり」ミス・マープルは言った。「セドリックとエマだけ、ということ？」

「エマは違います。エマは背の高い、黒っぽい髪の男性じゃありませんもの。そうじゃなくて、セドリックとブライアン・イーストリーです。ブライアンは明るい色の髪だから、今まで考えに入れていなかったんですけど。金色の口ひげに青い目でしょう、でも――このあいだ……」彼女は言いよどんだ。

「ええ、どうぞ続けて」ミス・マープルは言った。「教えてちょうだい。なにか、ひどく気にかかることがあるのね？」

「レイディ・ストッダート－ウェストがお帰りになる間際《まぎわ》のことです。お別れのご挨拶をしたあと、車のところへ行こうとしていた彼女がふいにわたしのほうを向いて、〝さっきお玄関に入ったとき、テラスに立っていらした背の高い、黒っぽい髪の男のかたはどなたでしたかしら？〟と訊いたんです。

最初は誰のことか想像もつきませんでした。だって、セドリックはまだ床に就いていましたから。それで、戸惑いながら〝ブライアン・イーストリーではありませんね？〟と答えましたら、彼女は言いました。〝ああ、もちろんそうでしたわ、イーストリー飛行中隊長。かつてレジスタンスのあいだに、フランスでわたくしどもはあのかたを屋根裏におかくまいしたことがありますの。あの立ち姿と肩の線をおぼえています〟。それから〝もう一度お目にかかりたいわ〟とおっしゃったのですが、彼は見つかりませんでした」

ミス・マープルはなにも言わず、ただ待った。

「それで」ルーシーは言った。「あとになって、わたしは彼を見てみました……こちらに背を向けて立っていたのですけれど、前に気づくべきだったのに見落としていたことがわかりました。男の人の髪は、たとえ明るい色でも、油でなでつけているから黒っぽく見えるんです。ブライアンの髪の毛は中くらいの茶色でしょうが、黒っぽく見えます。だから、あなたのお友達が汽車の中で見たのはブライアンだったかもしれない。もしかすると……」

「ええ」ミス・マープルは言った。「わたしもそれは考えました」

「なにもかも考えていらっしゃるのね！」ルーシーは苦々しげに言った。

「まあ、そうせざるをえませんからねえ」

「でも、ブライアンがそれでどんな得をするか、わかりません。だって、お金はアレグザンダーが相続するのであって、彼じゃないわ。そりゃ、生活は楽になるでしょうし、もうすこし贅沢ができるでしょうけど、彼は元本に手をつけて事業計画に投資するとか、そんなことはなにもできません」

「でも、もしアレグザンダーが二十一歳になる前になにかあれば、ブライアンは父親で最近親者だから、お金を受け取ることになりますよ」ミス・マープルは指摘した。

ルーシーはぞっとした視線を投げた。

「そんなこと、彼は絶対にしませんよ。どんな父親だってしないでしょう――お金を手に入れるためになんか」

ミス・マープルはため息をついた。「人はね、そんなことだってするものですよ。悲しいし、恐ろしいことだけれど、そういうものなの」

「ほんとうに恐ろしいことをするものですよ」ミス・マープルは続けた。「子供三人を毒殺した女を知っていますわ、わずかばかりの保険金を手に入れたいばかりにね。それから、帰省した息子を毒殺したおばあさんがいたわ、感じのいいおばあさんだったらしいんだけど。それに、老ミセス・スタニッチ。この事件は新聞に出ましたよ。読まれたのじゃないかしら。まず娘が、次に息子が死に、それから彼女は自分も毒を盛られたと言ったの。確かにおかゆに毒が入っていたんだけれど、自分が入れたものだったのよ。最後に残っていた娘を殺すつもりだったのね。これはお金が目当てではなかったわ。彼女は子供たちが自分より若くて、しかも生きているということをねたんだの。それに――口にするのも忌まわしいけれど、事実なのよ――子供たちが自分の死後、楽しくやっていくだろうと思うと、いたたまれなかったのね。彼女はいつも財布の紐をしっかり握っていた。ええ、そりゃちょっとおかしい人、といえるでしょうけど、それが言い逃れになるとは、わたしは思えないの。だって、いろんな形でちょっとおかしい人はいますよ。人のためになりたいばっかりに、全財産を手ばなしてしまうとか、ありもしない銀行口座の小切手を書いてしまうとかね。それなら、おかしな行動の裏に優しい気質があるのがわかるでしょう。でももちろん、おかしい人がその裏に悪い気質を持っているなら、ね。さあ、これがすこしは助けになったかしら、ルーシー？」

「何が助けに？」ルーシーはぽかんとして訊いた。

「わたしが言ってきたこと」ミス・マープルは言った。それから穏やかにつけ加えた。

「心配しないで。ほんとに、心配無用よ。エルスペス・マギリカディがもうじき帰ってきますからね」

「それがどう関係があるのかわかりませんけど」

「ええ、まあそうでしょう。でも、わたしは大事なことだと思うのよ」

「心配しないわけにいきませんわ」ルーシーは言った。「だって、わたしはあの家族に思い入れがありますから」

「わかっていますよ。あなたにとってはむずかしいわね、どちらの人にも強く惹かれているんですもの、そうでしょう、それぞれまるで違った形でね」

「どういう意味ですか？」ルーシーは言った。鋭い口調だった。

「あのおうちの二人の息子さんよ」ミス・マープルは言った。「というより、息子と娘婿。家族の中で感じの悪い二人が亡くなって、魅力的な二人が残ったのは皮肉ね。セドリック・クラッケンソープがとても魅力的なのはわかります。あの人は自分を実際より悪く見せる傾向があって、どこか挑発的なのね」

「あの人を相手にしていると、かっかしてくることがあります」ルーシーは言った。

「ええ」ミス・マープルは言った。「それを楽しんでいるんでしょう？　あなたは勝気な若い女性で、闘うのが楽しいのよ。ええ、どこに惹かれているかはわかります。一方、ミスター・イーストリーは哀れっぽいタイプ、ふさぎこんだ男の子みたいでね。それももちろん、魅力的です」

「で、その一人が殺人犯」ルーシーはつらそうに言った。「どちらであってもおかしくない。これという決め手がないんですもの。セドリックは弟のアルフレッドとハロルドが亡くなったというのに、ちっとも気にしていない。うれしそうな顔でラザフォード・ホールをどうするか、構想を練っているばかりなんですよ、自分の望みどおりに開発するには大金が必要だ、とか言いながら。もちろん、彼は自分の冷淡さを誇張するような人間だとはわかっています。でも、それだって覆面かもしれない。だって、人は実際以上に冷淡に振る舞うものだといいますけど、逆かもしれないわ。中身は見かけよりもっと冷淡で無神経かもしれない！」

「あらあら、ルーシー、とんだことになったわね」

「それにブライアンですけど」ルーシーは続けた。「驚いたことに、ブライアンは本気であそこに住みたがっているみたいなんです。彼とアレグザンダーはあの家ですごく楽しく暮らせると思っているし、彼の頭の中は事業計画でいっぱい」

「いつもあれやこれや計画しているのね？」

「ええ、そうみたいです。聞くだけならすばらしいんですけど——どれも現実にはうまくいかないだろうと、不安になります。思いつきは悪くないんですよ——でも、実行に伴う困難をまるで考慮に入れていないんです」

「いわば、空中楼閣？」

「ええ、いろんな意味でね。だって、たいていは文字どおりに空中なんですよ。どれも航空関係の計画なの。優秀な戦闘機パイロットは、空から舞い戻ってきて地に足をつけるってことがないのかしら……」

彼女はさらに言った。「それに、彼がラザフォード・ホールを大好きなのは、子供のころ住んでいた、だだっ広いヴィクトリア時代の家を思い出させるからなんですって」

「そう」ミス・マープルは考えをめぐらしながら言った。「なるほど、そうなの……」それから、ちらと横目でルーシーを見ると、不意をつくように言った。「でも、それがぜんぶじゃないでしょう、あなた？　ほかにもなにかあるのね？」

「ええ、ほかにもあります。ほんの二日ほど前まで気づかなかったことなんですけど。ブライアンはあの汽車に乗ることが可能でした」

「パディントン発四時三十三分？」

「ええ。警部がいらしたとき、エマは自分も十二月二十日の行動を説明しなくてはいけないと思って、とても細かく述べたんです――午前中は委員会の会合、午後は買い物、グリーン・シャムロックでお茶、そして、そのあと彼女は言いました、駅にブライアンを迎えに行った。彼女の目当ての汽車はパディントン発四時五十分でしたけど、彼は一つ早いので来て、遅いほうで来たようなふりをすることはできたでしょう。車をぶつけてしまったので修理に出していて、それで汽車で来るしかなかったと、彼はわたしにごく軽い調子で言いました――うんざりだった、汽車は大嫌いなんだ、とか。ちっとも不自然なところはありませんでした……なんでもないことなのかもしれないけれど――でも、彼が汽車でなんか来なければよかったのにと思ってしまうんです」

「実際に汽車に乗ってきたのね」ミス・マープルは考えながら言った。「だからって、なんの証明にもなりません。いちばんいやなのは、この疑惑です。真実がわからないということ。きっと、結局はわからずじまいだわ！」

「かならずわかりますよ」ミス・マープルはきびきびと言った。「だって――これですべてが終わるわけじゃありませんからね。わたしが確かに知っているのは、殺人犯は事態をうっちゃっておけないということ。いい意味でも、悪い意味でもね。とにかく」ミス・マープルはきっぱりと言った。「二度目の殺人をおかしてしまったら、もうじっとしていられないものよ。あら、そんなにびくびくしないでね。警察は捜査に全力をあげ、みんなを守っているわ――それにありがたいことに、エルスペス・マギリカディがもうすぐ帰ってきますからね！」

第二十六章

1

「さあ、エルスペス、わたしがあなたにやってもらいたいこと、はっきりわかったでしょうね？」

「はっきりしてはいるけど」ミセス・マギリカディは言った。「でもねえ、ジェーン、ずいぶんおかしなことじゃなくて？」

「ちっともおかしくなんかないわ」ミス・マープルは言った。

「まあ、わたしにはそう思えるのよ。人のお宅に着いて、ほとんど即座に——その——二階へ行っていいか（トイレを借りるときの婉曲表現）と尋ねるなんて」

「寒いですからね」ミス・マープルは指摘した。「それに、食べ物にあたったってこともあるでしょう。だから——その——二階へ行かせてもらわなきゃならない。そういうことは起きるものよ。たとえばルイーズ・フェルビーがうちに来たときなんか、気の毒に、ほんの三十分いたあいだに五回も二階へ行っていいかと訊くはめになった。あれは」ミス・マープルは注釈のように言い加えた。「コーニッシュ・パスティー（ミートパイの一種）のせいだったわ」

「何をもくろんでいるのか、教えてくださればいいのに、ジェーン」ミセス・マギリカディは言った。

「それだけはだめ」ミス・マープルは言った。

「いらいらさせてくれるわね、ジェーン。最初はわたしに必要以上に早くイギリスに帰ってこさせて――」

「それはお詫びします」ミス・マープルは言った。「でも、ほかにどうしようもなかったの。だって、今にも誰かが殺されるかもしれないのよ。ええ、みんな警戒しているし、警察ではできるだけの予防措置は取っているわ、でも殺人犯のほうがうわてという可能性は、つねにわずかながらあるもの。だからね、エルスペス、帰国するのはあなたの義務だったの。わたしたちは義務を果たすようにとしつけられてきたんじゃなくて？」

「ほんとね」ミセス・マギリカディは言った。「わたしたちの若いころは、甘やかされるなんてことがなかった」

「じゃ、いいわね」ミス・マープルは言った。「さ、タクシーが来たわ」家の外からかすかに車のホーンの音が聞こえてきた。

ミセス・マギリカディは厚地の白黒霜降りのコートをはおり、ミス・マープルは何枚ものショールやスカーフにくるまった。それから二人の婦人はタクシーに乗り、ラザフォード・ホールへ向かった。

2

「車が来たわ、いったい誰かしら？」エマは言った。窓の外をタクシーが通ったところだった。「あら、ルーシーの伯母さまみたい」

「いやになるな」セドリックは言った。

彼は長椅子に寝そべり、マントルピースのわきに足を置いた格好で《カントリー・ライフ》をぱらぱらと見ていた。

「留守だと言えよ」

「留守だと言えって、わたしが出ていって、わたしはおりませんと言うってこと？　それとも、ルーシーに頼んで伯母さまに向かってそう言ってもらうってこと？」

「そこまで考えなかったな」セドリックは言った。「執事や従僕のいた時代のつもりになっていたらしい。うちにそんなのがいたとすればね。戦争前には従僕が一人いたろう。台所係のメイドとの情事で大騒ぎになった。それにしても、掃除のおばさんが一人くらいいないのか？」

だがそのとき、午後の真鍮磨きに来ていたミセス・ハートの手でドアがあけられ、ミス・マープルがショールやらスカーフやらをひらひらさせて入ってきた。その後ろには、毅然とした雰囲気の人物が控えていた。

「あの、ほんとに」ミス・マープルはエマの手を取って言った。「お邪魔でなければよろしいんですけれど。実は、あさって家に帰ることになりまして、どうしてもこちらにうかがって、きちんとお別れのご挨拶をして、ルーシーへのご親切にあらためてお礼を申し上げなければすまないと思いましたの。あら、忘れていましたわ。お友達のミセス・マギリカディを紹介させてくださいね。わたしのところに泊まっていますの」

「はじめまして」ミセス・マギリカディは言いながら、エマをまっすぐに見つめ、それから今は立ち上がっているセドリックに視線を移した。そのとき、ルーシーが部屋に入ってきた。

「ジェーン伯母さん、びっくりしたわ……」

「どうしてもこちらにうかがって、ミス・クラッケンソープにご挨拶申し上げなくちゃと思ったのよ」ミス・マープルは彼女のほうを向いて言った。「あなたにそれはご親切にしてくださったでしょう、ルーシー」

「ルーシーのほうこそ、わたくしどもにとても親切にしてくださいましたわ」エマは言った。

「まったくだ」セドリックは言った。「うちじゃ、ガレー船を漕ぐ奴隷なみにこき使ってきましたからね。病人の世話、階段ののぼりおり、病人食の用意……」

ミス・マープルは口をはさんだ。「ご病気のことは、ほんとうにたいへんでございましたね。もうすっかりよくなられましたでしょうね、ミス・クラッケンソープ？」

「ええ、おかげさまで、すっかり元気になりました」エマは言った。

「みなさんがとてもお悪かったと、ルーシーから聞きました。ほんとに危険なものですわね、食中毒というのは？　マッシュルームがよくなかったようですけれど」

「原因はいまだにはっきりしませんの」エマは言った。

「信じちゃだめですよ」セドリックは言った。「噂が飛び交っているのを耳にされたでしょう、ミス――ええ――」

「マープルです」ミス・マープルは言った。

「ええ、きっと乱れ飛んでいる噂がお耳に入ったでしょう。ご近所を騒がせるのに、砒素くらいいい材料はありませんからね」

「セドリック」エマは言った。「およしなさい。クラドック警部がおっしゃって……」

「ばかばかしい」セドリックは言った。「みんな知ってるよ。あなたがただって、なにか聞いておられるでしょう？」彼はミス・マープルとミセス・マギリカディのほうを向いた。

「わたくしは」ミセス・マギリカディは言った。「外国から戻ったばかりですの――一昨日」彼女はつけ加えた。

「ああ、じゃ、地元のスキャンダルには通じておられない」セドリックは言った。「カレーに砒素が入っていたんですよ。ルーシーの伯母さんはきっとすっかりご存じだ」

「まあ」ミス・マープルは言った。「小耳にはさんだことは――その、ほんのほのめかしですけれど、でももちろん、あなたにいやな思いをさせてはいけないと思いましたからね、ミス・クラッケンソープ」

「兄の言うことは気になさらないでください」エマは言った。「人をどぎまぎさせるのが好きなだけなんです」彼女は言いながら、兄に愛情のこもった微笑を向けた。

ドアがあいて、ミスター・クラッケンソープがいらいらとステッキを鳴らしながら入ってきた。

「お茶はどこだ？」彼は言った。「なんでお茶の支度ができていない？　おい！　むすめ《ガール》！」彼はルーシーを呼びつけた。「どうしてまだお茶を運んでこないんだ？」

「用意はできました、ミスター・クラッケンソープ。すぐ持ってまいります。テーブルを整えていたところです」

ルーシーはまた部屋を出ていき、ミスター・クラッケンソープはミス・マープルとミセス・マギリカディに紹介された。

「食事は時間どおりがいい」ミスター・クラッケンソープは言った。「時間厳守と倹約。それがわたしのモットーだ」

「必要なことでございますね」ミス・マープルは言った。「ことにこのごろは税金とか、いろいろあって」

ミスター・クラッケンソープは鼻を鳴らした。「税金！　わたしに向かってああいう盗人の話はせんでくれ。みじめな貧乏人――それがわたしだ。しかもこれから悪くなる、よくなりはせん。見ていろよ、息子《ボーイ》」彼はセドリックに向かって言った。「十対一で賭けてもいい、おまえがこの屋敷を手に入れるころには、社会主義者どもが奪い取って福祉センターだかなんだかに変えてしまうだろう。そのうえ維持費としておまえの収入もすっかり取っていく！」

ルーシーがお茶の盆を手に、また現われた。ブライアン・イーストリーがサンドイッチ、バターつきパン、ケーキをのせた盆を持って続いた。

「なんだこれは？　なんだこれは？」ミスター・クラッケンソープは盆のものをじろじろ見た。「砂糖がけのケーキ？　今日はパーティーか？　そんな話は誰からも聞いとらんぞ」

エマの顔にわずかに赤みがさした。

「ドクター・クインパーがお茶におみえなんです、おとうさま。今日は先生のお誕生日なので――」

「誕生日？」老人は鼻を鳴らした。「誕生日がどうした？　誕生日なんぞ子供のためのものだ。わたしは自分の誕生日など勘定に入れないし、誰にも祝わせんからな」

「安上がりでいいや」セドリックは言った。「ケーキにつける蠟燭代の節約になる」

「いいかげんにしろ、息子《ボーイ》」ミスター・クラッケンソープは言った。

ミス・マープルはブライアン・イーストリーと握手を交わしていた。「お噂はかねてうかがっておりますよ」彼女は言った。「ルーシーからね。まあ、あなたを見ていると、昔知っていた人を思い出しますわ、セント・メアリ・ミードでね。わたし、その村にもう長年住んでおりますの。ええ、弁護士の息子のロニー・ウェルズ。おとうさんの事務所に入ったんですけれど、落ち着けなくてね。東アフリカへ行って、あちらの湖に貨物船を走らせる仕事を始めたんですよ。ヴィクトリア湖《ニアンザ》、あらそれともアルバートだったかしら？　とにかく、残念ながら仕事は成功しなくて、元手をすっかりなくしてしまいました。なんて運の悪い！　あなたのご親戚ではありませんわね？　ほんとによく似ていらっしゃるので」

「いいえ」ブライアンは言った。「ウェルズという親戚はいないと思いますよ」

「とてもいいお嬢さんと婚約していたんですよ」ミス・マープルは言った。「それは分別のある人でね。ロニーを説き伏せてやめさせようとしたんですけれど、彼は耳を貸さなかったんです。もちろん、彼のほうが間違っていましたわ。女というのはね、お金のこととなると、良識を発揮するものですよ。そりゃ、むずかしい金融の世界のことじゃありません。ああいうものは女にはわかりっこない、とわたしの父は申しておりましたわ。でも、毎日のポンド、シリング、ペンスの出入り――そういうのでしたらね。あら、この窓からの景色はすてき」彼女は言って、部屋を横切り、外を見た。

エマがそばに寄った。

「私園の草地があんなに広がって！　木々のあいだの牛が絵のよう。これが町の真ん中だなんて、夢にも思えませんね」

「ここは過去の遺物なんですの」エマは言った。「窓をあければ、遠くの交通音が聞こえますのよ」

「あら、もちろんですわ」ミス・マープルは言った。「今はどこへ行っても騒音が聞こえます。セント・メアリ・ミードでさえね。あそこは飛行場に近いんですよ、ジェット機が頭の上を通る音といったら！　ほんとにこわくなってしまう。このあいだなんか、うちの小さな温室のガラスが二枚割れました。音速の障壁を越える、とかいうことでしょう、わたしにはさっぱりですけれどね」

「いやあ、ごく単純なことでしてね」ブライアンがにこやかに近づいてきた。「つまり、こうなんです」

ミス・マープルはハンドバッグを落とし、ブライアンは礼儀正しくそれを拾った。同時にミセス・マギリカディはエマに近づき、苦痛に満ちた声でささやいた――苦痛は本物だった。ミセス・マギリカディはこんなことをするのがいやでしかたなかったのだ。

「あの――ちょっとお二階を拝借させていただけますかしら？」

「もちろんですわ」エマは言った。

「わたしがお連れします」ルーシーは言った。

ルーシーとミセス・マギリカディはいっしょに部屋を出た。

「今日、車に乗っていると、とても寒かったですわ」ミス・マープルは漠然と弁明するような調子で言った。

「音速の障壁の話ですがね」ブライアンは言った。「いいですか、こんな感じ……ああ、クインパーが来た」

医師が車で乗りつけたところだった。やがて手をこすり合わせ、いかにも寒そうな様子で入ってきた。

「雪になりそうだ」彼は言った。「わたしの予報ではね。やあ、エマ、いかがですか？　おやおや、これはいったいなんだ？」

「あなたのバースデー・ケーキを作りましたの」エマは言った。「おぼえていらっしゃる？　今日はお誕生日だと教えてくださったから」

「まさか、こんなふうにしていただけるとは思いもよらなかった」クインパーは言った。「もう何年も――そうだな――十六年というもの、人に誕生日をおぼえていてもらったことなんかなかった」彼は感動のあまり、ほとんどばつが悪そうに見えた。

「ミス・マープルはご存じ？」エマは彼を紹介した。

「あら、存じ上げておりますわ」ミス・マープルは言った。「ドクター・クインパーにはこちらで前にお目にかかりましたし、このあいだわたしがひどい風邪をひいたときには、往診してくださって、それはご親切でした」

「もうよくなられたでしょうね？」医師は言った。

ミス・マープルはもうすっかり元気になったと答えた。

「ここしばらく、わたしの診察には来ていないな、クインパー」ミスター・クラッケンソープは言った。「ほっぽらかしておくと、死ぬかもしれんぞ！」

「まだまだ死にはしませんよ」クインパーは言った。

「死ぬつもりはない」ミスター・クラッケンソープは言った。「さあ、お茶にしよう。何をぐずぐずしているんだ？」

「あら、どうぞ」ミス・マープルは言った。「わたしのお友達なら、お待ちにならないでくださいな。そんなことをしては、あの人のほうが恐縮しますから」

一同はすわり、お茶を始めた。ミス・マープルはバターつきパンをまず一切れ受け取り、それからサンドイッチに進んだ。

「これは――？」彼女はためらった。

「魚です」ブライアンは言った。「ぼくが作るのを手伝った」

ミスター・クラッケンソープはかっかっと笑った。

「毒入りフィッシュペースト」彼は言った。「それだ。危険を覚悟で食べるんだな」

「よして、おとうさま！」

「この家で食べるものには気をつけんとな」ミスター・クラッケンソープはミス・マープルに言った。「わたしの息子が二人、蠅みたいに殺されおった。誰のしわざだか——それを知りたいもんだ」

「あんな話で食欲をなくさないでくださいよ」セドリックは言い、またミス・マープルに盛り皿をまわした。「砒素は顔色をよくすると言いますからね、摂りすぎなければですが」

「自分で一つ食ってみろ、息子《ボーイ》」ミスター・クラッケンソープは言った。

「お毒見役にさせたいんですか？」セドリックは言った。「じゃ、行きますよ」

彼はサンドイッチを一つ取り、丸ごと口に入れた。ミス・マープルは穏やかな、淑女らしい軽い笑い声を上げてから、サンドイッチを取った。一口食べて、彼女は言った。

「みなさんでそんなふうに冗談をおっしゃって、ほんとうに勇気がありますことね。ええ、実に勇敢だと思いますわ。たいしたものです」

彼女はふいに息をのみ、むせはじめた。「魚の骨」あえぎながら言った。「喉に」

クインパーがぱっと立ち上がった。そばに近づき、彼女をあとずさりで窓辺まで移動させてから、口をあけるようにと言った。ポケットからケースを取り出し、ピンセットを選んだ。プロらしい手慣れたしぐさで、彼は老婦人の喉の奥を覗き込んだ。その瞬間ドアがあいて、ミセス・マギリカディがルーシーを従えて入ってきた。ミセス・マギリカディは眼前の光景にあっと息をのんだ。ミス・マープルが反り身になり、医師はその喉元を押さえて、彼女の頭を後ろに倒しているのだった。

「あの人だわ」ミセス・マギリカディは叫んだ。「汽車に乗っていた男……」

信じられないすばやさで、ミス・マープルは医師の手をすり抜けると、友人に近づいた。

「きっと見分けてくれると思ったわ、エルスペス！」彼女は言った。「いいえ。あとは一言も言わないで」彼女は勝ち誇ってドクター・クインパーのほうを向いた。「ご存じなかったでしょう、ドクター、あなたが汽車の中であの女の人の首を絞めたとき、誰かが実際にその行動を見ていたなんて？　このわたしのお友達だったんですよ。ミセス・マギリカディ。彼女はあなたを見ました。おわかりですか？　自分の目であなたを見たんです。そちらの汽車と並行して走っていた汽車に乗っていてね」

「なんだって？」ドクター・クインパーはミセス・マギリカディのほうへさっと一歩踏

み出したが、またすばやくミス・マープルが二人のあいだに割り込んだ。

「ええ」ミス・マープルは言った。「彼女はあなたを見ましたし、あなたをあの男と見分けられる。法廷で証言しますよ。めったにないことでしょうねえ」ミス・マープルは穏やかな、哀調を帯びた声で言った。「人が殺されるところを誰かが実際に見ているなんて。もちろん、ふつうなら状況証拠しかありません。でも、この事件では事情がとてもかわっていました。殺人の目撃者がいたんです」

「このばばあ」ドクター・クインパーは言い、ミス・マープルに飛びかかろうとしたが、今度はセドリックがその肩をつかんだ。

「すると、きさまが殺人鬼だったのか？」セドリックは言い、クインパーをぐいとこちらに向かせた。「きさまのことは前々から好きじゃなかったし、いやなやつだとつねづね思っていたが、まさかそこまでは疑わなかった」

ブライアン・イーストリーがさっとセドリックに近づき、手を貸した。クラドック警部とベーコン警部が遠いほうのドアから入ってきた。

「ドクター・クインパー」ベーコンは言った。「警告しておく……」

「警告なんかくそくらえだ」ドクター・クインパーは言った。「ばあさん二人の言うことを本気にする人間がいると思うのか？　汽車がどうしたのって、そんな馬鹿話、聞いたことがあるか！」

ミス・マープルは言った。「エルスペス・マギリカディは十二月二十日に殺人を警察にすぐ報告し、男の風体を知らせました」

ドクター・クインパーはふいにがくっと肩を落とした。「運がついてないとはこのことだ」彼は言った。

「でも――」ミセス・マギリカディは言いかけた。

「黙ってらっしゃい、エルスペス」ミス・マープルは言った。

「どうしてわたしがてんで見ず知らずの女を殺そうなんて思うんだ？」ドクター・クインパーは言った。

「見ず知らずの女なんかではない」クラドック警部は言った。「彼女はあなたの妻だった」

第二十七章

「だからね」ミス・マープルは言った。「わたしが思ったとおり、なんとも単純なことだったでしょう。いちばん単純な犯罪。妻を殺す男はおおぜいいますもの」

ミセス・マギリカディはミス・マープルとクラドック警部を見た。「お願い」彼女は言った。「ここまでの経緯をもうすこし教えていただけないかしら」

「彼はチャンスだと思ったのよ」ミス・マープルは言った。「エマ・クラッケンソープというお金持ちの女性をめとる。ただ、彼にはもう妻がいたので結婚はできなかった。二人は何年も別居していたんだけれど、彼女は離婚に応じなかった。それは、アナ・ストラヴィンスカと名乗る女性についてクラドック警部が教えてくださったことに、とてもうまくあてはまった。彼女にはイギリス人の夫がいる、と友達は聞いていたし、信仰厚いカソリック教徒だという話もあった。ドクター・クインパーはエマと結婚して重婚の危険をおかすことはできなかったから、情け容赦のない、冷血なあの人は、妻を始末しようと決めたの。彼女を汽車の中で殺し、あとで死体を納屋の石棺に隠すというのは、ずいぶん巧妙な案だったわね。この殺人をクラッケンソープ家に結びつけようという魂胆だったのよ。その前に、彼はエマに手紙を書いた、エドマンド・クラッケンソープが結婚するつもりだったマルティーヌという女性からのものと偽ってね。エマはドクター・クインパーにおにいさんのことをすっかり話してあったでしょう。それから、時機が来ると、彼はエマが警察にその話をするようにすすめた。彼は死んだ女がマルティーヌだと思い込ませたかったの。パリ警察がアナ・ストラヴィンスカについて調べていると聞きつけたのじゃないかしら、それで、彼女からの絵葉書がジャマイカから届くように手配したのよ。

ロンドンで妻と会う段取りをつけ、よりを戻さないかともちかけ、田舎で〝家族に会って〟ほしいと言うのは簡単だった。その次の部分はよしましょうね、考えるのも不愉快だから。もちろん、彼は欲深な男だった。税金のこと、それがどれだけ収入に食い込むかを考えると、もっとたくさん元本があればいいと思うようになった。それは、妻を殺す前にもう考えていたかもしれないわね。とにかく、彼は誰かがクラッケンソープ老人を毒殺しようとしている、という噂を広めて下準備をすると、最終的には家族全員に毒を飲ませた。もちろん、たくさんではないわ、クラッケンソープ老人には死んでもらいたくなかったんですもの」

「しかし、どうやったのかまだわからないな」クラドックは言った。「カレーを調理していたとき、彼は家の中にいなかったのに」

「あら、でもそのときカレーに砒素は入っていなかったんですよ」ミス・マープルは言った。「あとでカレーに加えたんです、試験をするからと持っていったときにね。たぶん、砒素はその前にカクテルの水差しに入れたんでしょう。そのあとは、もちろん簡単だった。主治医ですから、アルフレッド・クラッケンソープを毒殺するのも、ロンドンのハロルドに錠剤を送りつけるのもね。ハロルドにはあらかじめ、もう薬はいらないと言って、予防線を張っておいたのよ。彼のしたことはなにもかも大胆でずぶとくて、残忍で強欲でした。ほんとうに残念ですね」ミス・マープルはふわふわと毛糸にくるまれた老婦人に可能なかぎりこわい顔をしてしめくくった。「死刑が廃止になってしまったのが（一九五三年、極刑に関する政府特別調査委員会の報告書が出され、五七年に死刑判決を限定する法律が制定された。完全な死刑廃止は一九六五年）。絞首刑に値する人間が一人でもいるとすれば、それはドクター・クインパーですからね」

「賛成、賛成」クラドック警部は言った。

「ふと思いついたんですよ」ミス・マープルは続けた。「たとえ人を後ろからしか見ていないにしても、後ろ姿にだってその人らしさがあるものだとね。もし汽車で見たときとそっくりな姿勢のドクター・クインパーをエルスペスが見たら、つまり、こちらに背中を向けて、女の喉元を押さえてのしかかった姿を見たら、きっと彼女にはあの人だとわかるか、あるいはびっくりして声を上げるだろうと思いました。それで、わたしはルーシーに手伝ってもらって、ちょっとした作戦を実行することにしたんです」

「ほんとに」ミセス・マギリカディは言った。「ぎょっとしたわ。〝あの人だわ〟と思わず口をついて出てしまったのよ。でもねえ、わたし、男の顔を実際に見たわけじゃ——」

「あなたがそう言ってしまうんじゃないかと、なんともはらはらしたわ、エルスペス」ミス・マープルは言った。

「言おうとしたのよ」ミセス・マギリカディは言った。「もちろん、男の顔は見ていませんてね」

「そうしたら」ミス・マープルは言った。「一巻の終わりだったわ。だってね、あなた、あの人はほんとうに見破られたと思ったのよ。あなたが顔を見ていないなんて、彼にはわかりようがなかったでしょう」

「じゃ、口をつぐんでいてよかったのね」ミセス・マギリカディは言った。

「あなたにはあのあと一言だって言わせないつもりでしたよ」ミス・マープルは言った。

クラドックはふいに笑いだした。「お二人さん！」彼は言った。「たいした人たちだな。次は何です、ミス・マープル？　どんなハッピー・エンドになるんでしょう？　たとえば、かわいそうなエマ・クラッケンソープはどうなります？」

「もちろん、いずれドクターのことは忘れて元気になりますよ」ミス・マープルは言った。「それに、おとうさまが亡くなったら――あのかたは、ご自分で考えていらっしゃるほど頑健ではないと思います――エマはジェラルディーン・ウェブみたいに船旅にでも出るか、海外で暮らして、そこからなにか始まるかもしれませんよ。ドクター・クインパーよりもいい男の人に恵まれるといいですけれどね」

「ルーシー・アイルズバロウは？　あっちもウェディング・ベルかな？」

「たぶんね」ミス・マープルは言った。「驚きませんよ」

「彼女はどっちを選ぶでしょうかね？」ダーモット・クラドックは言った。

「おわかりになりません？」ミス・マープルは言った。

「いいえ」クラドックは言った。「おわかりなんですか？」

「ええ、そう思いますよ」ミス・マープルは言った。

そして、警部に向かって目をきらりと輝かせた。

ようこそクリスティーランドへ

書評家
前島　純子

私が初めてアガサ・クリスティーを読んだ頃、アガサおばあちゃまは、まだご健在でした。だから、「クリスマスにはクリスティーを」というキャッチで出版される新刊（の翻訳）を待ちわびつつ、まだ読んでいない既刊本を求めてせっせと古本屋回り。今では考えられないことだが、ハヤカワ文庫版で統一されるまで、数社が翻訳を手がけていたクリスティーを一般の本屋で探すのはけっこう大変だったのだ。

そう考えると、《クリスティー文庫》という形で、これからクリスティーを読もうとする人は幸せだと思う。いわば、クリスティーランドというテーマパークができたようなものではないか。一〇〇種のアトラクションがより取り見取りだなんて、昔の私だったら驚喜のあまりパークに住み込んじゃったかもしれない。まあ、贅沢というのは、慣れてしまうと有り難みが薄れるものではあるけれど、活字の世界では遅れてきたファンというものが存在せず、新旧の読者がほぼ平等に作品を論じたり楽しむことができるのがいい。生の舞台のように、「かつてマリア・カラスを聴いた時は」だの、「先代の団十郎は別格でしたよ」だのと、こちらが手も足も出ない話でふんぞり返られ、悔しい思いをしなくて済むのだから。クリスティー未体験の方も、どうぞ気軽に、女王がつむいだミステリランドに足を踏み入れてほしい。

デイム・クリスティーは五〇余年にわたった作家活動で、本格から冒険スパイ、サスペンスなどなどの膨大な作品中に起こる殺人事件のため、ありとあらゆる趣向の舞台を用意した天才演出家であり、個性的なスター探偵たちを生み出した名監督でもある。その意味で彼女の右に出る者は、今もいないだろう。十数年前、クリスティー作品を調べるため、四〇冊近くを一気に読み返したことがあるけれど、作品の平均点の高さに改めて脱帽した覚えがある。そう、クリスティーがミステリの女王と呼ばれたのは伊達じゃあないのだ。

そんな女王様の得意技の一つに、導入部で読者のド肝を抜くべく、ありふれた日常の光景に非日常の殺人をポンと放り込む手法がある。本書『パディントン発4時50分』も、この技が鮮やかに決まった一冊で、スピードが偶然同じになり、一時的に並んで走る列車という、誰もが気にも留めないシーンから、車窓越しに殺人を目撃するというハプニングへと見事に転換を決めて、事件を提示するのだ。おそらく、クリスティーは帰宅途中の車窓から他の列車内の様子を見て、このアイデアを思いついたに違いないが、その時にんまりとほくそ笑んだことは想像に難くない——なあんて想像をするだけでも楽しいではないですか。

『パディントン発4時50分』は、一九五七年に発表された作品で、ミス・マープルものの長篇としては七作目になる。ただし、本書のミス・マープルは導入部と解決部でこそ活躍を見せるものの、中盤はスーパー家政婦のルーシー・アイルズバロウに捜査を委ねて、自分は脇役に回ってしまう。というのも、二年前に肺炎を患った（この時、ルーシーと知り合った）ミス・マープルは、全快はしたものの体力の衰えを痛切に感じているところ。自宅を訪れた友人のミセス・マギリカディから人殺しを見たと聞いても、自ら探偵仕事ができる状態ではないからだ（といいつつ、殺人の状況を知るため、セント・メアリ・ミード村からロンドンまで、列車で三度も行ったり来たり！）。

しかし、ミス・マープルの底力は、体力がないと嘆いている時にこそ発揮されるよう。ミセス・マギリカディが見たという殺人の話を信じたミス・マープルは、では死体はどうなったかということを、実に論理的に考察するのである。

ふつう、ミス・マープルはセント・メアリ・ミード村に住む誰彼と比較しながら、その人間性についての知識を基に事件を解決しているように思われがちだけど、その脳細胞の優秀さにおいては、かのエルキュール・ポアロにまさるとも劣らない。本書における死体の行方についての推察がそのことを証明しているのではないかと思う。もっとも、ミス・マープルも名探偵の例に漏れず、推理の結論だけを投げかけるのが好きだから、ルーシーじゃないけど、「百年前なら、あなたは魔女だ」と言われるわけ。まあ、魔女もばあさん猫《オールド・プッシー》も似たようなものだし、ミス・マープルほどばあさん猫《オールド・プッシー》という言葉が似合うおばあさんもいないけどね。

そして、ミス・マープルは嘘をつくのも上手。あくまでも正義のためではあるけれど、人を騙すことなど朝飯前なのだ。ふわふわとした毛糸のショールにくるまれたやさしそうな老婦人が、よもや自分に罠を仕掛けてくるなどと思いもしない犯人は、最後になってミス・マープルの掌の上で踊らされていたことに気づく。まったくご愁傷様、なんである。

最後に、準主役の有能な家政婦、ルーシー・アイルズバロウについて。オックスフォード大学の数学科をトップで卒業しながら、学者ではなく家事労働の世界に身を投じ、大成功を収める――というのは、半世紀前の話とは思えぬ先見の明。おまけに終身雇用ではなく、フリーランスで短期契約制を採っているのだから、ルーシー（つまり、クリスティー）の自主独立精神が伺えて、興味深い。ルーシーの作るイギリス料理にしても、よく言われるようなまずい代物では決してなく、作り手の腕さえよければ、絶対においしいことを証明！　その美味の数々――ローストビーフとヨークシャー・プディング、マッシュルーム・スープ、チキン・レバーとベーコンのおつまみ。あるいはデザートの糖蜜タルトやピーチ・フラン、シラバブなどなど――に、クラッケンソープ家の男性陣が惚れ込むのは自明の理で、結婚を申し込みたくなる気持ちはよくわかる。私にしても一家に一人、ルーシーを常備したいものだと、マジに思ってしまったのでした。

好奇心旺盛な老婦人探偵

〈ミス・マープル〉シリーズ

本名ジェーン・マープル。イギリスの素人探偵。ロンドンから一時間ほどのところにあるセント・メアリ・ミードという村に住んでいる、色白で上品な雰囲気を漂わせる編み物好きの老婦人。村の人々を観察するのが好きで、そのうちに直感力と観察力が発達してしまい、警察も手をやくような難事件を解決するまでになった。新聞の情報に目をくばり、村のゴシップに聞き耳をたて、それらを総合して事件の謎を解いてゆく。家にいながら、あるいは椅子に座りながらゆったりと推理を繰り広げることが多いが、敵に襲われるのもいとわず、みずから危険に飛び込んでいく行動的な面ももつ。

長篇初登場は『牧師館の殺人』(一九三〇)。「殺人をお知らせ申し上げます」という衝撃的な文章が新聞にのり、ミス・マープルがその謎に挑む『予告殺人』(一九五〇)や、その他にも、連作短篇形式をとりミステリ・ファンに高い評価を得ている『火曜クラブ』(一九三二)、『カリブ海の秘密』(一九六四）とその続篇『復讐の女神』（一九七一）などに登場し、最終作『スリーピング・マーダー』（一九七六）まで、息長く活躍した。

35 牧師館の殺人
36 書斎の死体
37 動く指
38 予告殺人
39 魔術の殺人
40 ポケットにライ麦を
41 パディントン発4時50分
42 鏡は横にひび割れて
43 カリブ海の秘密
44 バートラム・ホテルにて
45 復讐の女神
46 スリーピング・マーダー

灰色の脳細胞と異名をとる

〈名探偵ポアロ〉シリーズ

本名エルキュール・ポアロ。イギリスの私立探偵。元ベルギー警察の捜査員。卵形の顔とぴんとたった口髭が特徴の小柄なベルギー人で、「灰色の脳細胞」を駆使し、難事件に挑む。『スタイルズ荘の怪事件』（一九二〇）に初登場し、友人のヘイスティングズ大尉とともに事件を追う。フェアかアンフェアかとミステリ・ファンのあいだで議論が巻き起こった『アクロイド殺し』（一九二六）、イニシャルのABC順に殺人事件が起きる奇怪なストーリーが話題をよんだ『ABC殺人事件』（一九三六）、閉ざされた船上での殺人事件を巧みに描いた『ナイルに死す』（一九三七）など多くの作品で活躍し、最後の登場になる『カーテン』（一九七五）まで活躍した。イギリスだけでなく、イラク、フランス、イタリアなど各地で起きた事件にも挑んだ。

映像化作品では、アルバート・フィニー（映画《オリエント急行殺人事件》）、ピーター・ユスチノフ（映画《ナイル殺人事件》）、デビッド・スーシェ（TVシリーズ）らがポアロを演じ、人気を博している。

1 スタイルズ荘の怪事件
2 ゴルフ場殺人事件
3 アクロイド殺し
4 ビッグ4
5 青列車の秘密
6 邪悪の家
7 エッジウェア卿の死
8 オリエント急行の殺人
9 三幕の殺人
10 雲をつかむ死
11 ABC殺人事件
12 メソポタミヤの殺人
13 ひらいたトランプ
14 もの言えぬ証人
15 ナイルに死す
16 死との約束
17 ポアロのクリスマス
18 杉の柩
19 愛国殺人
20 白昼の悪魔
21 五匹の子豚
22 ホロー荘の殺人
23 満潮に乗って
24 マギンティ夫人は死んだ
25 葬儀を終えて
26 ヒッコリー・ロードの殺人
27 死者のあやまち
28 鳩のなかの猫
29 複数の時計
30 第三の女
31 ハロウィーン・パーティ
32 象は忘れない
33 カーテン
34 ブラック・コーヒー〈小説版〉

バラエティに富んだ作品の数々

〈ノン・シリーズ〉

名探偵ポアロもミス・マープルも登場しない作品の中で、最も広く知られているのが『そして誰もいなくなった』（一九三九）である。マザーグースになぞらえて殺人事件が次々と起きるこの作品は、不可能状況やサスペンス性など、クリスティーの本格ミステリ作品の中でも特に評価が高い。日本人の本格ミステリ作家にも多大な影響を与え、多くの読者に支持されてきた。

その他、紀元前二〇〇〇年のエジプトで起きた殺人事件を描いた『死が最後にやってくる』（一九四四）、『チムニーズ館の秘密』（一九二五）に出てきたロンドン警視庁のバトル警視が主役級で活躍する『ゼロ時間へ』（一九四四）、オカルティズムに満ちた『蒼ざめた馬』（一九六一）、スパイ・スリラーの『フランクフルトへの乗客』（一九七〇）や『バグダッドの秘密』（一九五一）などのノン・シリーズがある。

また、メアリ・ウェストマコット名義で『春にして君を離れ』（一九四四）をはじめとする恋愛小説を執筆したことでも知られるが、クリスティー自身は四半世紀近くも関係者に自分が著者であることをもらさないよう箝口令をしいてきた。これは、「アガサ・クリスティー」の名で本を出した場合、ミステリと勘違いして買った読者が失望するのではと配慮したものであったが、多くの読者からは好評を博している。

72 茶色の服の男
73 チムニーズ館の秘密
74 七つの時計
75 愛の旋律
76 シタフォードの秘密
77 未完の肖像
78 なぜ、エヴァンズに頼まなかったのか?
79 殺人は容易だ
80 そして誰もいなくなった
81 春にして君を離れ
82 ゼロ時間へ
83 死が最後にやってくる
84 忘られぬ死
86 暗い抱擁
87 ねじれた家
88 バグダッドの秘密
89 娘は娘
90 死への旅
91 愛の重さ
92 無実はさいなむ
93 蒼ざめた馬
94 ベツレヘムの星
95 終りなき夜に生れつく
96 フランクフルトへの乗客

名探偵の宝庫

〈短篇集〉

クリスティーは、処女短篇集『ポアロ登場』（一九二三）を発表以来、長篇だけでなく数々の名短篇も発表し、二十冊もの短篇集を発表した。ここでもエルキュール・ポアロとミス・マープルは名探偵ぶりを発揮する。ギリシャ神話を題材にとり、英雄ヘラクレスのごとく難事件に挑むポアロを描いた『ヘラクレスの冒険』（一九四七）や、毎週火曜日に様々な人が例会に集まり各人が体験した奇怪な事件を語り推理しあうという趣向のマープルものの『火曜クラブ』（一九三二）は有名。トミー＆タペンスの『おしどり探偵』（一九二九）も多くのファンから愛されている作品。

また、クリスティー作品には、短篇にしか登場しない名探偵がいる。心の専門医の異名を持ち、大きな体、禿頭、度の強い眼鏡が特徴の身上相談探偵パーカー・パイン（『パーカー・パイン登場』一九三四など）は、官庁で統計収集の事務を行なっていたため、その優れた分類能力で事件を追う。また同じく、ハーリ・クィンも短篇だけに登場する。心理的・幻想的な探偵譚を収めた『謎のクィン氏』（一九三〇）などで活躍する。その名は「道化役者」の意味で、まさに変幻自在、現われてはいつのまにか消え去る神秘的不可思議的な存在として描かれている。恋愛問題が絡んだ事件を得意とするというユニークな特徴をもっている。

ポアロものとミス・マープルものの両方が収められた『クリスマス・プディングの冒険』（一九六〇）や、いわゆる名探偵が登場しない『リスタデール卿の謎』（一九三四）や『死の猟犬』（一九三三）も高い評価を得ている。

51 ポアロ登場
52 おしどり探偵
53 謎のクィン氏
54 火曜クラブ
55 死の猟犬
56 リスタデール卿の謎
57 パーカー・パイン登場
58 死人の鏡
59 黄色いアイリス
60 ヘラクレスの冒険
61 愛の探偵たち
62 教会で死んだ男
63 クリスマス・プディングの冒険
64 マン島の黄金

冒険心あふれるおしどり探偵

〈トミー&タペンス〉

本名トミー・ベレズフォードとタペンス・カウリイ。『秘密機関』（一九二二）で初登場。心優しい復員軍人のトミーと、牧師の娘で病室メイドだったタペンスのふたりは、もともと幼なじみだった。長らく会っていなかったが、第一次世界大戦後、ふたりはロンドンの地下鉄で偶然にもロマンチックな再会をはたす。お金に困っていたので、まもなく「青年冒険家商会」を結成した。この後、結婚したふたりはおしどり夫婦の「ベレズフォード夫妻」となり、共同で探偵社を経営。事務所の受付係アルバートとともに事務所を運営している。トミーとタペンスは素人探偵ではあるが、その探偵術は、数々の探偵小説を読破しているので、事件が起こるとそれら名探偵の探偵術を拝借して謎を解くというユニークなものであった。

『秘密機関』の時はふたりの年齢を合わせても四十五歳にもならなかったが、

最終作の『運命の裏木戸』（一九七三）ではともに七十五歳になっていた。青春時代から老年時代までの長い人生が描かれたキャラクターで、クリスティー自身も、三十一歳から八十三歳までのあいだでシリーズを書き上げている。ふたりの活躍は長篇以外にも連作短篇『おしどり探偵』（一九二九）で楽しむことができる。

ふたりを主人公にした作品が長らく書かれなかった時期には、世界各国の読者からクリスティーに「その後、トミーとタペンスはどうしました？　いまはなにをやってます？」と、執筆の要望が多く届いたという逸話も有名。

47　秘密機関
48　ＮかＭか
49　親指のうずき
50　運命の裏木戸

訳者略歴　上智大学外国語学部英語学科卒，英米文学翻訳家　訳書『箱の中の書類』セイヤーズ，『マスカレード』リンズ，『パズルレディと赤いニシン』ホール（以上早川書房刊）他多数

Agatha Christie

パディントン発《はつ》4時《じ》50分《ぶん》

〈クリスティー文庫41〉

二〇〇三年十月十五日　発行
二〇二二年八月十五日　十二刷

（定価はカバーに表示してあります）

著者　アガサ・クリスティー
訳者　松《まつ》下《した》祥《さち》子《こ》
発行者　早川　浩
発行所　株式会社　早川書房

郵便番号一〇一 - 〇〇四六
東京都千代田区神田多町二ノ二
電話　〇三 - 三二五二 - 三一一一
振替　〇〇一六〇 - 三 - 四七七九九
https://www.hayakawa-online.co.jp

乱丁・落丁本は小社制作部宛お送り下さい。
送料小社負担にてお取りかえいたします。

印刷・株式会社亨有堂印刷所　製本・株式会社明光社
Printed and bound in Japan
ISBN978-4-15-130041-7 C0197

本書は活字が大きく読みやすい〈トールサイズ〉です。